Novios de Antaño

(1930-1940)

Diseño de tapa: Mario Blanco

MARÍA ELENA WALSH

Novios de Antaño

(1930-1940)

EDITORIAL SUDAMERICANA
BUENOS AIRES

PRIMERA EDICION
Noviembre de 1990

NOVENA EDICION
Diciembre de 1992

IMPRESO EN LA ARGENTINA

Queda hecho el depósito
que previene la ley 11.723.

ISBN 950-07-0635-0

1. *Primer transbordo*

Era uno de esos días que acababan alunados, con revoloteo de fatídicos aguaciles, y mi madre como estatua en el jardín, esperando que la rosa mayor se abriera, o carta de mi padre, o recuerdos volvedores.

Yo habría preferido esperar también, jugando a la paciencia, pero al fin se fue a cuidar a la abuela enferma y, partida en dos por mi desesperado berrinche, me arrastró hasta la casa de al lado pasando la puerta de alambre abierta en el cerco, mientras mi hermana Laura se calzaba unos guantecitos triunfales porque nos separaba.

La de al lado, la casa de los Montero presidida por la Nona que no era abuela mía sino de todos y me enseñaba palotes y letras y mientras atizaba su hornallita de carbón decía que yo no era mala, lástima ese pelo tan reacio.

La cocina de los Montero era diminuta pero en ella cabían una mesita cubierta de papel de estraza donde se separaba la piedra de la lenteja, una caja oscura de cuando las catedrales eran radios, una pila de revistas viejas, sillas de paja, almanaques y santos sucios de moscas y eternidad.

Allí estaban don Marcos, marido de la Nona, y su hija Tula, muchacha grande, la tonta de la familia. Don Marcos me tendió el suplemento de historietas en colores, borroso tras la cortina de lagrimones. En el periódico que hojeaba él, yacía un hombre en camisa, los ojos entrecerrados, cubierto de sangre. Mirarlo fijamente distrajo mi drama, mientras Tula pretendía apartarme, guardar a todo ese hombre ensangrentado para ella sola.

–Aquí está la Gatita Princesa, ¿ves?

Sultán, el cuzco blanco, vino a enroscarse bajo la mesa desparramando olor a camiseta sucia, mientras el carbón de la hornallita chisporroteaba como los fuegos artificiales.

–Ven para acá –me dijo dulcemente la Nona aquella noche, mirándome desde el cielo, igualita a Pío XII, con gafas redondas y batón sacerdotal, pero con pantuflas rotosas que jamás pisarían balcones de grana.

Tula puso un almohadón sobre una silla y me senté a separar la piedra de la lenteja, mientras el fantasma del pistolero muerto rondaba la puerta de cristales chorreados.

–¿Y mi mamá cuándo volverá de Merlo?

–Mañana si Dios quiere –contestó la Nona.

–Cuanto mejor te portes más pronto volverá –mintió Tula.

Y encendió la radio para tapar otras preguntas, la avivó con golpecitos que suscitaban descargas y una música remota, como a través de las olas, *Desde que se fue nunca más volvió caminito amigo yo también me voy.*

–Ay madre santísima –suspiró la Nona sin quejarse de nada en especial, pero esa era la voz de los huesos doloridos.

Y yo pensé en mi madre y si sería santísima, ella también decía mi santa madre cuando hablaba de la abuela Carmen.

–¿Qué quiere decir santa?

–Santa es una persona o una nena que se porta bien, no tiene rabietas ni hace preguntas impertinentes –contestó Marcos alzando apenas los ojos del diario.

Durante mucho tiempo me fui a la cama temprano[1] y esa noche dormí en un catre, en la pieza de Miguel, uno de los hermanos de Tula que estaba de viaje. La Nona me tapó los pies con un cuero de oveja y no había terminado de encender la velita de noche mientras rezaba el padrenuestro, cuando *me dormí sin tiempo de decir "me duermo"*.

A la mañana volví a explorar los rincones de la casa. Una galería bordeada a un lado por un jardín salvaje, una fila de cuartos por el otro. Todo parecía esperar a una visita importante, muerta o viva, desde antaño. Había también un patio cubierto y al fondo un extenso abandono de tierra reseca, higuera y gallinero, una hamaca herrumbrada, la ropa oreando sus zurcidos.

El Comedor se nombraba en voz baja, y por su ventana cerrada hubiera podido verse la calle, una palmera que empollaba arañas, la verja negra. La penumbra interior guardaba una mesa con carpeta de felpa rodeada de sillas, el piano, dos cuadros oscuros, un aparador con copitas para nadie.

Después venía el cuarto de Rafael, después el de Miguel, por orden de edades, luego el de Tula que también era rincón de costura y depósito de objetos que ya no cabían en la piecita de cachivaches, junto a la cocina.

Entre los dormitorios y la cocina había un baño enorme y glacial, sin ventana, maloliente, con una bañadera olvidada y canillas torcidas, un inodoro inquietantemente distante de la puerta sin pasador, y trozos de papel de diario pendientes de un clavo oxidado.

Después descubrí lo único que valía la pena. En el cielo raso del pasillo, junto al baño, había un cuadrado. No distinguí si era un dibujo inútil o una puerta secreta para arriba.

–¿Qué es ese cuadrado? –le pregunté a la Nona.

–Me alegro de que hayas aprendido qué es un cuadrado, tesoro –me contestó al pasar.

–¿Y qué es?

La Nona ya no estaba.

Pasé la siesta acurrucada en el pasillo, con la historieta en las manos, mirando al techo. Algo se oía allá arriba, ratones o el viento movido por el fantasma del pistolero. Yo vigilaba el cuadrado y todos parecían vigilarme a mí.

–Andá a jugar.

Tula pasó cantando un vals lleno de ilusiones *sin llevarle más nada que un beso friolento travieso amargo y dulzón.* Un vals donde vivía un joven de pelo rizado y bigotito que sonreía en las revistas, la inalcanzable presencia del novio arrebatador.

Tula era renga y tenía una mano defectuosa. Le

gustaba soñar de pie, por las tardes, en la puerta de calle, mientras yo alineaba flores de sapo en el umbral y en la vereda de enfrente jugaban los varones.

La calle era ancha y de tierra, con manzanilla que avanzaba hasta la mitad, con veredas a medias de ladrillo y una hilera apretada de paraísos. Pasaban carros, la polvareda hacía toser un poquito a Tula, y el piropo grueso del carrero la obligaba a dar vuelta su cara asimétrica.

Pensé preguntarle por el cuadrado, pero me di cuenta de que ella flotaba hacia su galán, que Florén Delbene le ofrecía un ramo de jabones perfumados para lavar el piropo guarango, y que después los dos se alejaban bailando por la calle cubierta de hule y los vecinos les arrojaban azahares.

La Nona también esperaba. Vivía acechando al cartero y se llevaba la mano al escapulario cuando sonaba el timbre. Atravesaba la galería con los lentes sobre la frente y Sultán pegado a sus talones, pero era casi siempre un mendigo.

Entonces la Nona, toda ella caridad, le daba la espalda para alzar su larga falda y su viso tosco y sacaba el monedero de la liga.

–Dios se lo pague –decía el pordiosero.

Y yo tenía ganas de irme con él, porque había oído que los mendigos eran todos millonarios, que guardaban latas llenas de monedas de oro, y quise verlas y ayudarlo a pedir y gastar.

Mi madre tardó más de un día, *días de espejos rotos y de agujas perdidas*[2], pero llamaba por teléfono al almacén, y yo cruzaba la calle corriendo para empuñar del revés el maldito aparato, trepada a un banco, y alguien ponía el tubo en mi oreja para escuchar su añorada voz, tan suave y velada, sin atender más que a la música y apartando como abrojos sus recomendaciones.

Una mañana creí ver a un desconocido en el patio. Estaba de espaldas y resplandecía como una estampa. Tula lo cepillaba y la Nona le acercaba un espejo. Sobre la mesa había un sombrero bombín, unos guantes patito, un bastón con puño de plata. Corrí para verlo de frente, y descubrí a un Marcos transfigurado, que me dio los buenos días avaramente mientras se ponía los guantes con parsimonia virreinal.

No entendí cómo ese anciano que hasta ayer recorría la casa encorvado, en pantalón piyama y camiseta dudosa, rascándose los omóplatos, fuera hoy un personaje digno de ser mirado sólo de soslayo, con las mujeres convertidas en damas de honor de la Gatita Princesa, portadoras del cetro y la capa de armiño.

La Nona me explicó. La última noche de vacaciones había barrido su miseria de entrecasa y, renacido de sus cenizas, amanecía como el señor Montero. De cuello duro, pantalón fantasía, polainas y rosa mosqueta en el ojal, reiniciaba la heroica travesía hacia el Ministerio, donde él no sólo trabajaba sino que también esperaba. Esperaba el Ascenso.

Lo escoltamos hasta la puerta de calle y, una vez en la esquina, se volvió para despedirse, alzando apenas el bastón en un gesto que además significaba "entren en la casa".

Entonces fue cuando quise marcharme a medianoche, y trepar a un vagón de carga y descolgarme al amanecer en un prado cubierto de pasto liso y corderos multicolores.

Una mañana la Nona me dictaba y Tula barría cantando *tres cosas hay en la vida, salud dinero y amor,* cuando sonó el timbre.

Yo estaba acostumbrada a atajar mi corazón, porque sabía que mi padre no iba a llegar de Europa a tocar el timbre, y mi madre pasaría tranquilamente por la puerta medianera.

La Nona esperaba a Rafael y a Miguel, y ese día, como supo que eran ellos (porque la Virgen le decía todo) en lugar de correr se quedó sentada, mirando fijamente la imagen, y me abrazó y sacó un pañuelo del bolsillo de su batón.

Cuando entraron, se puso de pie y yo me aparté para que los dos arcángeles corpulentos le dijeran, de paso para el fondo:

–Hola vieja, ¿qué hay de comer?

Los pródigos traían maletas y paquetes, una yunta de pollos, un largavista, una escopeta enfundada, dos huevos de avestruz que esperé en vano me regalaran, porque sólo mi padre sabía vaciarlos y pintarlos.

Desparramaron todo sobre la mesa del patio,

hablaron a la vez sin reparar en mí, por suerte, porque ya los aborrecía, eran adultos suficientes, antipáticos, olían a perro mojado, escupían al reír.

Disparé hacia el fondo y trepé a la higuera, vi árboles, techos y molinos, el campanario de la iglesia y ningún mar.

Recordé el cuadrado del pasillo, porque sobre el techo, junto al tanque de agua, me pareció ver una pequeña construcción cubierta por la enamorada del muro de mi casa. Supe como en sueños que el cuadrado era la puerta de un sótano para arriba.

Me sobresaltó un ruido. Rafael, escopeta en mano, con antiparras de aviador, se acercaba sigiloso quebrando ramitas y pisando a propósito la caca de gallina. Me escondí entre las hojas, temblando. Rafael me apuntaba sin decir nada y le arrojé una breva que le reventó en las antiparras. Sonó un tiro, voló un manojo de hojas y los pollos huyeron chillando. El estampido me hizo resbalar hasta caer, muerta sin duda, cerca de unos botines embarrados. El tiro había rasado mi cabeza, me levanté y alcé los brazos como en el cine y Rafael, como en el cine, me señaló la casa sonriendo con una sola comisura, la que mostraba el enorme diente de oro, sin dejar de apuntarme.

Corrí hacia la Nona que me refugió entre sus pliegues y regañó severamente a Rafael.

–No pasó nada, vieja, no haga espamento. Mire lo que me tiró la nena en las antiparras de Carola Lorenzini. -Seguía apuntándome muy serio, los oscuros cristales de Carola sobre la frente, pringosos de leche de higo.

–Basta –dijo la Nona más blanca que la Virgen.

Miré al hombrón con tal rabia que pensé quitarle el arma y despachurrarlo, me concentré en provocarle una muerte súbita, mágica, tétrica. Era alto, estaba furioso, .lanzó un gargajo a gran distancia.

Cuando llegamos al patio, Miguel reía y Tula estaba más atontada que nunca por el susto.

–Qué bruto, mirá si herías a la nena.

–Qué nena ni qué niño envuelto, un zorzal de mierda que se me escapó –dijo Rafael tendiéndole las gafas a Tula que se puso a limpiarlas a pura escupida y manga.

–No digan palabrotas delante de los menores –sentenció la Nona.

–Linda broma, me avergüenzo de que seas hijo mío –murmuró Marcos.

–Finíshela, viejo.

La broma me había despertado una sensación desconocida: pies helados, un hormigueo entre las piernas, la sangre bombeando locamente en los oídos, y el dolor del porrazo no desataba lágrimas sino que amontonaba furias en un rincón de mi cuerpo.

Entonces decidí que cuando fuera grande sería hombre y usaría sombrero mejicano.

Esa noche comimos en el patio. Don Marcos quiso adornar el ágape con un breve pórtico oral de bienvenida:

–Me alegra, hijos, que hayan vuelto de Trenque Lauquen, verdadero horizonte de promisión para el que aspire a progresar mediante el trabajo honrado...

Rafael, que fingía escuchar, hizo ruido de pedos con la boca. Miguel golpeó el plato con el cuchillo para rubricar la ocurrencia. Al fin nos tentamos todos mientras la Nona, con los ojos bajos, destapaba la sopera.

Marcos, ofendido, se anudó la servilleta al cuello y señaló la enorme diferencia que había entre su propia inmaculada juventud y la ordinariez de unos hijos por los que tanto se sacrificaba.

Rafael y Miguel eran viejos. Antes de su llegada me ilusioné pensando que eran chicos, porque la Nona hablaba de ellos como si acabara de parirlos. Viejos, de treinta años quizás, mayores que mis hermanos.

Mis ojos viajaban de la descomunal barbilla de Miguel, su bigotito y su risa boba, al diente de oro de Rafael, digno del ogro que devoró a sus siete hijos.

Se habían puesto guardapolvos blancos para comer. Hablaron mucho, ambos a la vez, acentuándose con exagerados sifonazos que salpicaban de vino la sopa chirle, no espesa como la de mi madre.

–¿Vieron alguna posibilidad de trabajar allá? –preguntó la Nona.

–Changas no me faltarían –dijo Rafael–. Al fin conocimos la famosa casa grande de Trenque Lauquen.

–¿La casa de quién? –preguntó la Nona.

–La casa grande, vieja. ¿No sabe qué es?

–Exijo modales en la mesa –dijo don Marcos.

–A la dueña le dicen la Mamona...

–Mamona, qué plato –comentó Tula.

–Es una vaca vestida de colorado –dijo Miguel–; los lunes va al pueblo con las chicas, y nadie sale a la calle para no toparlas. Abren las puertas de las tiendas sólo para ellas, las damiselas encantadoras.

–*Damisela por ti yo muero, si me miras, si me besas*... –cantó Rafael con la boca llena de pan.

–Supongo que mis hijos no pisaron esa casa –dijo don Marcos.

–Vamos, viejo, sabés que fui como corredor de la tienda "Au Chic Parisien", las chicas se mataban por los figurines. ¡Y se los cobré bien caros!

–Estuvimos bailando, nada más –dijo Miguel–, tienen un fonógrafo alemán último modelo que les regaló el secretario de la Gobernación.

–Había una polaquita churrasca, la apalabré para traerla a trabajar en la tienda, viviría aquí en casa...

–¡Rafael, eso sí que no! –dijo la Nona afligida, señalándolo con el cuchillo y mirándome al bies a mí que asistía a la representación sin entender el argumento, muerta de sueño y con la rodilla reventada por el porrazo.

Ignoraba que tenía el privilegio de atender a un tema monótonamente comentado por la grey masculina a través de siglos de hipocresía.

Tula fue lentamente a traer el guiso, para no perder detalle. Marcos dijo por lo bajo:

–Basta ya, más respeto por su madre, y además la nena es nuestra invitada.

–¿Qué tiene de malo? Hablamos de otras nenas –dijo Rafael y hasta su padre se tentó.

–Rafael le prometió a la polaca tu polvera de plata, vieja.

–Es un recuerdo de familia, aunque yo no la use –dijo la Nona.

–Lástima que la pobre es picada de viruela –dijo Rafael, y a Tula casi se le cae la fuente de la risa.

–Me extraña en vos, Miguelito –dijo la Nona.

–Oia. ¿Y yo qué hice de malo? Hablé con el padre Cañete, me dijo que no consiguen sacar esa casa de Trenque Lauquen. Antes quedaba en pleno campo, pero ahora que la ciudad se ha extendido...

–¡Tienen a la Mamona sentada en sus narices, con el culo en la sacristía! –dijo Rafael.

–El padre me dijo que es un mal menor, que en otras ciudades hay varias casas, hasta frente a la iglesia.

–Perdónalos, Señor –murmuró la Nona.

Esa noche mudaron mi catre a la pieza de Tula, entre los bártulos y junto a la cucha de trapos de Sultán, que desde la llegada de los arcángeles se deslizaba con la cola baja contra las paredes y tomaba la forma de los rincones, esquivando las deportivas patadas de Rafael. Se refugió bajo mi catre rascándose la noche entera.

Un domingo nos disponíamos a almorzar en el patio cuando sonó el timbre. Rafael caminó contoneándose por la galería y lo seguí a distancia.

Asida a la puerta cancel, como un mono a su jaula o un preso a sus barrotes, una viejita de pañuelo anudado en las puntas mascullaba una letanía incomprensible, al rayo del sol.

–¿Qué querés, vieja?

La pobre lo repitió todo de pe a pa, procurando sonreír entre sus pocos dientes. Yo la conocía porque en mi casa pedía los miércoles.

A Rafael se le ocurrió divertirse, quizás porque era domingo.

–¡Che, vengan todos!

Miguel, con su guardapolvo de comer y la servilleta al hombro, abandonó los tallarines y fue a la puerta, escoltado por Tula.

Los viejos solitarios. *Sin embargo, hay algo que los une: todos aparecieron cuando el mundo, a pesar de sus males, era más espacioso y más vistoso y los viejos tenían una audiencia y un lugar en la tierra.*[3]

La mendiga era italiana, rotas palabras se le escurrían de la deshabitada boca. Rafael dedujo que pedía comida y le dijo:

–Te doy un plato de tallarines si bailás una tarantela.

–Ma ío, signore...

–Nada. O bailás o no comés.

La mendiga nos contempló con sus ojos lagañosos y se detuvo en mí, que la conocía, para que intercediera.

–Figlia mía, la sua mamma...

–Vamos, basta de lata, bailá de una vez –la urgió Rafael.

–¿No era que tenías hambre, abuela? –le preguntó Tula, tentada.

–Total qué te cuesta, con esas gambas...

–A mi casa va los miércoles –dije, pero nadie me oyó.

–Las gambas de la Mistinguete –dijo Rafael–. Vamos, dale.

Bajo la larga falda remendada la viejita dejaba entrever pies deformes envueltos en medias de color intemporal, zapatillas agujereadas y dedos costrosos. Se secó una baba con la manga.

–Si no bailás no hay morfi –dijo Miguel.

Entonces la vieja, con una gracia torpe de oso escarmentado, dio unos pasitos en redondo por la vereda solitaria, bajo la cuchillada del sol. Al final se tambaleó y saludó con la cabeza.

Rafael y Miguel aplaudieron y Tula se disponía a traer los tallarines, descoyuntada de risa, cuando su hermano mayor la detuvo.

–No. Si la gringa quiere tallarines también tiene que cantar.

La carcajada de Tula retumbó en la galería e hizo desbandar a los gorriones de la palmera.

La vieja intentó sonreír, segura de que a los señores les caía mal la amargura. Estaban tan contentos, sobre todo Miguel, después de ayudar en Misa y volver de la iglesia con los brazos cruzados y los ojos bajos.

La vieja se negó a cantar, alzando los hombros.

–¡Cómo no vas a saber, nona, andá, cantáte algo!

–De una vez, che, dale. O sole mío, lo que quieras.

–¿Querés los tallarines sí o no?

–Engrupida la tana.

–Si no cantás nos vamos, que se nos enfría la comida, qué tanto escorchar.

La vieja asintió por fin. Los hermanitos Montero hicieron silencio conteniendo la risa y ella se llevó una mano al cuello y dejó escapar un crujido lloroso, un gorjeo oxidado que atravesaba los ásperos montes de allende el Océano y recalaba mustio al borde de sus encías.

Los hermanitos aplaudieron, entraron atropellándose y yo me quedé allí sin saber qué hacer. La vieja me hablaba y yo no entendía.

Tula volvió con una lata llena de tallarines. La vieja nos agradeció con especial reverencia y se sentó en el umbral a comerlos con la mano, después de persignarse.

Tula dijo:

–Qué risa, madre mía. No te llevés la lata, abuelita. Si los dejás, éstos arrasan con todo.

Y me empujó hacia adentro, donde Rafael y Miguel relataban la hazaña a unos padres silenciosos, donde hondamente se cavaban las arrugas de la resignación. A la siesta, cuando vomité hasta mis propias entretelas, Tula dijo que eso me pasaba por andar al sol sin sombrero.

La Nona tejía y de pronto contestó a algo que yo no le había preguntado.

–Les puse nombres de arcángeles porque mi mayor dicha hubiera sido que alguno de los dos estudiara para sacerdote.

–¿Y no estudiaron?

–Tuvieron mala suerte. Miguel al menos sigue siendo piadoso y es un buen hijo, pero Rafael...

La Nona suspiró y recontó los puntos.

–¿Qué le pasó?

–¿Qué le pasó a quién, tesoro?

–A Rafael.

–Estudia Ingeniería. ¡Hace tanto que ahorro para comprarle los libros!

Me expliqué por qué la Nona hacía equilibrios con el monedero antes de expedir a Tula en busca de medio pan de manteca, dos huevos o un cuarto de kilo de azúcar. Comprendí los zurcidos sobre zurcidos, los comentarios numéricos, el pan viejo humedecido sobre el fogón, los cachos de diario en el tenebroso cuarto de baño. Pero pese a mi capacidad de detectar libros aunque estuvieran ocultos o enterrados, no había visto ninguno, ni de Ingeniería ni de cuentos ni de adorno.

–Rafael dejó los estudios, por ahora –corrigió la Nona, recordando que es pecado mentir.

–¿Por qué?

–Porque es pobre... porque un profesor le tomó rabia... por esa maldita pulmonía doble... Hay mucha injusticia en este mundo, querida.

Voces extrañas en la galería interrumpieron la charla. Rafael discutía con un desconocido.

La Nona guardó sus lanas, se quitó las sobremangas y salió alarmada, trastornada por los furiosos ladridos de Sultán y el desesperante tartamudeo de Tula, que tironeaba la manga de Rafael hasta que él la sacudió de un sopapo y la desplomó en un derrengado sillón de mimbre.

Rafael y el ropavejero discutían por encima de la máquina de coser. Vimos que al fin el desconocido la hacía rodar por la galería y que en ella se iba a embarcar hacia el turbio país de lo enajenado.

El hombre contó unos billetes y se los tendió a

Rafael. La Nona se acercó y cuando iba a reprocharle su acto abominable, Rafael, magnífico, le dio parte del dinero.

–Tome, vieja, la semana que viene va a tener una Singer de oro, no este cascajo. Ahora necesito capital para asociarme a Baigorri Velar.

–¿El que hace llover? –preguntó Tula con una ilusión que la resucitó del sopapo.

La Nona recogió la plata sin mirarlo, mientras Rafael guardaba el resto murmurando:

–Para lo que cosen las minas de esta casa, francamente...

–Andá a jugar –me ordenó la Nona, y fui al cuarto de Tula y paradero mío donde quedaba un rectángulo de pelusa espesa que nadie quiso barrer. Y entonces corrí a la calle y el desconocido hacía rodar la máquina traqueteando sobre los ladrillos desparejos, seguido por chicos rotosos y pedigüeños. Decidí unirme al cortejo, luchar quizás con el tipo ayudada por los chicos, rescatar la máquina preciosa.

–¡Espérenme!

–Una nena no anda por la calle como los varones –me zamarreó Tula en la esquina, jadeando, enviada a rescatarme.

–¿Por qué?

–Porque es una varonera. Si tu mamá te da permiso es otra cosa, pero como no está y nunca más vendrá a buscarte por mala, nunca, nunca...

Forcejeé para soltarme y le mordí la muñeca con alma y vida, al tiempo que le pateaba el tobillo. Tula me pegó un feroz tirón de pelo y masculló insultos que no descifré pero que aludían a perversidades de los varones con niñas machonas, entre bolsas de afrecho, en la carbonería.

Me arrastró hasta la casa, y fue tal el escándalo que la Nona debió protegerme y repetir hasta el cansancio que esa misma noche volvería mi madre, que lo sabía por la Virgen. Como además tenía que consolar a Tula de la pérdida de una Singer que no usaba y del mordisco que aliviaba con agua de Alibur, la pobre Nona se levantó la falda y el viso y extrajo un dinerillo que mi madre le dejara para casos urgentes, y nos mandó a las dos al cine.

Tula me rizó el pelo con tijera caliente y luego hizo y rehízo su propio peinado, mirándome de reojo y rencorosa, mientras yo esperaba sentada en su cama, apretando una carterita y un saco tejido. Fue endulzando su expresión y llegó a sonreírme, distraída, como si de pronto yo fuera personaje de su fantasía, una enana de inicua maldad pero que le concedía la gracia de llevarla al cine.

Aproveché entonces para asestarle la pregunta:

–¿Qué es ese cuadrado en el techo del pasillo?

–¿Qué cuadrado?

–Vení que te lo muestro.

–Otro día, ahora se nos hace tarde.

–Ayer, don Marcos puso una escalera y lo abría...

–Vamos, vamos.

Tratando de acompasarme a su pasito rápido y desparejo, crucé la avenida asfaltada, la plaza desierta en la resolana, el túnel de la estación oloroso a humo y acaroína.

Una vez traspuesta la entrada del edén, la gruta

mágica del cine Ramos, tres películas nacionales nos ocuparon la tarde entera y toda la vida, chupándonos los corazones hasta la última gota de emoción, para salir, ya alta la noche, transformadas en sílfides voladoras sobre los canteros.

No sé qué dijo Tula sobre el cabello ondulado de Florén Delbene porque hablaba sola aunque me apretara la mano para distraer mi atención fija en el movimiento de las parejas sobre los arqueados bancos de madera de la plaza, a la sombra de cómplices ramajes.

Mi delicada torre de sueños robaba sentido a esos amores de cuerpo presente que Tula, de reojo, registraba con rostros, nombres, edades.

Después de ser rescatada en mi orfandad por una Olinda Bozán que me obligaba a mendigar pero luego me empachaba de bombones comprados con sus monedas de oro, a Rafael lo llevaban esposado a la Penitenciaría, y Thorry, Juan Carlos, me invitaba a subir a su voiturette y debutábamos en el teatro cantando a dúo, yo sentada sobre un piano de cola blanco, y cuando llegamos a la casa Tula, yo, Florén, Olinda, Juan Carlos y toda la compañía, disfrazados de arlequines y blandiendo botellas de naranjada Cusenier o champán, mi madre verdadera había vuelto por fin y agradecía tantas atenciones y Tula mentía se portó como un ángel la nena, y días después mi padre real volvía de Europa y desempeñaba la Singer y la Nona alzaba sus gafas redondas y se secaba una lágrima que cuatro virgencitas celebraban, muy juntas, ante un micrófono rombo, entre las altas nubes incendiadas.

2. *Descubrimiento de las aguas*

Nací con bronca, fula contra el mundo porque ese verano se inundó la casa, mi cuna andaba *a los tumbos por la corriente zaina*[4] topeteando el empapelado mientras madre timoneaba desde la cama y flotaban palanganas y vapores estivales azuzados como humo de caldera y el agua subía arrastrando rastrojo y todo era calamidad por culpa del arroyo Maldonado.

Lágrimas, inundaciones, lluvias, arrabal prehistórico enredado en los mosquiteros, disputas conyugales que subían como el torrente mientras la sirvienta encendía velas a una santa apaciguadora.

–O nos mudamos o levantamos la casa –habrá dicho mi madre.

–Ya van a entubar el arroyo –contestaría mi padre.

–El año verde. Vos tan tranquilo y el agua por el colchón.

Entonces mi padre Atlante, ayudado por los peones del Ferrocarril con sus palancas de alzar durmientes, "levantó" la casa en bloque y la puso a salvo de naufragios: clausuró sótanos, subió pisos, agregó escalones, cerró la galería, cambió zócalos y el domingo descansó.

Después de la obra colosal, cuando el Maldonado se salía de madre inundando la calle ancha como la desgracia, el agua se detenía ante los escaloncitos de la puerta cancel, lamiendo apenas el mármol sin atreverse a entrar.

En cambio los Montero extraían de su cuarto de cachivaches unas compuertas que la Nona encajaba sobre los umbrales, y desde la cocina veía pasar el oleaje, la sapa madre con su sapito a cuestas, más de un pollo ahogado, el desfile de la miseria.

Paraba el temporal y la laguna seguía en la calle y los chicos salían a navegar en balsas de cajón, sin que faltara el gracioso que improvisaba una vela de trapo de piso. Las mellizas de Unía, *langostas saltonas*, se atrevían al agua entre el chapoteo de los perros mugrientos, pero las otras mujeres, retobadas por tradición a toda aventura náutica, sacaban a orear alfombras o fregaban furiosamente el barro pegado a las paredes.

Los Montero, que iban al trabajo de pantalón fantasía y polainas, sorteaban el agua trepados a las verjas como los monos disfrazados del circo Sarrasani. Los igualmente pobres pero menos pretenciosos pisaban el profundo charco, los pantalones arremangados, alpargata en mano.

Maldito Maldonado, con su puentecito de fierro negro, aguas quietas y oscuras como bleque, con una arruga por toda corriente, que se perdía al fondo de las casas, bordeado de un cañaveral podrido. Lo llamábamos el zanjón.

Vecino traidor y cochambroso, dónde están los arroyuelos cristalinos, *qué se fizo el rocío de los prados*[5] o las cascaditas japonesas de los almanaques, los lagos del Sur atesorados en postales, *verás que todo es mentira* y sólo disponemos de un vaciadero de porquería, urinario de fábricas clandestinas, hediondo sumidero donde estuve a punto de hundirme precozmente, arrojada por los celos de Laura.

He mirado la corriente de venenosas anilinas sin resignarme jamás, esperando un suceso mágico que lo adecentara, que lo transformara en el manantial de las láminas, en la fuente de "El Campesino y el Hada de las Aguas" de un libro sin tapas.

Para oficiar de profeta estaba don Antenor, patriarca del Despacho de Bebidas, que arengaba al vecindario describiendo los planos que había visto en la Municipalidad, asegurando que en pocos meses empezaría el entubamiento y que todo el barrio se transformaría en una pradera de Disney, con chalecitos como los que ya florecían sobre la barranca de la calle Gaona.

Los varones pescaban en el sucio petróleo, con una rama, un piolín y una lombriz, metidos en el lodo hasta las verijas, y pasaban después exhibiendo entre empujones un frasco con tres renacuajos que acercaban a las fruncidas narices de las niñas bobas soñadoras con lagos y cisnes de nieve. Las que creíamos castamente no sólo en los días sino en los espacios multicolores de los países de almanaque.

Las mujeres no esperaban sentadas la obra de magia y seguían fregando las trazas de mugre

–hasta aquí llegó el agua, fijesé qué picardía– imborrable como la sangre en la llave de Barbazul.

En el medio de mi casa había otras aguas, en tres tanques de mi altor de pocos años. Los llamábamos tinas y juntaban el agua llovida que se entibiaba al sol, criando una diminuta fauna de mosquitas rubias, una nata de polvillo y arañas que tejían babas.

Agua suave, dulce y tranquilizadora, se almacenaba para lavar el pelo, las cabelleras de las niñas de bien que debían diferenciarse de las chicas de crenchas grasientas. Orgullo de criaturas a las que se quería diferenciar del pobrerío y la varonería mediante cabelleras exclusivas, escardadas, perfumadas, trenzadas, enruladas, enmoñadas y para siempre ajenas a la plebeyez de las brillantinas.

Lástima que cuando a las niñas nos ocurría un sangriento percance por nadie explicado pero que significaba entrar en la mujeridad, por paradoja apañada por médicos y consejeros, se nos imponía la prohibición iniciática de lavarnos la cabeza, bajo pena de caer en hechizos por lo menos tan aterradores como la locura o el pasmo.

Las verdaderas aguas, las rutas transparentes de la aventura, eran fuente de las mayores nostalgias. Navegar en lancha por los riachos de El Tigre avivaba la ilusión y la desplazaba hacia las gigantescas hortensias de color redentor de tanta corriente opaca, residual, que no daba la vuelta al mundo.

En los paseos a la Costanera se podía atisbar un remedo de mar pero persistía el tono roñoso y las olitas paralíticas y era un pórtico al que pronto le dábamos la espalda para enfilar hacia los espectáculos de variedades, los modestos magos incapaces de modificar a golpes de vara la infame ribera.

Un día Tula me llevó a visitar a unos parientes suyos, en Liniers. Pueblo de cruce campero, apestoso a mercado de hacienda, humo de locomotora y queso sudado de mil almacenes.

Entramos en una casa consabida: una hilera de cuartos en penumbra para no gastarlos ni con la mirada. No había chicos que presagiaran alivio al tedio de las visitas entre mayores, que repasaban el mismo mate y la misma conversación desde siglos atrás.

Pero salimos a un patio grande ¡y allí estaban construyendo un barco, un barco de verdad! Alto, imponente, blanco, con su chimenea y sus ojos de buey, su breve planchada y el ancla recién pintada de minio al pie del parral.

Liniers no es lugar costero, y demasiado lejos estaba la ribera Norte del Río de la Plata, los pueblos de armadores. Habría querido preguntar, pero los constructores del crucerito chupaban mate torvamente, desentendidos de las visitas.

–Mirá, nena, mirá. ¿Viste qué lindo barco? –decía Tula restregando su mano sana contra la tullida, dando saltitos, en uno de los mejores días de su vida y en uno en que me sentía reconciliada con la mía, que soportaba con tanto empacamiento, *metiéndome en dibujos,* queriendo abrir puertas que daban a muros, atacada de asma de sólo pensar cómo cuernos harían para sacar ese barco de ese patio.

¿Cómo agradecer a Tula, *después de siglos y continentes*[6], tanta generosidad y delicadeza? Endomingarse, gastar en tren y colectivo, sortear las montañas artificiales y resbaladizas de la Avenida Gral. Paz en plena construcción, todo para regalarle a una criatura esa conmovedora sorpresa: –Mirá, nena.

Lo agradezco *para que se quede temblando el recuerdo y no huya por encima de las cajas de sombreros hacia el mar.*[7]

La elección de Unquillo como lugar de vacaciones porque allí veraneaban mis tíos –Isabel y su marido Ben– arrastraba otra carambola desdichada. ¿Por qué los parientes no habían elegido Río Ceballos, "que tenía agua el año entero"? Además no alojaba a tanto "delicado", tanto tuberculoso que buscaba sequedad y abarataba los lugares porque los veraneantes aprensivos les huían como a leprosos o anarquistas.

En Unquillo respiraríamos aire puro para nuestros bronquios, es decir, arenillas, pelusa de papel secante, estambres de yuyo momia. Cruzaba el pueblo un arroyo muerto hacía añares. Los chicos recorríamos el cauce petrificado pisando vados que sólo servían para huevera de lagartijas.

Por una vez en el siglo el arroyo se tragó una tormenta y después de anunciarlo con un tronar de piedras mientras *érase una caverna de agua sombría el cielo*[8], se llenó de olas revueltas, arrancó árboles de cuajo, arrastró iguanas panza arriba, armó remolinos donde castañeteaban bloques de mica, derribó casas, taperas, pircas, revoleó techos de chapa que degollaban torres.

La casa de los tíos estaba en una ladera, pero abajo en la orilla la catástrofe reunía a veraneantes rastacueros con changos de patas sucias y delicados que portaban su infaltable reposera, y todos gemían sin poder creer, las sirvientas morochas murmuraban ensalmos, las señoras de turbante se cubrían la cara con toallas, asomando una desesperación de puro ojo, como musulmanas veladas por pliegues pringosos de arena y llanto.

Después, lo que ya sabemos: orear colchones, barrer y fregar el lodo ensangrentado de Barbazul.

Entonces mi madre quiso albergar a los Pachanqui, familia que nos servía para un roto y un descosido, que se presentaron en pleno para avisar que la crecida les había llevado todo, tapera, catres y la ollita.

Se quedaron afuera cabizbajos, esperando consuelo y ayuda.

–Esperen –dijo mi madre, y después en el porche–: Podrían arreglarse por unos días en el garaje –dijo como al aire, temerosa de dirigirse frontalmente al complicado tío Ben, que aspiró la pipa y se rascó la oreja.

–Como usted quiera, Lucy, pero después esa gente no se va más, y son sucios, usted no conoce a estos nativos.

–La casa es suya, yo decía nomás.

–Están acostumbrados, Lucy, no se preocupe.

–¿Cómo van a estar acostumbrados si no llueve desde el año 15?

–Pero se hacen el rancho al lado del arroyo por brutos, gente muy haragana.

–Es que un terreno alto como éste es muy caro, don Ben.

El gringo dibujó con la pipa en el aire un gesto de resignación y conocimiento de la vida que además parecía indicar: haga lo que quiera, pero...

–Vamos a darles unos pesos –dijo mi padre desde atrás del diario y cerró el debate.

Durante unos días la pandilla de porteñitos anduvimos por el arroyo con el agua hasta los muslos, juntando brazadas de berro que después regalamos a un hotelero español que dio unas gracias secas como un tiento, y más tarde maldijimos por no haberle vendido la ensalada que cobraba a sus parroquianos.

Una semana después la corriente cristalina adelgazó hasta resumirse en el grosor de una cuerda, luego se le acabó la cuerda y volvió a secarse, y calló el murmullo que tanto nos había hechizado.

La casa tenía un aljibe y me gustaba asomarme y bajar el balde para probar esa agua tan fresca y profunda. Una vez se me cayó el vaso, que repicó contra la pared redonda y se hizo añicos en el fondo. Me dio un ataque de apocalipsis, pensé que alguien tomaría agua con astillas y se caería muerto, irremediablemente apuñalado por dentro, agarrándose el cogote con desesperación, desorbitado, y todo por la inmensa culpa mía.

Corrí a la casa llorando como una huérfana y entre agónicos hipos le conté a mi madre el futuro crimen.

–No es nada, el vidrio se clava en el fondo, nadie se lo va a tragar.

–Sí, sí, se van a morir por culpa mía, es peor que atragantarse con una espina de pescado, hay que tapar el aljibe y comprarle el agua al aguatero, el tío Ben me va a denunciar a la policía y...

Mi madre, experta en aljibes, me dio una paciente cátedra pero yo seguía añadiendo desgracias, como la posibilidad de que el sapo habitante del fondo también sucumbiera.

–¿Creés que los sapos son zonzos? –dijo Laura.

–Vos qué sabés, están al oscuro.

–La que va a estirar la pata es tu burra cuando le des agua en el balde.

–Usted cállese la boca –mi madre cerró el debate.

Felisardo, el menor de los Pachanqui, el que no podía cerrar jamás su sonrisa, nos alquilaba la burra y un día decidí emprender sola la travesía hasta Río Ceballos, para sumergirme en el arroyo entrevisto desde el ómnibus.

La burra miró melancólicamente la partida de su dueño y se negó a acelerar el paso, ignorante de que Río Ceballos quedaba a varios kilómetros de distancia.

Me llevó una buena hora y un centenar de rebencazos llegar apenas al centro de Unquillo. Allí se paró, en medio de una calle aparentemente desierta, pero pronto, como salidos de ninguna parte, como duendes escupidos por la resolana, acudió la pandilla de porteñitos a dar sus no solicitadas opiniones varoniles.

–Río Ceballos está muy lejos, pavota.

–¿Por qué no tomás el ómnibus? Te acompaño así no te perdés.

–¿No ves que esta burra no quiere caminar porque está preñada?

–Ningún burro quiere caminar.

–Está gorda a reventar y mal cinchada, por eso.

–De aquí no salís más.

Colaboraron dándole alpargatazos en las ancas y azuzándola con la más variada sinfonía vocal. Y allí nos quedamos, yo sentada en la burra y mis amigos sobre una pirca.

Y me hubiera quedado varada toda la vida, sin apearme jamás ni desistir de la salida en busca del espejismo, roja de rabia y de calor.

De pronto la burra volvió lentamente la cabeza y emprendió una loca carrera pero hacia atrás, por donde había venido, después de olfatear a tres kilómetros de distancia la proximidad de su amo el Felisardo, enviado a recuperarme para gran regocijo de la pandilla que me arrojaba piedritas, pullas y lagartijas secas.

Cambiada la maldita burra por una bicicleta, sin permiso aún para montar a caballo, recorría sola los vericuetos del pueblo, buscando algo que Córdoba escondía, sin duda un hilo de agua brotado mágicamente y que ningún explorador había descubierto. Lo buscaba debajo de un trozo de cuarzo, en la espesura de los churquis, detrás del palacete en construcción o en ruinas, cavando junto a un algarrobo con una palita, como Viernes Scardulla en busca del tesoro del Virrey.

Salía a la hora de la siesta, en una soledad propicia para milagros o descubrimientos. Por la misma razón, pero del lado del temor, Rosalía Pachanqui, la sirvienta, jamás asomaba a la calle a esa hora, o la cruzaba al trote, guarecida bajo un diario y previniéndome al pasar que me cuidara del Sombrerudo, y que en caso de toparlo no contestara a sus impertinencias.

No supe bien qué buscaba, mortificada por el silencio después de haber conocido la cantilena del arroyo vivo, con el chillido del crispín que rajaba el aire.

Sólo en la madurez volví a Unquillo, y me largué sola por esas calles igualmente polvorientas, a mirar de lejos la casa de los tíos abandonada en la ladera y el mismo palacete en construcción o en ruinas. Era, naturalmente, la hora de la siesta, y no hallaba sino la misma aridez, el cauce callado y la pérdida definitiva de una alucinación.

Al volver a la ciudad empezó a picarme todo el cuerpo. No tenía rasguños ni manchas ni erupciones pero ardía como en la hoguera y dormía entre abrojos, cargando sobre la piel la travesura del duende que sin duda me había rozado con su sombrerón de paja. Consulté médico tras médico y no encontraron causa visible, sino los sempiternos nervios. *Y seguí desnudándome para frotarme contra las paredes como perro con garrapatas, me aplicaba talcos y pomadas obvias. Hasta que un día la comezón desapareció, el castigo metido en los poros se fue como vino, mientras el duende vengado huía por una rendija, riéndose como un psicoanalista.*

El permiso para montar a caballo coincidió con un hecho fatídico para la educación de las niñas: el secuestro de Martita Stutz. Hubo que redoblar la vigilancia preventiva ya no de imaginarios percances sino de auténticos y rapaces degenerados.

Me asignaron un chevalier servant: Pachanqui padre, don Belerma, un viejo comechingón ceceoso y arrugado como ciruela pasa, noche y día con el sombrero sobre los ojos achinados, que prometía venir a buscarme con el caballo "después de doce".

A las doce y diez, tras comer atragantada y mirando por la ventana, me sentaba con bombacha bataraza, botas y rebenque en mano en el caluroso porche. Y esperaba, incapaz de entender las reglas del juego: dama espera a caballero que tarda o no llega. Y confiaba tercamente cada día hasta que el viejo caía al tranquito con la fresca, al atardecer, porque "después de doce" era cualquier hora menos la de la siesta en la que un paisano jamás iba a renunciar al sueño para enfrentar los peligros de la resolana.

La larga espera permitía distraerse en la exploración del suelo. Ese terreno aparentemente árido tenía su vida, sus aventuras casi invisibles que *estoy mirando oyendo con la mitad del alma en el mar y la mitad del alma en la tierra*[9], asumido el ritmo cansino y el ojo avisado de los "nativos".

Una pajita chata y ocre se mueve de pronto, sin

ayuda de brisa ni dedo de duende. Le descubro un par de ojos milimétricos, corro a buscar una lupa pero el monstruo desaparece en un agujerito de la tierra. Bicho-pajita, escarabajos secos semienterrados, larvas, criaturas infinitesimales, el universo de los niños, pegado al suelo. Padre me da una somera clase sobre mimetismo, me habla de un señor Fabre. Otro Pachanqui de mi edad, el Casimiro, contribuye con buenas presas a la tarea exploratoria, algo que obliga a mi madre a mantenerse vigilante, porque la compañía de una pandilla no suscita recelo, la de un solo varón debe ser controlada o discretamente desalentada. Con el Casimiro miramos la lucha a muerte de una araña con una avispa, trenzándose y destrenzándose como boxeadores hasta que la avispa le clava el aguijón mortal y la araña cae convertida en un minúsculo ovillo descolorido. Casimiro ríe, madre dice No sé cómo pueden mirar esos bichos horribles. Es la prehistoria de los lentes que alguna vez nos mostrarían en el cine esas batallas monstruosamente ampliadas. Rosendo Pachanqui, algo mayor, suele traerme panales de avispa que una vez chupada la miel llenan la boca de celdillas semejantes al papel secante mascado en ratos de ofuscación, residuo que escupimos parsimoniosamente hacia las fauces de súbitas hormigas que aparecen meneando sus redondos traseros blancuzcos.

Mucho tiempo después recuerdo gestos de criaturas y son gestos de darme el agua.[10] *Un avión me detiene en Santa Cruz de la Sierra, me aventuro cerca del aeropuerto, envuelta en un viento de horno, gris y bochornoso. La placita de tierra apisonada tiene una sola habitante: una muchacha encargada de un puesto donde vende humo y agua. Está enmarcada por una torre de cajas de cigarrillos extranjeros, multicolores, y extrayéndola de una tinaja vende agua por cucharón de palo a los sedientos descalzos, de sombrero alón. El ombligo de una América reseca y miserable, donde la criatura despilfarra sonrisas y placidez para los turistas fotógrafos.*

Mientras me abstraía en estos aprendizajes, llegó el momento en que el viejo Pachanqui me dio su primera y única clase de equitación:

–Agárrese fuerte del recado y castíguelo nomás, niña.

Obedecí justo en el momento en que pasaba la pandilla de porteñitos haciendo pinta en mancarrones alquilados, al galope desparejo. Mi caballito, en cuanto percibió a sus congéneres, salió como flecha y apenas alcancé a sostener las riendas aferrada a la manija del apero, perdiendo un estribo pero sin perder la cabalgadura. Pasé de largo al breve malón de chicos y los esperé con dos cuadras de ventaja, feliz de la victoria y la gloriosa venganza del trance de la burra enculada. Los jinetes se detuvieron admirados ante tanta destreza. Ignoraban, igual que yo, que el caballito de Don Belerma estaba entrenado para correr cuadreras. Di muchos paseos con Pachanqui padre, que emitía un silbidito y hablaba escaso, seco de boca, y yo que no me atrevía a sacar tema con los viejos, enmudecía guardando más secretos de los que podía contener.

Una tarde estrenamos otro camino, escondido y salvajón, costeando al arroyo muerto, cuesta arriba. Don Belerma se detuvo de pronto y, brujo al fin, presintiendo lo que yo buscaba sin saber, me señaló un lugar entre las matas espinudas:

–Mire, niña, el agua "asombrada".

–¿El agua qué?

–"Asombrada", es la olla de la finada Ramponi.

Me apeé mientras el viejo se tocaba el sombrero y se santiguaba. Descubrí un círculo de piedras apiladas, donde manaba un agua turbia, a borbotones, como sopa hirviendo y que no se iba en corriente sino que allí quedaba, volviéndose a sumir en *las tripas mojadas de la tierra.*[11]

–¿Adónde va el agua, don Belerma?

–A la tierra mismita de ande sale. Ahí cayó la finada fulminada por un rayo mientras hervía un hueso, y el agua de su ollita Dios se la conserva para que pueda beber en el otro mundo.

Metí la mano con cuidado, temiendo quemarme, pero el agua estaba helada y se enturbió furiosamente.

–No hay que enturbecerla, niña, porque entonces la finada no la puede tomar. ¿No ve la cruz de palo? Es agua para la muertita nomás, en santa gloria esté.

Enderecé la crucecita semienterrada y volvimos pa' las casas.

Y volvimos también a nuestra casa, la vecina de las aguas algo más que asombradas del Maldonado. Justo a tiempo para enterarnos de que venía un primo de Inglaterra. Mi padre fue a buscarlo al puerto y a la noche apareció con un marino alto, rubio, cubierto de galones, que no hablaba ni papa de español. La familia, toda ojos, toda nervios, desviviéndose ante la imponente novedad de un uniforme sólo comparable a los del museo de Luján.

El inglés pasó al comedor de lujo con balcones al jardín y piano cubierto con mantón de Manila y alzó las cejas ante los dos grabados con lagos de Escocia. Al parecer el agua pintada se apreciaba mucho, los Montero disfrutaban de dos paisajes venecianos. Desplegamos la vajilla de Limoges, los cubiertos con olor a estuche y el mantel de hilo de París.

Sólo mi padre hacía los gastos de la conversación porque sus hijas, tercas como gatas, se negaban a pronunciar ni un yes, ante la desesperación de mi madre que aspiraba a dominar el augusto idioma por nuestro intermedio.

El marino sonreía de labios para adentro, desde una altura insigne, mientras mi madre procuraba atenderlo con todo el miramiento que merecían esos seres superiores de manos huesudas con pelos rojos.

Pobre madre que nunca llegó a conocer Europa, la imponente sobaquina, la sordidez sin baños, los vagabundos cubiertos de nieve, las calles sembradas de borrachos entre diarios viejos.

Al día siguiente fuimos a Palermo, a pasear en mateo, mi padre, su primo inglés y yo. Hacía frío, la ventolina me arrancaba el sombrero, pero el caballo trotador, el carruaje de bronces lustrados, el roce del paño azul marino, el parque dominguero y la fiesta terminada en un té con masas en una confitería del centro, arrasaban con todas las inclemencias sólo empañadas por unas atroces y habituales ganas de hacer pis.

Después de añares pregunté por el primo marino a mis parientes de Londres. Con sus bocas mustias mascullaron que desconocían la existencia de marinos en la familia. Mi hermana no lo recuerda y dice que yo lo inventé. Quizás lo inventó mi padre, tan dado a las bromas, y fraguó el parentesco con un compinche de juergas portuarias para legalizarlo ante la familia.

De todos modos juro que existió aunque no hay postal que lo confirme, aunque haya desaparecido como el humo de su pipa, como el genio en la playa que volvió a encerrarse en la botella, como la ventolina de Palermo en la carroza de un solo día, como el más clásico de los novios que se fue para siempre a comprar cigarrillos.

Lo juro por un tal Joseph Conrad cuyas navegaciones compartí con el corazón en la boca, siglos después.

Mientras yo transformaba mis alucinaciones acuáticas en incesante manadero de lágrimas y aguas menores, mi madre al fin no quiso ir a Europa, alegando miedo al mar y la complicación de viajar con dos criaturas que podían enfermarse o vaya una a saber. A todo contestó mi padre con argumentos tranquilizadores –hay nursery en el barco, hay niñeras en París, hay familia en Londres– entonces ella alegó que quién iba a ocuparse del pobre Tony, el menor de mis medio hermanos, y de la casa y de las hormigas que iban a arrasar el jardín en su ausencia.

Y padre se embarcó solo en el Highland Princess, en el último de los viajes que el Ferrocarril le otorgaba periódicamente, y fuimos al puerto a despedirlo, vestidas con las mejores galas.

Curioseamos el transatlántico de cabo a rabo, desde las calderas hasta el camarote nupcial. Peldaños encerados con barandas de terciopelo rojo, arañas irisadas como diademas, alfombras espesas de pasos majestuosos, jarrones de bronce con palmeras, mesas vestidas como novias hasta el piso, retratos de sus Majestades británicas, platería cegadora, saludos cómplices de la tripulación cubierta de generosa pasamanería de oro, lacayos indios de turbante y pantalón estrecho. Como para deslumbrar a un muerto, y *como un párpado atrozmente levantado a la fuerza estoy mirando.*[12]

Tomamos el té en un afelpado salón con camareros de frac y una orquesta de cuerdas empeñada en el vals de La viuda alegre y a la que sólo faltaba la presencia de Jeanette Mac Donald y Nelson Eddy o la de Thorry, Juan Carlos, vestido de húsar.

Bajo cúpulas de plata se descubrían scones calientes, y el té cargado –y detestado en casa por su sabor inhumano y su implacable puntualidad– encantaba los arrobados sentidos, que debían rendirse ante ese inolvidable despliegue de boato europeo.

No entendí por qué, al asomarnos a la borda, en el filo de la despedida, mi hermana se puso a llorar.

Tiempo después, al pisar por primera vez una ciudad del Sur, mi padre me señaló un punto en la lejanía, el confín de una calle limpia como una patena.

–Mirá –me dijo.

Allá lejos, un recorte verde, vivo al sol.

Y el mar, una vez reconocido y usado y navegado, fue siempre dolorosamente mágico como el enamoramiento, pero allí empezó, nunca fue más real que en ese primer atisbo, un retacito verdísimo, el principio del arco iris, el origen de la nostalgia, señalado por el gigante de ojos grises.

Toda la vida, en ciudades mediterráneas sin el menor vestigio de puerto, repetí el gesto de mirar hacia allá, hacia el confín de una calle, esperando reencontrar el espejismo con la misma ansiedad del grumete que creyó divisar tierra después de la monótona eternidad del peregrinaje.

3. *–Pero yo no quiero andar entre gente loca –dijo Alicia*[13]

El misterioso cuadrado en el techo de los Montero era una puerta a la locura, un sótano para arriba, uno de esos *sótanos vivos que se cierran como enormes flores carnívoras.*[14] Alguien adosaba una escala y empujaba la tapa hasta que el habitante descendía –triste como un sudario o riéndose a destiempo– a integrarse al calor familiar y vaciar su escupidera en el lóbrego cuarto de baño.

En ese altillo se guardaba a Reina, casada años atrás con un capitán del Ejército gallardamente uniformado que no era sino Rafael en una de sus tantas imposturas.

–*"Es de vidrio la mujer..."* –solía recitar mi padre sin que viniera al caso, y nos dejaba pendientes de una continuación que olvidaba y cada vez debía rebuscar en el imponente Quijote.

El verso de Cervantes le caía bien a Reina, porque parecía la Mujer Invisible, transparente para los Montero que pasaban junto a ella acometidos de súbita ceguera. Hasta la bondad de la Nona se transformaba en desdén cuando le hablaba oblicuamente. No tardé mucho en entender que de este modo la pobre era sometida a una de las más refinadas torturas. Por algo a veces corría hasta un espejito de la galería y se miraba y remiraba y después lo daba vuelta, para encontrarse en algún lado.

–Reina parecía una buena muchacha, pero a los pocos días de casarse reveló su naturaleza enfermiza, qué desilusión para Rafael, que necesitaba una compañera sana y trabajadora y con más preparación que una vendedora de tienda. (Versión de la Nona.)

–Reina era una chica ejemplar, bien cuerda hasta que se casó con ese Judas. Se ganaba la vida y tenía ahorros en el Banco de Londres. Se trastornó a las pocas semanas, cuando descubrió que él no era militar y que había estado preso por falsificar papeletas de escribanía. Y no sólo le prohibió que siguiera trabajando en la tienda, sino que le comió los ahorros en menos de lo que canta un gallo. (Versión de mi madre.)

Rafael depositó a su mujer en una casa donde sólo se presentaba de visita, bien trajeado, sin privarse de coquetear con un bastón que encerraba una hoja de florete, porque ahora era médico psiquiatra en el recién inaugurado Instituto Médico de Reposo "La Chapelle".

–Ese farsante –decía mi padre divertido– se cree todo lo que inventa, como el Barón de Munchaussen.

En esa época pródiga en embaucadores, mi padre se entretenía cotejándolos con los personajes de sus lecturas, deporte que sin duda le obnubilaba todo intento crítico. Casi todos los extravagantes encontraban su réplica en personajes de Dickens. Y cuando abría los pesadísimos volúmenes del Quijote yo solía balconear las ilustraciones sobre su hombro mientras él me resumía a su modo las hazañas del Caballero trastornado que confundía molinos con gigantes o creía galopar *por la más alta región del aire* en un caballo de madera.

A veces andaba Reina por la casa, invocando a Rafael como una plañidera. Yo alzaba los ojos de mi pizarra para compadecer su lloriqueo o para irritarme divagando: ¿Por qué no desenfunda el florete del bastón y lo despanzurra de una vez?

Cuando el ex capitán iba a recoger las camisas planchadas por la Nona, Reina lo perseguía por la galería, implorante, hasta que él se hacía humo después de ordenarle que volviera a su torre y amenazarla con el manicomio, un destino aterrador pero gratuito, no precisamente "La Chapelle" que sólo alojaba a locos de categoría.

Reina hablaba de tú y era petisita, grotesca junto a la corpulencia de su amado esposo. Laura y yo la queríamos y espiábamos sus estados de ánimo, conscientes ya de que la pobre no era loca todo el tiempo, era loca entreverada. Si atravesaba una pausa en su tristísima neurastenia, íbamos a buscar nuestro juego de la Oca y lo compartíamos alegremente durante un rato. Pero de pronto Reina se ensombrecía y empezaba a hacer trampa hasta que sin decir agua va, arrojaba las fichas confundiéndolas con el maíz para las gallinas. Y nos abrazaba para confiarnos su secreto:

–Aquí no me quieren, me tienen envidia porque soy la Reina de España.

–Si fueras reina no te llamarías Reina –razonaba Laura.

–¿Y por qué no?

–Las reinas tienen nombre. Sos una mentirosa.

–Se cree Juana la Loca –aclaraba didácticamente mi padre, fascinándonos con el cuento de la insensata que paseaba el cadáver de su esposo por esas secas tierras de Castilla *como un océano de cuero.*[15]

–Pero si a ella el marido no se le murió –razonaba Laura.

–Ojalá estuviera recontramuerto –decía yo.

Reina accedía a veces a jugar al escondite, pero cuando la descubríamos no quería salir, se dejaba caer en el rincón golpeándose la cabeza contra la pared.

En una ilustración Don Quijote aparecía sumergido en una especie de sólido nubarrón atiborrado de fantasmas, dragones, brujos, princesas y salteadores. Y yo pensaba que Reina, tan frágil, quizás tenía la cabeza metida dentro de un masacote parecido, y se la golpeaba como diciendo: salgan de aquí, déjenme en paz.

–Sean buenitas, déjenme en el rincón así nadie me encontrará nunca más.

–Sí que te van a encontrar –decía Laura–. ¿No ves que yo te encontré enseguida?

–Tendrías que hacer lo mismo que el Hombre Invisible –le aconsejaba yo.

Solía pedirnos ayuda para ovillar sus sempiternas lanas, el tejido ancestral de la desdicha y la espera, la tela informe deshecha cada noche y recomenzada al regreso de *la aurora de dedos rosados.*

Fabricó para mí una muñeca adornada con el estrabismo de la demencia, con cara de ahorcada y una lengua de paño rojo que entraba y salía mediante un alambre oculto en la nuca cubierta de estopa.

–Te salió mal –dijo Laura muerta de envidia.

–Yo sé bien lo que hago –le contestó la loca–. En la lencería mis manos sólo tocaban primores de seda, de angora. En la tienda era una reina.

–Y dale.

La muñeca me gustó porque era un esperpento, nadie tendría otra igual.

Alguna vez nos corrió a escobazos por contemplar cómo aplicaba carne cruda sobre un ojo amoratado "en un accidente", es decir, la justiciera mano marital que la llamaba a la obediencia debida.

Jamás pude acceder a su celda en lo alto, ni siquiera para mirar el paso del Zeppelin, aunque alguna vez advertí, rápida como ladrona, que ése era el único recinto de la casa donde entraba el sol, y que la desdichada contaba al menos con ese tesoro. Aunque quizás se trataba de otro castigo, dada la inquina que los adultos sentían por la luz y su manía de cultivar penumbras y sombreros.

Reina no se sentaba a la mesa con todos ni era convocada para separar la piedra de la lenteja ni escuchar el radioteatro.

–¿Por qué no la invitamos nosotros un domingo a almorzar? –le pregunté a mi madre, segura de que en la multitudinaria invasión familiar, loca de más o de menos resultaría imperceptible.

–Mejor, cada uno en su casa.

Mientras la Nona me enseñaba letras y números en la pizarrita yo ignoraba que iba aprendiendo otras cosas, gracias a Reina y quizás a su muñeca impar. Aprendía precozmente a integrarme en *el* teatro de la demencia y suplir el miedo por una perdurable y curiosa compasión.

Una tarde llegó de visita una hermana de Reina, una Leonor recibida con mucho miramiento. Iba dispuesta a rescatar a la prisionera y devolverla a la casa materna. Reina se puso altiva y dijo que jamás iba a abandonar a su legítimo esposo, que tendría muchos defectos pero la amaba. Subió a su torre y allí abajo se quedó la Leonor, junto a una valija llevada de balde.

Quiso el azar que ese mismo día los Montero sufrieran un cortocircuito y la Nona, aunque detestaba molestar, llamó a mi hermano Eduardo para que revisara los tapones, dado que todos los hombres de mi casa eran expertos en electricidad.

–Leonor, aquí le presento a nuestro vecino Eduardo –dijo la Nona.

–Encantado de conocerla, señorita –dijo él colorado como un tomate, estirando una mano sudada.

Laura me pegó un codazo expresivo, mientras la hermana de Reina y nuestro medio hermano hablaban del tiempo y de que las glicinas parecían artificiales si no fuera porque daban un perfume tan fuerte y Eduardo le dijo lástima que no duran cortadas.

Tula se quedó doblemente contrariada: porque algunas muchachas encontraban novio con tanta facilidad y porque la terquedad de Reina no le permitiría heredar el desván.

–La tía Isabel –repetía mi padre cada tanto– también estuvo chiflada un tiempo. Una noche de tormenta, un loco furioso se le metió en la casa, rompiendo el vidrio con la cabeza. La aparición del loco ensangrentado, a la luz de los refucilos, trastornó a mi pobre hermana, sola y con los hijitos en la cuna. Me la llevé al hospicio, aferrándola con alma y vida porque amagaba con tirarse del coche. Por suerte, al tiempo se curó, ya vieron qué bien está.

–La tía Isabel –versión de mi madre– crió a sus hermanas y al demonio de tu padre cuando se quedaron huérfanos. A los 15 años tuvo que trabajar, estudiar, atender la casa, eso a la larga vuelve loca a la más pintada. Y después se casó con ese gringo, ese Ben, muy instruido pero más raro que no sé qué. Y también hay algo de nacimiento, porque las tres inglesas hermanas de tu padre, las tres, son medio chifladas.

Yo sólo conocía a Isabel, las otras se habían distanciado porque no aprobaron las segundas nupcias de mi padre con una mujer "inferior". Cuando íbamos a Córdoba yo sondeaba la risita nerviosa de la tía Isabel, sus chistes inoportunos murmurados con tanto acento que parecía recién desembarcada de Inglaterra, aunque fuera nacida en criollo suelo. Me inquietaba y temía catástrofes con cuchillos ensangrentados.

Quizás porque los cuchillos, a la luz de las más siniestras tempestades, nos abundaban en el cine a donde íbamos Laura y yo solas, atravesando de la mano la resolana de la plaza y el túnel apestoso de la estación.

Las matinées solían ofrecer tres películas de crimen, con Lon Chaney, que enloquecía y perseguía a la heroína con cuchillas de carnicero, espadas extraídas de armaduras o bisturíes robados en laboratorios donde el médico yacía con la cabeza machacada.

–No mires ahora –decía Laura, que para algo era mayor.

Y yo me tapaba los ojos hasta que un codazo me anunciaba el momento tranquilizador, el desenlace con enfermeros y policías. En el cine Ramos me enteré de la existencia del chaleco de fuerza, y supe cómo se debatía la víctima mientras le abrochaban las inicuas correas, echando espumarajos, desorbitada.

Uno que enloquecía por lo menos dos veces al año era el pacífico peluquero de enfrente, Bertecchia. Desataba la crisis uno de sus ocho hijos, ya grandote para pantalón corto, un rebelde que se negaba a atender el bazar anexo, un salteador de duraznos en las quintas.

El griterío nos alarmaba y salíamos a la calle, donde mujer y siete hijos no podían contener al tano, que había reducido al muchacho y lo apretaba contra un árbol, dispuesto a degollarlo con la navaja.

Hasta que un buen día mi madre se cansó de ser espectadora y cruzó la calle serenamente, como Genoveva de Brabante, y a la vista y oído de todo el vecindario, pronunció su memorable arenga:

–Basta ya, Bertecchia, se acabó. Deje en paz a ese pobre muchacho.

Cuando temblábamos por la vida de mi madre, el tano, sorprendido, aflojó al hijo que en vez de escapar se quedó allí clavado por la curiosidad, con la boca abierta y tocándose el cogote.

–¡Sepa, señora, que tarde o temprano voy a matar a este desgraciado!

–No señor. Usted es una persona de bien, no va a matar a su propio hijo, que al fin y al cabo es una criatura.

–¿Criatura, y vuelve a las diez de la noche?

–Como sea, usted no puede seguir educándolo a lonjazos y guarde esa navaja.

–Lo va a matar metido en una bolsa, como Rigoletto a la hija –dijo Laura.

Los vecinos callaban ante tanta presencia de ánimo. Alguno había alertado a la policía, y un vigilante integró de a caballo el expectante auditorio.

–¿Sabe qué tiene que hacer, Bertecchia?

–¡Prestárselo a usted por una semana, como si tuviera poco pelandrún en su casa! –A Bertecchia se le fue la lengua y enseguida se la mordió porque era mucha insolencia para tan buenos clientes. –Dígame qué tengo que hacer, señora, a ver.

–Tiene que ponerlo pupilo en el colegio Don Bosco. Esos curas saben domar a los varones, sé lo que le digo porque mi hermano tuvo que meter allí a mi sobrino, que era la piel de Judas y hoy es una seda, ordenanza en el Ferrocarril Midland.

Bertecchia expidió al muchacho al colegio Don Bosco en San Justo, y vino a darle el parte a mi madre obsequiándole de paso un frasquito de agua de Colonia.

Tiempo después el convicto apareció vestido de seminarista y también visitó a mi madre con aire de circunstancias, y mi madre fingió estar muy complacida pero tenía el alma por el suelo.

Al fin se ordenó sacerdote, se le había puesto una cara de asustado a tincazos que hizo comentar a mi madre:

–Ni tanto ni tan calvo. Bertecchia debió sacarlo a tiempo.

La quinta de Cueto ocupaba una manzana entera arbolada y florida como un edén. El imponente portón de hierro se abría a una avenida flanqueada de estatuas, a canteros gloriosos de azucenas y achiras. Pinos y nogales de cuento rodeaban la piscina redonda con barandal de mármol. El caserón de generosos ventanales, cubierto de hiedra, estaba pòblado de ecos muertos, del recuerdo de fiestas locas con orquestas y máscaras y luces de bengala.

Tres sabios compraron la quinta de Cueto para instalar allí "La Chapelle" y lucrar con otras locuras. Redujeron los ventanales y los cruzaron con rejas, reforzaron el cerco con alambres pinchudos y un mal día la quinta se pobló de extraños paseantes escoltados por guardianes de guardapolvos grises. *La demencia me persigue con su aguijón de tábano*[16], pero dos manzanas separaban todavía la quinta de mi casa, por suerte; a quién le gusta semejante vecindad. Menos que a nadie, a los socios fundadores del Lawn Tennis Club, que habían alzado su modernísima cabaña frente a ese antro de pesadilla.

Una vez –se la oía desde el patio– fuimos a escuchar de cerca a una maestra que, oculta entre espesos arbustos, invisible a pesar de que Tony me alzó generosamente, peroró durante un día entero con voz vibrante y patriótica, mezclando versos escolares con obscenas maldiciones. Al caer el sol estaba afónica, y volvimos lentamente a casa.

Décadas después reencontré en las calles de París a la loca decrépita y desgreñada que arrastraba una sillita de paja entre los puestos del mercado de Buci, donde se había distraído la Edad Media y el vendedor de quesos yacía sobre pajas entre sus cabras y el tejedor de esterilla voceaba por intermedio de un acordeonista ciego, y en los desiertos baños públicos una corte de Milagros hacía cola sólo en vísperas de Navidad. Y apreté la mano del fantasma de Tony y le señalé a Raymond Duncan, el hermano de Isadora que pasaba enfundado en un peplo, repartiendo sonrisas y pasitos juveniles, niño viejo regresado a una era bucólica. La loca de la silla insultaba a todos y uno por uno el día entero, citando pasajes de la historia de Francia mezclados con canciones picantes, y junto con el raído sol desaparecía en su guarida de diarios viejos, cerrada por cansancio la desdentada boca.

Aquella loca clásica *no fue sino un cuerpo infinitamente repetido en una galería de espejos, un reiterado encuentro con desesperantes criaturas a cuya nave subí tempranamente, procurando siempre huirles y reencontrándolos siempre con impaciencia y temor hasta entender que eran mis compañeros interiores, y* que la vida es rica porque somos muchos y todos los mismos.[17]

"La Chapelle" era tema de conversaciones oblicuas que aludían a la imprevista profesión de Rafael, apañado por los tres sabios que se hacían los otarios o lo usaban para prácticas indignas de un médico.

Los murmullos referían siniestros pactos: el confinamiento de ancianos o cónyuges en sus cabales pero ricos, extorsiones de herederos, venganzas familiares, castigo a alguna dama sospechosa de infidelidad, a la que también se llamaba genéricamente loca.

Di muchas vueltas a la palabra reposo: al parecer significaba tortura por hambre, castigos aplicados por guardianes, inyecciones de morfina o de veneno, electroshock, amoríos de médicos con enfermas cloroformadas.

–Este farabute de Rafael de veras se cree doctor y tiene el tupé de darme cátedra –nos informaba Eduardo con el mismo tono que usaba para contar los chistes de Sofía Bozán.

–Y esa pobre Nona que le cubre las espaldas y repite en la feria que por fin se recibió, después de tanto sacrificio y gracias a la Virgen –decía mi madre.

–A cada chancho le llega su San Martín –profetizaba Tony.

–La Nona me contó que estudiaba Ingeniería –dije pero no me oyeron.

–Por mucho menos que eso mandan a cualquiera a Ushuaia –decía mi padre detrás del diario.

Sin embargo, el prestigio de los bogavantes de "La Chapelle" crecía tanto que nos entreteníamos en recortar sus fotos que aparecían cada dos por tres en *Caras y Caretas*.

La fama atraía clientela y se vieron obligados a extender sus dominios y de paso cañazo convertirse en pioneros del incipiente negocio inmobiliario. Cuando un enfermo se exaltaba –o era estimulado artificialmente con tan noble finalidad– lo soltaban al parque para que prendido de las rejas asustara a los vecinos, que decidían emigrar, ceder al mejor postor sus chalecitos flamantes. ¿Y quién iba a comprar zapatos en un naufragio? No hubo mejor postor: hubo uno solo.

Los celadores del reposo tasaron las propiedades y rápidamente las fagocitaron en compra o en arriendo, a precios muy ventajosos para el progreso de la ciencia.

Así "La Chapelle" ganó la cuadra lindera, y luego la manzana toda, y en un santiamén desaparecieron los jardincitos tras toscos muros de ladrillos de canto sin revocar, con su corona de espinas y vidrios rotos. El negociado y la chapucería triunfaban con la improvisada eficiencia de las catástrofes y la anuencia de vicarias autoridades comunales.

–¡Esto lo tendría que saber Alfredo Palacios! –se indignaba mi madre, pero todos se alzaban de hombros, empezando por ese cagatintas del Néstor Bringas, subsecretario de la Intendencia, un coimero.

Por fortuna, una manzana entera nos separaba del loquero arrollador, del laboratorio de Lon Chaney, de la asechanza de los Brujos del Envoltorio.

Parecíamos temer a los reclusos pero disfrutábamos

de los tantos locos sueltos que pululaban en esos días: charlatanes, manosantas, inventores, hacedores de lluvia o espantadores de langostas que nos daban circo desde las primeras planas o los noticiosos radiales.

Mi preferido era Viernes Scardulla, quizás porque se llamaba como el esclavo de Robinson Crusoe y porque era buscador de tesoros. En vano pedí que me llevaran a presenciar una de sus excavaciones anunciadas con bombos y platillos. Acudí a la comprensión de Tony, nublada ese día porque me dijo sólo un despectivo:

–Rajá de áhi, son todos boletos.

Reina era una de las últimas neurasténicas guardadas en un desván. El progreso urbanístico barría las casas con altillos y multiplicaba viviendas primorosas o deformes, reducidas y poco después apiladas, donde no habría sitio para dementes ni para abuelos ni para la tía sirvienta porque se había quedado para vestir santos.

Una tarde, al volver del Centro, vi al vecindario arremolinado a la puerta de los Montero. Solté la mano de mi madre y me entrometí hasta ver cómo sacaban en una camilla un bulto pequeñito cubierto con una manta y lo metían en la ambulancia de la Asistencia Pública.

El vigilante hablaba con un Rafael despeinado, sudoroso y protagonista de una pantomima de desesperación mientras la Nona y Tula lloraban abrazadas, Laura se comía las uñas y Miguel murmuraba esto sí que es pecado, Señor, y después rezaba en voz inaudible.

Mi madre me rescató pidiendo permiso y saludó a los vecinos aconsejándoles resignación ante la fatalidad y me dijo: –Vamos a casa, la pobre Reina ha dejado de sufrir.

–¿Qué le pasó?

–Se fue al cielo, hija.

–¿Rafael la mató?

–Qué cosas de decir.

–¿Le dio una inyección de veneno?

Sólo contestó dándome una palmada en la cabeza para ahuyentar novelerías y entramos en casa donde padre descansaba de los trámites que habían recaído sobre su buena disposición y serenidad ante las catástrofes, harto de comadreríos e inútiles gestos de compunción.

–¿Sabés quién es el asesino? –le pregunté al apasionado de Conan Doyle, pero no me oyó. Había tenido que llevar a Leonor, la hermana de Reina, al consultorio del doctor Corach. La pobre sufrió un ataque de nervios ante el que Eduardo no supo qué hacer y se quedó *descolorido como una pera soñolienta.*[18]

Corrí a la cómoda de los juguetes olvidados y extraje del fondo de un cajón la muñeca que Reina me había regalado. No pregunté nada más porque la muñeca, con la lengua fuera, me lo dijo todo como la Virgen a la Nona.

Reina *se había salido por la puerta de su locura*[19] y empujado con su propia mano los portales de la serenidad, como Claudette Colbert en "Cleopatra".

4. *Modelos de novios para a(r)mar*

Mi casa es una casa de hombres. El fondo, un pasadero de *mataperros,* como llama mi padre a sus cuatro hijos varones y a la barra de amigos que escoltan a Tony, el menor. Muchachos grandes todos, "hombres hechos y derechos..." –...sin estudios ni oficio ni ambición en la vida; inteligentes, sí, pero ninguno sale al padre, no sientan cabeza– suele secretearle mi madre a alguien de mucha confianza, por ejemplo su hermana soltera Lola. A la siesta, cuando supone que duermo, la oigo desgranar la historia resabida pero siempre ornada de cambiantes matices, como sucede con todos los cronistas o frecuentadores de calidoscopios. Lola ha venido a pasar el día y la ayuda en la tarea: zurcir una montaña de calcetines, estirándolos sobre un huevo de madera. Voces veladas, voces de tías a través de persianas, cloqueo de gallinas distraídas de ellas mismas, puestas siempre a zurcir destinos ajenos.

Mi casa es una casa de hombres más una fantasma, otra hija del primer matrimonio de mi padre, una Nora que murió joven y nos cruzamos en la travesía, yo venía al mundo cuando ella se iba. –Dios la tenga en su santa gloria.– Un arpegio de pulseras me indica que Lola se persigna. La curiosidad no me deja caer en el sueño, quiero oír la versión de hoy sobre mi medio hermana, protagonista invisible, leyenda que no acaba y reconstruyo gracias a variables comentarios y un arsenal de fotografías. –Al fin no se supo bien de qué murió, en paz descanse, y a los veinte años. Vaya una a confiar en los médicos. ¡El doctor! ¡Un inglés borracho que no volvió a pisar esta casa! —Una muchacha tan alegre, cuando el padre la llevó a Europa se divirtieron como dos criaturas, en el buque conocieron a un músico famoso... –¿Famoso? Nada menos que José Bohr, el autor de "Melenita de oro".— *Pero hay una melena, melenita de oro, vale una fortuna la de mi tesoro* –canturrean a dúo y callan abruptamente. – Nora hoy estaría casada, con hijos - suspira Lola y corta el hilo con los dientes.- Eso quién sabe –dice madre–, tenía festejantes a rolete, pero Alfredo, esa mula, se los espantaba por hache o por be, qué hombre, qué carácter.

Alfredo es el mayor de mis hermanastros, puedo decir que no lo conozco porque hace años se peleó con padre y se fue a vivir a casa de su tía materna, la Benita. Laura dice que es una bruja, que tiene una cicatriz en la frente porque nació sapo, un leñador la desencantó de un hachazo y ahora vive en una guarida de murciélago, pasando el Colegio Ward.

Mi padre ha tomado con calma la mudanza de su primogénito que ya no es un purrete, ronda los treinta abriles, y suele ir a visitarlo pretextando ver a esa vieja hermana de su primera mujer. Una vez me lleva a la casita, la bruja me besuquea con grandes aspavientos, y mientras me seco la baba de la mejilla siento *un tedio de asco, una angustia de exilio entre arañas y la conciencia de un encogimiento súbito entre gente real*[20] No quiero que la Benita sea real, espero que desaparezca como un súcubo de los cañaverales del Maldonado, de un cuento o una pesadilla. Nos asomamos a un cuartucho del fondo y allí un hombre inclina su amplio lomo sobre un montón de radios despatarradas. –Saludalo –dice mi padre– es tu hermano Alfredo, say good morning to the old boy! –Le toco el hombro y Alfredo me dice hola, girando apenas la cabeza. Es una mole maciza y ceñuda que nos mira con displicencia. Me parece una extraña presentación, pero sin duda él ya me conoce bien, de cuando yo no tenía ojos para verlo. Quizás recibo mi ración del rencor que le guarda a padre por motivos que ya ni él recuerda pero que afianzan su carácter. Hay algo en Alfredo que me intriga y me inspira una especie de orgullo, y entonces procuro imitar su enfurruñamiento.

Alfredo es el mayor, después vienen Eduardo y Bobby. Los tres son morochos, crenchudos, de ojos achinados, herencia de alguna ignota raza filtrada en la sangre materna, que les presta modales felinos, cierta delicadeza en su tosquedad, jamás tropiezan, jamás hacen un ademán torpe, nada se les rompe. El menor es Tony, muy distinto, y los tres siguen viviendo en casa. Eduardo al parecer se queda de puro ahorrativo y sólo se irá cuando se case. El trabajo se lo consiguió mi padre en el Ferrocarril Oeste, en las oficinas de Plaza Once, de modo que sólo tiene que tomar el tren y evita gastos en tranvía y zapatos. La novia se llama Leonor y ya sabemos que se la entregó Cupido en la mismísima casa de al lado, no tuvo que molestarse buscando, él es así o, como dice madre, en un naufragio se le perdió el alma. También por economía arma cigarrillos con papelitos de seda que a menudo le birlo, desatando grescas con sus secuelas de sangrientas venganzas. Parece que Eduardo se olvida de que tiene edad como para ser mi padre o mi tío. Eduardo posee un don que lo distingue sobre todos los mortales: aprieta las palmas ahuecadas y emite un tan sonoro como delicado pedo manual. Este Orfeo soez suele desconcertar a los prójimos que suponen que el vergonzoso sonido proviene de sus propias cavidades. Los chicos nos deshacemos las manos procurando imitar la gracia pero es imposible, sólo Eduardo puede transformar sus manos en tan dichoso aerófono.

Bobby es simpático y complaciente, pero por desgracia viaja mucho, cambia de clima para cuerpear una incipiente tuberculosis o porque busca otros horizontes, retobándose contra el trabajo ferroviario. Suele fracasar como ayudante de algún chacarero o como empleado de fábrica y entonces vuelve y nos cuenta, o alguien nos trae sus noticias o algún regalo, porque él jamás escribe. Estos muchachos son muy apáticos, dice madre. Jamás pisaron un correo, rubrica padre.

Tony, el menor, es el único rubio. Alto, flaco, de

ojos verdes, siempre de buen talante aunque algunas veces se queda quieto y mudo como un gato lavándose, con la mirada fija en el porvenir, y desde los huesos parece subirle una tristeza que le ahonda las ojeras y ese color de las mejillas como teñidas con pétalos de geranio, el que usamos las chicas para pintarnos a escondidas. Está tuberculoso y desaparece durante algunos días sin rumbo conocido, pero vuelve a casa o al hospital. No quiere estudiar contabilidad y no dura en los trabajos, a los veinte y pico de años. Tony, con su pelo de bronce, sus trajes cruzados y la pinta que cultiva cuando se emperifolla para ir a bailar o visitar a su amigo el menor de los Costa Gálvez, que vive en una quinta pasando el monte Martínez de Hoz, y a quien no tenemos el gusto de conocer, Tony, digo, es buen mozo y comprador, un sol para las tenistas de viseras de celuloide y también para mis primas, pequeñas pero bien dotadas de fantasías persecutorias de hombres.

Mis hermanos son evidentemente casaderos, porque las muchachas que me cruzan en el barrio no me preguntan por ellos y fingen interesarse en una serie de minucias domésticas que las ruborizan o les dan gran agitación de pulseras. Y me debato contra manoseo y besuqueo que no inspiro sino vicariamente. Creo que se interesan en especial por Tony, quizás porque tiene el aura romántica de los muchachos amenazados, aunque ahora, con el pulmotórax, muchos se curan y pueden casarse.

–Sos joven, despierto –le dice mi madre mientras amasa sus sacrosantos tallarines– pero no tenés voluntad. Para curarse hay que comer bien y llevar una vida sana, acostarse temprano, dormir la siesta. Tendrías que hacer un esfuerzo, pensá en tu padre que trabaja desde los catorce años. Y tampoco te ayuda andar con amigos ociosos. Dicen que el menor de los Costa Gálvez es una bala perdida, un niño bien, allá él, aquí nunca ha venido y no soy quien para criticarlo. Pero los Macías tampoco son buena junta, perdoname la franqueza.

Tony la escucha cabizbajo y atento, de pronto le clava sus ojos gatunos y asiente como dándole la razón, como dispuesto a obedecer.

Los mataperros Macías son amigos del alma de Tony, siete hermanos tuberculosos, cinco de ellos vacantes, uno tinterillo de escribanía y otro, el único rubio, estudiante de algo que sólo estudian las mujeres: magisterio. Este rubio se llama Francisco y suele asustarme con un truco aterrador: pone los ojos en blanco escondiéndolos bajo los párpados mientras mueve las orejas de arriba para abajo. Es serio como Buster Keaton y ejercita de noche sus imprevisibles muecas, que inútilmente procuro imitar ante el espejo. Los otros Macías son morochos, de enrulado pelo que no conoce peine ni corte prolijo. Siempre hay varios Macías en el fondo de casa, y pasan horas en silencio o silbando bajito mientras se ceden el mate y componen raquetas de tenis, aunque esto no quiere decir que les atraiga el deporte, es una changa que realizan para los socios del Lawn Tennis, porque tanto mis hermanos como los Macías jamás pisaron una cancha y morirían antes de correr al sol en un potrero o ver a otros disputarse una pelota. Son sedentarios, contemplativos como pieles rojas que miran el amanecer.

Una vez voy al almacén, de la mano de Tony y Carlitos Macías y ellos cantan una canción que, dada la cómica distribución de acentos siempre supuse que era creación de Tony: *Una cásita que tengo... una cásita chiquita,* mientras me hacen saltar los charcos y somos todos inocentes. Doñana la almacenera nos mira seria y dice en voz bien alta, imponiéndose sobre el griterío del despacho de bebidas contiguo: –Nena, vos no tenés que andar con éstos ¿me oís? Suelto las manos de mis acompañantes y me muero de vergüenza. ¿Por qué no puedo salir con mi propio hermano, grande como para defenderme de los peligros callejeros? Espero que Tony le replique, pero tiene los ojos clavados en el suelo *como si fuera a florecer la alfombra*[21], mientras Carlitos Macías se aparta para estudiar las ventanillas de los cajones de fideos, igual que si contemplara un acuario.

Doñana es una persona seria y de pocas palabras. Su tono ha sido claramente moral y no profiláctico, porque nadie alude a la tuberculosis en la mismísima cara de sus víctimas. No debo andar con ellos por causas tan oscuras que moriría antes de averiguarlas. Me quedo esperando que Tony me defienda, pero paga mis dos chocolatines y salimos. En la calle quiero convencerme de que no pasó nada y volver al juego cantando la "cásita", pero ellos no tienen ganas; desganados me hacen saltar los charcos y después me sueltan. –¡Vieja metereta, cretina, qué quisiste decir, bruja de porquería, Tony me compra chocolatines con su propia plata, morite! –pienso con odio pero no digo nada y sigo andando despacio, buscando los ojos ausentes de los dos muchachos atacados de silenciosa melancolía.

Años después, en la pubertad, estoy con mi padre en un cine del centro, y a mi lado se acomoda nerviosamente un hombre, y pone su mano caliente entre mis piernas y el horror y la perplejidad me impiden reaccionar, y cuando me decido a alertar a mi padre el hombre escapa como una cucaracha. Mi padre adivina lo que no digo y comenta: –No es nada, ya pasó, don't worry. Y sigue mirando la película y yo a él, espero que arme un escándalo, que ordene encender las luces, que persiga al degenerado y lo derribe de una trompada. Pero mi padre se hace el gil porque detesta la camorra, porque es quizás inexplicablemente tolerante con el desconocido, porque está viejo y cansado de lidiar en esta vida, porque piensa que sus hijos, sin distinción de sexo, deben aprender a defenderse solos. Los duelos a puño y a pistola por el honor femenino suceden allá lejos y al frente, en ese país de sombras movedizas, de sublimes realidades con novios ejemplares y villanos castigados.

Cuando Tony no puede levantarse me siento en su cama y barajamos naipes, cruzando escasísimas palabras porque está débil y tose. Nadie parece temer al contagio, madre se limita a asolear los naipes y hervir la vajilla porque el calor todo lo desinfecta, así como colgarnos un escapulario de alcanfor nos librará de catarros o un collar de ajos, de la lombriz solitaria.

Con Tony me dediqué una vez a investigar el contenido de una pelotita de golf, sin más herramientas que un cortaplumas ni más motivo que la curiosidad científica. Aquel que nunca averiguó qué encerraba esa pequeña bola esquiva y como picada de viruela, no sabe nada de la vida. Había que pelarla con las dificultades propias de una granada verde y entonces aparecía una apretada envoltura de elástico kilométrico, y el carozo de la pelota era una bolsita de goma rellena de tiza en polvo. Ese fue uno de los mayores secretos develados del tan redondo como misterioso universo.

Pero hay misterios más apremiantes sobre los que es mejor no preguntar porque todavía no se han inventado las respuestas. A solas bajo la higuera paso revista a las pertenencias masculinas en desuso. Chalecos de dorso de raso con presilla, latas de cigarrillos ingleses, corbatas que descoso para averiguar. Secretísimamente le he bajado el pañal a mi primo Gustavito, temblando por la temeraria indiscreción, para descubrir una lombriz rosada imposible de imaginar crecida proporcionalmente a un hombre "hecho y derecho". Por otra parte, cuando alguno de los varones de la familia alza sin miramientos la escupidera para orinar, se pone de espaldas, y sólo el redoble del chorro permite suponer que han mutado la lombriz por un instrumento capaz de remedar el tamborileo de la manguera sobre las calas. Como es humillante el uso de la pelela en el suelo, el acto soberbio de alzarla hasta los muslos me parece prueba de envidiable dignidad, la misma que permite a los hombres salir a cualquier hora sin aviso ni permiso, la misma que los autoriza a ser patrones de la vereda y dueños de la noche. Certeza disparatada: para desmentirla me habría bastado con conocer la observación de Heródoto: *Las mujeres egipcias orinan de pie, los hombres en cuclillas.*

Irrumpo en el teatro del mundo como personaje solitario investido de doble personalidad. Por la mañana puedo usurpar la vestimenta y los juegos varoniles sin suscitar censuras y más bien con la anuencia materna porque las muselinas femeniles no resisten lodo ni escaladas de árboles. De modo que lejanamente emparentada con el Dr. Jekyll y Mr. Hyde, me introduzco en un overol "mecánico" de lona azul, con una cremallera de arriba abajo y con él intento hacer aguas de pie, sin conseguir más triunfo que empapar el mecánico y las zapatillas, y orearme luego al sol pensando que el tiempo y la práctica corregirían el fracaso, porque, como está dicho, hay en mi futuro un sombrero mejicano.

Si algún día, fuera de Carnaval, escapo a la calle vestida de piel roja, advierto la mirada rencorosa de vecinos que se sienten mancillados (en especial Toto, un aprendiz de sastre y maricón del barrio, según Eduardo) aunque saben que la culpa es de unos padres desaprensivos, un tanto herejes. Quedo con esos reojos malignos pegados a la piel como una vestidura más dura que la tiesa lona azul, me instan a sobrellevar una permanente sensación de fealdad, incómoda en el mundo, incapaz de despertar aprobación, andando sobre clavos: *¿Dónde ocultar mi* *vida como un remordimiento?*[22] y aunque a la espera del castigo por la pecaminosa usurpación, ni se me ocurre someterme a las reglas de la vestimenta oficial, a su cuadratura carcelera.

Pero cae el sol, y con la fresca mi madre obra en mí la correcta metamorfosis: lava roñas y riza pelos, cambia la lona por organdí y me sienta en la vereda-vidriera inmovilizada y convertida en lo que toda niña debe ser: una réplica de Shirley Temple. Así entro en la noche, tranquilizada y quizás dispuesta a asumir una tercera personalidad: la de ángel.

Un buen día, a la hora de la resolana, emprendo viaje a los confines del pueblo, más allá del Colegio Ward. Ha pasado tiempo desde mi primera visita a Alfredo y su inexplicable tía. Mi madre *abre su sombrilla, que es como estar bajo una glorieta de glicinas*[23] y, resguardada mi cabeza por un sombrerito Gatichaves, nos encaminamos a buen paso. Golpea las manos a la puerta de la Benita que la recibe con sus aspavientos brujiles y me besuquea con su baba habitual y nos hace pasar a la galería donde está más fresco pero madre dice que viene a hablar con Alfredo, y la Benita se queda a la expectativa de un incidente bélico que la regocija prematuramente. Mi madre se acerca al taller de Alfredo y pronuncia su memorable interpelación: –¿Hasta cuándo vas a seguir cabrero con tu padre? Nadie te echó de casa, jamás tuviste un sí ni un no conmigo, pero la gente puede pensar que soy una madrastra arpía como en los cuentos del tiempo de Ñaupa–. Alfredo sonríe y oh milagro me acaricia y dice está bien, esta noche pasaré por casa, todos saben que la bronca no es con vos. –De paso –dice madre– podrías darnos una mano, ¡no funciona una sola radio en toda la casa! Dan contacto, hay que mover las perillas con una franela, y tus hermanos cuanto más arreglan más descomponen. Alfredo promete solucionar todo y madre a su vez promete retribuir con buñuelos y torrejas y la Benita desilusionada nos ofrece sillas en la estrecha galería y nos sirve horchata.

–Alfredo está noviando –susurra.

–Me alegro, es hora de que siente cabeza –dice madre.

–Parece que es una chica decente pero no de muy buena familia.

–No me diga.

–El padre es obrero, para colmo socialista según dicen.

–Mientras sean gente honrada.

–No digo que no, Lucy, el viejo trabaja en el Ferrocarril, pero muy abajo, en los talleres... ¿No te gusta la horchata, nena?

–La vieja truhana nos ha servido sangre de murciélago –digo.

–Hija ¿qué estás diciendo? –se alarma mi madre ignorando que repito una frase de un novelón, distraída de la tediosa charla.

Oigo que Alfredo se ríe porque ha escuchado todo con su fino oído de catador de galena, y me mudo a su tallercito. Hoy está jovial, sin duda dulcificado por su noviazgo. Me regala un rollito de alambre de cobre y un lápiz-tinta con las iniciales FCO. Me explica unos asuntos de bobinas, circuitos y frecuencias de los que no entiendo ni jota y observo que en una repisa tiene varios libros ajados y uno se llama *Los Siete Locos* y presiento que quizás me ilustraría sobre el tema de la locura que es mi vecina y una de tantas obsesiones. Se lo pido prestado y me dice que no es para chicos y le digo que nuestro padre jamás clasificó los libros en casa. Aquí es distinto, me dice. Insisto pero no cede. Toco el libro y aparta mi mano con severidad. Vuelvo a tocarlo y provoco una mirada amenazadora, no hay duda de que Alfredo tiene carácter, don de mando, hombría de bien, virtudes un tanto indescifrables pero que las he oído mucho en boca de don Marcos Frontera.

Una orden de la Benita acaba con la escaramuza: –Alfredo, bajá unas brevas para Lucy. –Que no se moleste, Benita, las de casa están madurando. –Estos son higos de España, muy distintos, más finos que los de su higuera –retruca la Benita y mi madre se muerde la réplica.

Alfredo obedece y me invita a colaborar para de paso apartarme de mi manía por un libro que sin duda me informaría debidamente sobre los misterios de "La Chapelle". Adosa una escala a la higuera y me tiende los higos que acomodo en un cartucho de papel de diario. Después me ordena: vení, y saca una paja de la escoba y me invita a enfrentarme a una pared descascarada, y no imagino que va a develarme un enigma más insospechable que la anatomía de la pelotita de golf. En un hueco de la pared hay una espesa cueva de telarañas. Alfredo cosquillea la tela con la paja y asoma una enorme araña engañada por la falsa mosca. La araña sale a rápidos pasitos hasta su umbral, nos clava unos ojos de penetrante azabache, inicia una leve danza gris con sus patas color de vejez, se transforma en un ovillo invertido, vuelve a interrogarnos y cuando creo que al fin va a saltarnos encima como una equilibrista furiosa, empuñando un estilete de plata –ahora probá vos –dice Alfredo sonriente. Al parecer el bicho es de su propiedad, lo ha amaestrado, ahora se repliega y esconde en la penumbra de su cueva. Cosquilleo la tela y la araña vuelve a asomar y entonces me da lástima y temor. –¿No ves que es zonza? –dice Alfredo–, si fuera inteligente sabría distinguir entre paja y comida, no tengas miedo. Pero lo que temo no es que la araña me pique sino que me hable, temor que jamás me ha abandonado en la vida. Repito el juego y la araña asoma cada vez, pero Alfredo ya se cansó de la exhibición y se aparta silbando. Cuando en otras ocasiones quiero repetir la experiencia, él no tiene ganas o la araña se ha muerto en el fondo de su salón, y es una lástima porque es una aventura que debemos compartir los tres.

Emprendemos el regreso sin sospechar que la hora desierta nos depararía una sorpresa más, a la sombra de los altos pinos. Mi madre está disgustada con mis modales y me sermonea qué cosas de decir, qué es eso de vieja truhana en boca de una niña, hay que respetar a las personas mayores y la Benita es parienta de tu padre y aunque tenga una lengua de víbora así no se le habla, y no es cuestión de repetir al tuntún las cosas que dicen los libros, etcétera.

Yo lo veo primero, sin atreverme a dar la voz de alarma. Madre, concentrada en su arenga, no lo ha visto aún. Miro la cosa tan crudamente expuesta y al fin mi madre también la ve. Cierra su sombrilla transformándola en arma en un santiamén. Un linyera joven con la bragueta abierta nos obsequia con la gratuita exhibición de una considerable manguerita sostenida con ambas manos en ademán de ofertorio.

–¡Cochino, sinvergüenza, salga de ahí, voy a llamar a la policía, ya no se puede andar por la calle! El develador del enigma anatómico más inquietante de la historia empieza a alejarse tranquilamente para atrás mientras yo me impresiono tanto con su resbalosa mirada que no insisto en registrar el rojo fruto que sostiene y menea para nuestro encanto. Mi madre le desacierta con higos que extrae del cartucho y con la otra mano empuña la sombrilla donde las replegadas sombras de glicinas van a pesar como municiones sobre el asqueroso atorrante que sigue retrocediendo sonriente, sin pensar en abotonarse. Al fin salta la tranquera de una quinta y aparece un perrazo que tironea de los pantalones rotosos y el hombre se pierde entre leñas y escombros como la araña en su cueva.

Va decidida a tocar el timbre de la quinta, pero el museo humano ha desaparecido y mi madre desiste, y protesta por sus manos pringosas y abre la sombrilla y con la cara incendiada me recita la fórmula sabia, el ensalmo apaciguador de todos los males efímeros o perdurables, el único y pobrecito conjuro materno: –Vamos, no es nada, ya pasó.

La casa de al lado, mi segundo hogar, también es una casa de hombres, pero muy distintos. Y también es distinto de mis primos un sobrino que suele visitarlos algunos domingos. Me irrita de tal modo no saber en qué domingo cae Orestes, tanto me enfurece esperarlo y que no llegue, que cuando al fin se apersona y abre cachaciento la puertita de alambre, ahí nomás se liga un cascotazo o un mamporro vengativo. Pero ya contaré la tragedia de Orestes, que empezaba por su nombre inspirador de fatales rimas: Orestes, cara de sorestes.

Los hombres de al lado parecen de otra raza, quizás la de la gente que espera sin saber bien qué, con cierto aire de príncipes destronados. Sólo don Marcos va a trabajar regularmente, Rafael se pasea como falso médico por "La Chapelle" y Miguelito hace changas de sacristán y lleva algunos libros de contabilidad, pero los fines de semana sólo se rascan las paletas o toman mate en la galería. Sé por la Nona que Miguel busca novia pero no tiene suerte, he visto cómo arrincona a más de una fámula contra la pared de la casa parroquial y cómo la chica trata de zafarse despavorida. Rafael, ya sabemos, es viudo, pero antes de sumirse en tan triste estado afiló con todas las que pudo y le ha echado el ojo a nuestra amiga Marcelina Gamboa, de sólo dieciséis años, cosa que nos pone los pelos de punta. Los Montero son apáticos, con una indolencia que al parecer les viene de cuna, en cambio los varones de casa jamás están mano sobre mano. Despliegan una increíble variedad de actividades prácticas u ornamentales, viven rodeados de revistas *Mecánica Popular* y por eso todas las radios están en estado de colapso, falsean medidores de luz, saben parchar gomas de bicicletas y escribir con letra gótica. Bobby es el más hábil de todos: lo atestigua una Fragata Sarmiento construida con desechos, una estatuilla de Gandhi modelada en cera y una colección de monedas de plomo muy semejantes a las verdaderas.

En cambio los Montero se dejan estar, esperando el regreso de la sortija de la fortuna, y juegan a la quiniela cada semana.

–Esa costumbre de comprar factura todas las santas tardes en lugar de amasar unos scones, aunque es verdad que no tienen horno, pero están los pasteles y los buñuelos, sobre todo para gente que debe cuidar el peso. Qué desidia. Y con tanto terreno no plantan ni perejil, y ese gallinero sucio con los pobres animales que se mueren de moquillo y ponen por el suelo. Y de allí, de allí para acá pasa tanta hormiga y tanta babosa –dice mi madre y podría seguir enumerando calamidades pero al fin calla porque reconoce que la Nona no puede abarcar tanto, ya que los hombres de su familia se consideran deshonrados si llevan un paquete y esa infeliz de Tula ayuda en lo que puede y la Nona además trabaja como maestra mía.

Por muchas razones somos distintos de los Montero, por más que las casas sean simétricas y comunicadas por una puertita. Nos diferenciamos por aquello de la ascendencia británica que mi padre exalta excepto cuando se trata de las Invasiones Inglesas, donde milita entre los criollos, arroja aceite hirviendo sobre el regimiento de gaiteros y me lleva a mirar las balas incrustadas en la iglesia de Santo Domingo. Voy descubriendo que su gresca con Alfredo empezó el día en que a su propio hijo, parece mentira, se le ocurrió desarrollar la sobada teoría de que "si los ingleses se hubieran quedado hoy estaríamos mejor como colonia británica y no tan atrasados, etcétera".

A los de al lado les gusta el gobierno, aunque no lo comenten, salvo por una foto del General Uriburu que se les destiñó en la cocina y reemplazaron por una del General Justo. Se derriten ante los señorones de galeras y entorchados que avanzan hacia el Tedeum en la Catedral, imagen de media página en *La Prensa* que me espanta cada 25 de Mayo, porque me parece que *avanza el enemigo* para pisarnos como cucarachas. Mis padres, en cambio, no sólo evocan desconsolados el entierro de Yrigoyen sino que simpatizan con la oposición, a la que mi madre define en acertada síntesis:

–Los radicales son buena gente, gente honrada, pero unos infelices.

Aunque no suelen ir a la iglesia, se puede decir que los vecinos son creyentes porque en sus cabeceras hay estampas con ramos de olivo apolillados y sobre todo porque la Nona tiene alma de catequista. Mi familia no va a la iglesia pero nos gusta viajar a Luján cada tanto, aprovechando los pases de primera clase. Entramos en la Basílica pero mi padre se queda afuera sentado abanicándose con el panamá, tras recomendarnos que contemplemos las banderas arrebatadas a los ingleses durante las Invasiones. Cuando Tony es de la partida se hace el gracioso, pone cara de loco, bizquea y finge caminar como un tullido, musitando toda clase de palabrotas en forma de rezo. Con Laura nos tentamos hasta que madre de un papirotazo nos vuela las mantillas.

–Como era un poco travieso, mi madre me metió pupilo en el colegio San Carlos. Ella era protestante, pero para poder casarse con un irlandés tuvo que prometer que educaría a sus hijos en el catolicismo. Los curas me castigaban por cualquier zoncera, dejándome en penitencia en un rincón al oscuro, arrodillado sobre maíces, al lado de un ataúd con un cura momificado, y me desmayaba de hambre y las rodillas me sangraban, y quería cazar una de las miles de ratas que me miraban para comerme y yo quería comérmelas crudas, y una vez aplasté una araña pollito con el misal, mientras rugía la tormenta y una lluvia helada entraba a baldes por la banderola rota.

Con este relato tan verídico como influido por su asidua lectura de Dickens ameniza mi padre el traqueteado regreso en tren y dedica a los salesianos domadores de niños su terca ausencia de las iglesias.

La desgracia de los Montero consiste en que casi todo lo que a ellos les gusta, mi familia lo desdeña, y allí estoy yo cruzando esa frontera de alambre para decidir cuál tiene razón, porque a mí me gusta todo. Ellos, por ejemplo, tienen la manía de poner la radio fuerte para escuchar al dúo Buono-Striano cuando entona su saludo musical: "Muy buenas tardes estimados oyedores..." que debo detestar para plegarme al gusto familiar pero que me causa una gracia loca. En cambio mi padre y Eduardo escuchan una radio cuyos locutores hablan en inglés todo el santo día y por la que transmiten La Traviata desde el Teatro Colón. Y en mi casa hay muchos libros que he empezado a consumir porque gracias a la Nona puedo leer desde los cinco años, pero al lado sólo ojean diarios y revistas atrasadas.

Así como los Montero descuidan su terreno, nosotros lo cultivamos al milímetro. Es decir, mi madre se desvive por las plantas, empuñando palas, azadas y tijeras y sólo pide la colaboración de padre cuando el trabajo se hace muy pesado. Mis hermanos creo que no saben distinguir el palo de los dientes de un rastrillo, como los vecinos. Y a veces madre parece que va a la guerra, desesperada por la multitud de alimañas que amenazan su imperio florido. Algunas noches manipula un extraño vaporizador que hace brotar humo de todos los hormigueros, y suele vivir portando un frasco de sal para eliminar babosas. Cada primavera es premiada por una muchedumbre de flores que nadie más que sus hermanas parece apreciar debidamente.

También hay huerta, y padre colabora en la recolección de frutas y entonces celebramos la ceremonia del potchlatch, cuando el gigante de ojos grises corta mandarinas o manda a Bobby a recoger la uva chinche, que luego enviaremos, en señal de poderío y largueza, a los vecinos. Suelo ser portadora de estas primicias dispuestas en fuentes cubiertas por un repasador, y los primeros en recibirlas son los Montero. El ritual obliga a los destinatarios a retribuir con algún bocado y las fuentes vuelven con pasteles o frutas distintas o una ración de guiso.

Con parte de la cosecha de fruta más los dichosos duraznos comprados a 40 (centavos) el ciento, la industriosa familia se dispone a acometer la fabricación de dulces y conservas. Es decir, contempla como la madre transforma las frutas al fuego y el padre las envasa en frascos con etiquetas ornadas con su letra de pendolista, arabescos, fechas y firmas, que guardamos en un aparador insigne, alto hasta el techo, el abuelo de todos los aparadores, que al abrirse despide el olor de la sabiduría, el crujido del tiempo que se burla de la fugacidad.

Estos trabajos y la buena administración, bajo el auspicio del Ferrocarril, nos dan cierta solvencia aunque nadie se jacte de ella, porque la jactancia es un vicio condenable como la falta de honradez, los juegos de azar, la bebida, la mugre, la charlatanería.

Pero los Montero tienen una impresionante ventaja sobre nosotros, que asumimos nuestra innata plebeyez por más dorada que parezca por aquello del prestigio de la atmósfera británica. La Nona es nada menos que prima hermana de la dueña de los chocolates Kelito, cuyo capital incrementamos diariamente con la compra de dos chocolatines en el almacén de Doñana. La Millonaria de la Golosina visita a la Nona una vez al año. Esperamos en la vereda que atraque el único automóvil que suele verse en el barrio sólo frecuentado por carros, el camión regador o una rauda voiturette que rumbea hacia el monte Martínez de Hoz. La señora de Kelito viene en un De Soto negro, y cuando el chofer de uniforme gris y gorra de visera abre la portezuela, creo distinguir a la Infanta Isabel, cuya foto mi padre me ha mostrado hasta el cansancio en una vieja revista lustrosa.

Su Alteza desciende del carruaje y cruza la vereda sin conceder un reojo, una sonrisa, como pisando huevos fastidiada ante la escasa y silenciosa platea de niños que esperamos con todo derecho que reparta chocolatines u ordene al chofer que nos lleve a dar una vuelta. A la puerta la espera la Nona, con cuellito de Bruselas y zapatos de baúl, no es cuestión de que la Señora se moleste en tocar el timbre y ajar sus guantes de raso. Mientras el chofer nos espanta como a pollos con una franela color de polenta y Rafael viene al trote tras dejar en el cepo del Museo de Luján a sus pacientes díscolos y dice pibes, rajen de aquí, yo corro a mi casa y transbordo a la contigua y avanzo hasta el umbral del comedor donde la dama sorbe entre suspiros un té que los Montero beben sólo como remedio y que sin duda le pidieron prestado a mi madre, mordisquea polvorones en lugar de la proletaria factura y Rafael clava el ojo en el anillo rutilante como un árbol de Navidad.

En una punta de la mesa la Señora ha depositado un paquete porque, como lo requiere el protocolo universal, nadie va de visita con las manos vacías.

Cuando se marcha, poco después, la Nona abre el paquete y convida melancólicamente con los contados caramelos de un frasco de ordinario vidrio pero artística forma que Tula elogia porque le vendrá bien para guardar sus horquillas mientras Rafael hurga el envoltorio maldiciendo entre dientes y como quien busca la figurita difícil. Tanta mezquindad me levanta olas de aborrecimiento que echo a rodar en casa, ante la indignación de mi madre: –Miren un poco, con lo pobres que son los Montero, si esa pariente no podría regalarles plata, o un buen corte de seda, o una cocina de supergás.

Pasa un mes y la Señora se queda como un pajarito y sube al cielo de los ricos agitando alas de papel plateado. Pasa un siglo y Rafael repite, con dominio cada vez más aplastante de la jerga jurídica, que le ha hecho juicio a sus parientes por falsificación de testamento y que por puro espíritu de justicia que le viene de cuna se ha puesto a estudiar y le faltan sólo tres materias para recibirse de abogado.

Mi familia, al parecer, no espera herencias ni vuelcos de fortuna, estamos todos ocupados y cumpliendo lentamente algunas pequeñas ambiciones que nos sumerjan en una Edad Moderna, no para lucirnos sino quizás porque nos trastornan las fantasías de Julio Verne y H. G. Wells y los libros, la música, las flores parecen colmar una vida aterradoramente tediosa como la de las tres chicas de Bringas, vecinas que suelen venir a jugar a las muñecas y dibujar sólo novias emperifolladas con vestidos de colas que ocupan dos páginas de cuaderno.

5. *Novios de la muerte*

Esta que va en el tren a Merlo es mi madre, y yo la que a su lado procura mirar el paisaje y mascar caramelos apagándoles el ruido, encogida en una compasión superior a sus fuerzas. Es la hora de la siesta, la hora en que se sale a hacer visitas y, por primera vez, visitas a los muertos.

Es invierno, y el tren cruza un mundo inmerso todavía en el Caos, nadie sabe qué forma tendrá esa pampa que empieza a poblarse. Plantas disfrazadas con diarios y lonas, palacetes de torres moriscas, jardines con Dianas y Domboscos de yeso, casonas oxidadas con sus cuatro columnas del tiempo de Ñaupa, ranchos de chapa de vagón de carga, la alternancia de ricos y pobres distribuida desprolijamente junto a la vía.

–Pases, boletos y abonos –declama el guarda, cerrando a su espalda la puerta del coche. Un hombre imponente de uniforme gris, con el trapo rojo y verde asomado al bolsillo superior, la codiciada perforadora de boletos en la muñeca. Mi madre saca nuestros abonos de primera clase y merece que el majestuoso revisor se lleve la mano a la visera en señal de respeto.

Buena parte de nuestras vidas transcurre a bordo de los coches del Ferrocarril Oeste: en esa línea vive casi toda la parentela, en mi casa abundan objetos con la sigla FCO. Se consulta confiadamente la cartulina del horario y el reloj implacable antes de salir. Alguna vez obtuve en préstamo, gracias a Eduardo, un farol de señales que manoseé unos días y devolví intacto. Colecciones de boletos usados o blocs de planillas son regalos habituales de mi padre. A poco de nacer reconocemos el movimiento ferroviario a la distancia, por el ruido: allá pasa el carguero, con máquina diesel o de vapor, ése es el rápido a Liniers, ahí sale el local, ahora viene el interminable tren carreta, hay niebla.

En esos coches desarrollo cierta devoción por la simetría y el aprovechamiento del espacio, traducido en la manía de adosar muebles perpendicularmente a las ventanas y tropezar de cuerpo y alma contra la costumbre de poner mesas y sillones *al bies.*

En el tren nos sentimos refugiados y propietarios, puede no llevarnos a ningún lado: disfrutar de su interior es un viaje en sí, un derecho familiar semejante al del clan medioeval en su castillo fortificado. Según los enfáticos comentarios paternos, parece que mi abuelo irlandés hubiera sido el inventor de estas maravillas sobre rieles, el primero que echó a rodar tranvías por el mundo en un heroico afán civilizador.

Mi madre está de luto riguroso, con un sombrero como galerita de amazona, con velos negros hasta los hombros, galas compradas en "Lutos a La Paz" de la calle Carlos Pellegrini. Yo visto enteramente de gris *y cuanto más me contemplo más me aflijo*[24], pero soy consciente de que el medio luto impuesto a los niños da jerarquía durante seis meses y despierta la piadosa atención de los grandes cuando va acompañado de gran mesura en el comportamiento y sucede en invierno. No quiero mirarla desde la zozobra de mis casi cinco años porque mi madre saca de a ratos un pañuelito de la cartera, mira para otro lado y se alza el pesado velo de crêpe para detener una lágrima que empaña la satisfacción que tuve al salir, cuando me calcé unos guantecitos triunfales porque la separaba de mi hermana Laura, enfurruñada sobre sus deberes.

Las manos no lloran[25] y tampoco son tiempos de darse la mano para acompañar o consolar, sino sólo para cruzar la calle. Además, mi madre es poco dada a las efusiones pasada la primerísima niñez de sus hijas que le han salido bastante montaraces y no es cuestión de echarlas a perder aun más con mimos que, como todo el mundo sabe, ablandan el carácter. Por otra parte, a veces se comporta con extraña inseguridad, como si no supiera bien quién es, qué debe hacer, en qué planeta vive, por qué se intimida, y disimula la indecisión con ataques de reciedumbre, repitiendo los gestos con que fue criada. Siente que le clavo los ojos, guarda muy digna su pañuelito y se pone a hablar.

–Pobre mamá, acabaron sus sufrimientos.

Por eso la abuela vestía siempre de negro: porque sufría. Aun cuando sonriera por encima de sus tazas de españolísimo chocolate rodeado de buñuelos y rosquillas, tan festivo al lado del obligatorio té con leche de mi casa, sufría. A pesar de haber nacido en un puerto andaluz glorioso de sol, geranios, mazapanes y carabelas, sufría. Alta y callada como un álamo nocturno al que no menea el viento, sufría.

–Por suerte estos últimos años los pasó más tranquila, desde que tu abuelo falleció, en paz descanse. Qué hombre, cómo nos hizo la vida imposible.

–¿Por qué? –pregunto al llegar a Castelar, donde el vagón queda semidesierto y quizás pueda llorar más tranquila.

–Era como del tiempo de Rosas, un tirano, nos crió a látigo. Once hermanos, ¿te das cuenta? A ustedes sí que no les falta nada, algún día sabrán apreciarlo. En cambio nosotros, pobres como lauchas. Los domingos, para salir a la plaza, nos turnábamos los zapatos. Yo rara vez estrenaba un vestido, siempre con uno zurcido de alguna hermana mayor.

–¿A la abuela le pegaba?

–Eso no, jamás le levantó la mano. Y ella le rogaba por sus hijos, le decía déjalos en paz Severiano, ya son mozos crecidos... Pero él no le hacía caso, esperaba de noche a tus tíos detrás de la puerta y los recibía a rebencazos hasta sacarles sangre. Lo juro por esta luz que me alumbra.

–¿A vos también te pegaba?

–Claro, de chica, si habré recibido tundas y penitencias al oscuro. Y ya de grandes, a las hijas mujeres cómo nos celaba...

–¿Qué quiere decir celaba?

–Que tenía celos, hija, y nos espantaba los pretendientes.

–¿Igual que Alfredo con Nora, la hermana que se le murió?

–Tal cual. No sé cómo hicimos para casarnos, claro que nos casamos bien grandes, y dos se quedaron para vestir santos. La que se sacó la lotería fue Elvira, pasó un español y la raptó, se la llevó a su tierra y allí vive como una reina.

–¿En un castillo?

–¡Claro, con tres patios y geranios como aquí no pueden crecer, con tanta hormiga y tanta babosa!

Mientras calla indignada acaricio el roble barnizado, los pestillos de bronce, el cuero tirante de las banquetas, me acomodo y refugio en esa fortaleza lustrosa que traquetea impecablemente.

–Y tu abuelo que nos tenía como en un convento, vivía para contrariarnos. A mí, que ansiaba estudiar música, no señor, me mandó a aprender costura. A tu tía Josefina, que es una sorda, la mandó a solfeo. A tu tía Lola, que bordaba como una monja, la obligó a seguir de maestra y la pobre no tenía cabeza para el estudio. Quería que tus tíos entraran en la policía, pero ellos se retobaron, por suerte trabajan en el Ferrocarril.

–Así que a los tíos les pegaba,

–¡Y cómo! Pero una noche, tu tío Manolo, que viste cómo es de cocorito, llegó tarde, y cuando papá le iba a dar el rebencazo, Manolo le arrebató la lonja y le cruzó la cara. Desde esa noche nunca más castigó a sus hijos.

–¿Y entonces?

–A mí me festejaba un inglés, tan buen mozo, pasaba a caballo y yo a veces lo espiaba por la celosía entornada, cuando tu abuelo dormía la siesta, y el muchacho tiraba un papelito... Una vez mi padre se levantó de repente, salió a la puerta y le dijo al inglés que no pisara nunca más esa vereda de niñas decentes. ¡Niñas que habían pasado los 25! Y el inglés se ofendió y se fue.

–¿Se fue a caballo?

–No sé, hija, después habrá tomado un barco. Lo esperé un tiempo pero no volvió. Tu abuelo nos hacía alargar los ruedos a fustazo limpio por las piernas, el muy salvaje.

–¿Por qué andaba siempre con rebenque?

–La gente andaba toda a caballo, al menos los pobres y los policías.

El tren llega a un confín que huele a campo, a flores de sapo dobladas por el viento. Bajamos en la estación de Merlo, donde el guarda despliega su trapo señalero y nos despide llevándose otra vez la mano a la visera. Trotamos por anchas veredas ventosas, donde *todas las casas son ojos que resplandecen y acechan*[26] tras celosías y visillos, inmunes al sagrado paréntesis de la siesta.

Está abierta la tienda, pero mi madre no va hoy a elegir géneros sentada en una silla de Viena, a regatear interminablemente con el turco *embelecador, falsario y quimerista*[27], mientras me aburro en la penumbra de ese salón glacial de baldosa colorada, con los estantes repletos de telas al bies, como estuvieron y seguirán estando hasta el fin de los siglos, desde el zoco hasta Harrod's.

Hace treinta días sonó en casa el teléfono recién instalado, lujo y novedad del vecindario, alegría de Tula que ya no tendrá que ir a telefonear al almacén, donde los borrachos se le propasan. Fiesta para Tony, que llama al Lawn Tennis con la voz cambiada, anunciando falsos incendios o el parto de algún socio panzón. Alivio de mi madre, que podrá hacer un pedido urgente a la farmacia –distante una cuadra y media– en días de lluvia. Solaz de mi padre, que llama a sus amigas las Carranza para piropearlas o contarles el último chiste procaz.

El festejo dura poco, porque uno de los primeros campanillazos anuncia la muerte de la abuela. Madre se sienta a los pies de mi cama y cubre sus sollozos con las dos manos, mientras mi padre la consuela, recostado contra el marco de la puerta, impaciente.

–Qué le vamos a hacer, tenía sus años the poor old girl.

–¡Y podría haber vivido algunos más, si no fuera por ese maldito accidente y por los médicos que no saben nada!

–Vestite así alcanzamos el tren de las 10 y 4.

Laura se come las uñas con el aire teatral de quien sabe la verdad, porque para algo es mayor. Yo sólo sé que la abuela duerme transitoriamente como las campanillas azules durante la noche, *esperando la mano de nieve*[28] que la despierte, aliviada ya de la pesadilla de su sufrir, porque la muerte no es más que un error suscitado desde el pesado tubo negro, un encantamiento que los grandes no pueden conjurar. Convencerme de una separación definitiva equivale a enloquecer y que me encierren en un altillo, mientras el Hombre de la Bolsa huye robándome para siempre las tazas azules y los buñuelos y un sillón de mimbre que ha quedado hamacándose solo. No es posible que la abuela falte a la fiesta *en el tiempo en que festejaban mi cumpleaños, yo era feliz y nadie estaba muerto.*[29]

Seguimos andando por Merlo, de la mano, hasta dejar el centro y llegar al cementerio donde mi madre va a ofrendar unas primicias de su jardín: el ramo de calas se zarandeó durante todo el viaje en el portaequipaje.

Trasponemos una entrada pomposa con casitas de mármol negro y ocre coronados de ángeles cachados con trompetas, macetones de bronce, ventanas que dan a ataúdes y retratos de difuntos coloreados, y a medida que avanzamos por las desoladas calles las tumbas se empobrecen y los muertos yacen más cerca de la tierra.

En el justo medio entre los monumentos presuntuosos y las chuecas cruces de palo hay un rectángulo como una cuna, acotado por una reja de fierro labrado y una cruz que hace rato perdieron la vertical. Una cobija de césped ralo cubre sin duda a la abuela, más una almohadita de piedra donde nadie escribió su nombre todavía, porque puede despertar.

Hace un mes que en casa se cerró el piano y se apagaron las radios de válvulas a la intemperie. Hace un mes que estamos permanentemente vestidos para recibir a visitas interminables que merecen una ceremoniosa recepción en el comedor, tránsito de comparsas cabizbajas que sorben licor casero y muerden galletitas Mil Delicias, porque mi madre no está de humor para la repostería.

A ella no le gusta la muerte: lo que pasó, pasó, y se harta de calzar zapatos todo el tiempo para enfrentar el desfile de caras largas que le hace perder su ritmo y parece chuparle su trajinada vitalidad. Pone una escoba tras la puerta –falible hechizo para espantar visitas– pero pasan los días y siguen llegando para no irse, insisten en recomendarle una paciencia y una resignación que le sobran. A la finada protagónica añaden rosarios de otros difuntos, y a la muerte agregan más agonía.

A madre no le gusta ese morboso recrearse en el drama que atrae a los Montero y los seduce como un perfume caro y los empuja a montar guardia en casa con gestos serviciales y sólo estorban el paso y Tula para colmo ha vertido más de una copita en los pies del visitante, y en una de ésas Rafael puede birlar de una cartera.

La muerte ya había inundado demasiado la casa, como otra agua residual sobre la que fue necesario alzarse a toda costa. Mi madre quiso mucho a su hijastra Nora y sobrellevó la angustia de su enfermedad cuando sólo quería preocuparse de mi recepción en este mundo, y esa penosa distracción era, más que ninguna otra, inoportuna.

El duelo mitológico por Nora duró años, alimentado por vecinos y parientes y la inconsolable y enfermiza insistencia de Alfredo, hasta que mi madre se cansó y con firmeza se dejó aconsejar por el sabio vals: *quemá esas cartas,* y destruyó los papeles fileteados de negro, y las cintas moradas, y las flores secas, y encerró en una gaveta con llave las fotografías y un vestido de París tan pesado de canutillo que debió derrumbarla como una marioneta. Alfredo quedó resentido como novio-viudo y jamás habló de su difunta hermana en tiempo pasado, a él que no le fueran con ésas.

Ahora en el cementerio mi madre se hinca a rezar, ella que jamás pisa una iglesia. Quizás la única santa de su devoción es la abuela o quizás se esmera por rescatar al abuelo de un seguro infierno. Se queda en silencio largamente, arrodillada sobre piedra mientras contemplo el desolado pueblo de muertos que se prolonga en yuyal y no puedo soportar la certeza de que en un patio ya no estará la andaluza de lentes que tienda el plato a sus nietos y les limpie la boca con servilletas bordadas. ¿Cómo consolarse del mutis de una mujer que nos da de comer? *La infancia es el Reino donde nadie muere.*[30]

Madre que se persigna y se levanta apoyándose en mí y no puedo preguntarle por qué encierran a los muertos bajo mármoles, entre rejas, tras portones y muros. Quizás los abuelos soterrados podrán *periscopear el cielo a través de las flores*[31], pero no sé preguntar si alguien teme que escapen como los locos, y si llegan a escapar, cómo son y adónde van si nadie los espera.

Madre que se sienta sobre una lápida y me abraza y juntamos llantos. Quizás es su modo de contestar los interrogantes que no he balbuceado, mientras un casal de teros cruza rajando el aire y entiendo por qué me ha llevado allí, sin pasar por las casas de la cercana parentela.

El suyo es un rito secreto que debo presenciar, compartiendo su soledad en ese templo a cielo abierto donde el viento le alborota el velo y le seca las lágrimas que en vano quiere reprimir.

Debo reverenciar su dolor y sus sufrimientos pasados y futuros, grabármelos a fuego y al fin buscar su mano y salir por esos senderos rumbo a las calles y la estación donde esperamos el tren, mudas y apagando el ruido de los últimos dos caramelos de la desdicha.

Reina fue un montoncito bajo una manta, la abuela una durmiente bajo otra manta de tierra. Nadie me dijo que las vistieran de blanco y las metieran en un cajón. Las muertes eran desapariciones clandestinas, incluso las de los animales: alguien robó la gallina, el gato escapó, el canario se voló. Y una esperaba el regreso oteando horizontes, árboles, caminos y caras de ladrones.

Como Reina ya vivía medio desaparecida, al lado no hubo ceremonias. Tula dijo que la llevaron a casa de la madre, y a otra cosa mariposa, basta de curiosear.

Salvo en el caso de esa pobre diabla, la muerte era asunto tomado con mucho miramiento, se iba en coche negro de caballos negros, con personajes de frac, galera y guantes blancos en el pescante.

Atrás venían las carrozas con los nublados deudos, casi invisibles tras las ventanillas, después los coches abarrotados de palmas y coronas con sus cintas moradas y letreros de oro. Se salía a la calle a mirar la representación y la travesía, a escuchar el repique de los cascos cuando llegaban al empedrado, y los hombres se descubrían y las mujeres se persignaban ampliamente.

Más tarde, y cargando estos misterios aún sin develar, mi padre me señaló en el Teatro Colón unos palcos bajos cerrados con persianas agujereadas destinados a los asistentes que estaban de luto y debían disimular que disfrutaban de la jarana operística. El drama que ocultaba el palco se me hizo más interesante que el del escenario y me rompí los ojos desde la cazuela, apretándolos con el largavista, tratando inútilmente de descifrar la cara de los escondidos.

Eran tiempos en que *la gente se empeñaba en morir por encima de sus culos*[32], en despedir a sus finados con boato y circunstancia, lástima que ya hubieran sido barridos de las ciudades las lloronas y los animadores.

En cambio heredé mucha información sobre los grandes funerales históricos, cuya pompa se compartía solemnemente. Mis padres evocaban el entierro de Yrigoyen con cierto orgullo personal, testigos tan comprensivos como indignados por la gloria póstuma de un caudillo destronado.

Y cuando apenas habíamos aligerado los lutos

por la abuela, la muerte se nos vino encima a todos *como una parva sobre un chingolo.*[33] De pronto se nubló como si la manga de langosta se hubiera quedado apostada en el cielo. Nos chistaban las bromas irreverentes, nadie le alzaba la falda a Tula, la bombilla sonaba lúgubre en los mates agotados porque una mano distraída manoteaba la pava y la otra no podía desasirse del diario con descomunales titulares.

La rueda de Tony y los Macías se ensombreció como si sintieran que los caranchos rondaban sus cuerpos enclenques, que agonizaban solidarios con la destrucción de otro hermano, para colmo cantor, una especie de dios que, como Dios, era un desconocido. Uno que *todavía estaba vivo, pero sólo vivo para su muerte*[34], y así seguiría estando porque renacía transfigurado desde un avión deshecho en Medellín.

Tula iba y venía atizando la hoguera de noticias, pálida de euforia necrofílica:

–¡Oigan esto, hay mujeres que se suicidan en todo el mundo!

–¿Eran novias, amigas, hermanas o qué? –inquiría mi madre.

–Eran admiradoras, Lucy, locas por él.

–Decí que eran locas, nomás.

–No, se volvieron locas por él. ¿Comprende?

–¡Cómo querés que comprenda semejante disparate! Si se hubiera muerto Ignacio Corsini, vaya y pase, aunque tampoco.

Yo cosechaba los ecos del macabro festival con la boca abierta y notaba que los caballeros circundantes, excepto mi padre, asumían un aire consternado de novios-viudos y volví a pedirle a Eduardo que me contara la historia de los marinos enlutados para siempre en homenaje al Almirante Nelson. Rafael Montero dio parte de enfermo a "La Chapelle" y se recluyó en el altillo de su finada esposa, amortajado entre diarios y revistas, mientras Miguel clavaba una foto del difunto nacional junto al Sagrado Corazón.

Carlos Gardel no figuraba en el santoral artístico de mi familia, casi diría que lo desconocíamos o vegetaba en el montón y que rumbeábamos firmemente hacia otros personajes de la farándula. Sin embargo nos arrimamos al desconsuelo porque *cuando muere un cantor suele nacer un sueño*[35], la tragedia apropiada era una emoción importante, de las que no abundan en una vida sencilla y rutinaria.

Mi padre se apartó enseguida. Desde muy joven había saturado su cuota de real aflicción cuando la tuberculosis arrasó con toda su familia. Mi madre –ya lo dije y lo repito– no era aficionada a la muerte y procuraba aventar la truculencia que se metía en nuestros poros como hollín o como la famosa lluvia de ceniza caída misteriosamente sobre Buenos Aires décadas atrás.

La Nona era la única que creía en el cielo, aunque dudo de que tuviera la certeza de que allí hubiera sitio para bohemios o suicidas. Sólo meneaba la cabeza mientras atizaba su hornallita y en lugar de pronunciar el ritual Dios lo tenga en su santa gloria, se despachaba airada contra estos inventos modernos como el aeroplano.

La euforia necrolátrica no decayó, fue inflada durante largos meses hasta que repatriaron los restos del cantor y varios hombres de ambas casas se enfarolaron para ir al puerto donde *las banderas de los barcos anclados saludaron solemnes la vuelta de Gardel*[36], navegante de una grúa cubierta de flores. Sus novios-viudos se incorporaron después al velorio en el Luna Park y al cortejo hasta la Chacarita y la Leyenda, ese naciente credo que no admitiría a escépticos, indiferentes o herejes como los que preferían a Corsini.

Los muchachos volvieron molidos, a poner los pies en palanganas con salmuera y contar la odisea hasta que mi padre se hartó y empezó a hacer gestos como para espantar murciélagos, pero los hombres no querían renunciar a esa muerte que los convertía en víctimas vicarias o héroes de una repentina fraternidad. También con este pretexto se empezó a ejercer la presión moral sobre los disidentes, el embrión de una prepotencia que avanzaba hacia los inermes como los galerudos del Tedeum hacia nosotros.

En un mundo de monótonos grises y pardos representativos de la severidad varonil se reforzaron los detalles luctuosos y una curiosa manía predicadora compuesta de frases hechas y doble mano de gomina. Temí que alguno de los Macías se suicidara con jugo de fósforos como la mulatita de "Locos de Verano", escena de comedia favorita de mi padre.

El tango, que alegraba nuestros días con la orquesta de Osvaldo Fresedo o el inefable Enrique Delfino, célebre en casa porque Eduardo lo había visto de lejos una noche en un café, pareció entrar en el reino de las pompas fúnebres custodiado por espectrales cancerberos, pero nos regaló la gloria de celebrar una Muerte de Novio, bien *por encima de nuestros culos.*

Tan perfecto fue el escamoteo, que a los doce años no había visto jamás a un finado, y el azar quiso que esa primicia también conjugara lo macabro con lo teatral y que tuviera el privilegio de ver al muerto con más cara de muerto que se pudiera concebir.

Con una compañera rumbeaba perezosamente hacia la Escuela de Bellas Artes, cuando un largo carnaval de coronas nos hizo detener frente a la Casa del Teatro, en la calle Santa Fe. La hilera humana nos arrastró escaleras arriba, intrigadas por saber quién era el difunto. De pronto nos encontramos en una función llamada capilla ardiente, dando la vuelta a un ataúd de donde sobresalía la desmandada nariz del actor Elías Alippi, que bien justificaba la expresión "fosas nasales" y me recordaba el verso archicitado por mi padre: Erase un hombre a una nariz pegado.[37] *La escena era jocosa, como lo es todo para los adolescentes, y mi compañera Beba Sosa que alardeaba de atea se mandó una santiguada beata que me sacudió de risa y tuvieron que expulsarnos del recinto con una energía que habría resucitado al actor para reír con nosotras.*

En los umbrales del otoño de la vida me disponía a presentarme cantando en la sala de esa misma Casa del Teatro, donde se ensayaba, viva la coincidencia, una obra llamada "Tango", cuya utilería abarrotaba el largo pasillo hasta el camarín: portacirios, falsas coronas, mortajas en perchas, ataúdes, cruces y toda la impedimenta tétrica requerida por el autor. Cada noche esperaba que me sacaran la muerte del pasillo pero allí quedó, exorcizando la manía supersticiosa de la gente de la farándula porque al fin no me trajo yeta. El arsenal macabro no resultó sino una postiza metáfora de tanto pasillo a recorrer después, tanto meandro, tanto lúgubre codearse con el espanto en la historia de nosotros todos, desde hace muchas lágrimas.[38]

6. *Novios de negro*

Hombres educados, finos, expertos en reojos, imposibles galanes de manos tersas, abuelos truculentos de tras un árbol o tras un libro, señores de campanario y altas torres, buen día padre. ¿Padre?

Hombres de larga vestidura negra que cruzan la plaza saludando a todos pero a algunos más, alzando apenas el birrete de pompón que descubre una coronilla rapada. Artistas, chansonniers en una lengua que nadie entiende, en un teatro tenebroso donde siempre es invierno.

Han acudido a la Intendencia para obtener dos rápidos triunfos: cambiar los bancos de la plaza por otros de piedra y sin respaldo, porque de noche las parejas se entrelazan con lúbrica comodidad, a la vista de las personas honorables, frente a la reja de las vicentinas, las monjas del aeroplano en la cabeza.

Han conseguido también que reemplazaran la fuente, donde los chicos no sólo echaban a navegar sus barquitos sino que en verano se metían en el agua con el torso desnudo, todo el pecado brillando al sol. Con la urgencia del caso, el piadoso intendente conservador destruyó la fuente e inauguró ¡ay! una estatua del masón Sarmiento.

Las muchachas que se arremolinan en la casa parroquial han obedecido a otra ordenanza terriblemente dictada desde el púlpito: la honestidad no termina en el codo, en verano deberán ir a Misa con mangas largas. Y un meritorio joven vigila que el úkase se cumpla, y muchas se calzan en la esquina unas mangas de antebrazo como las que usan para tejer, o las de los vigilantes. *¿En qué pecaron los codos...?*[39] Y algunas novias emergen casadas pero llorosas, el escote cubierto a último momento con un amplio pañuelo del padrino. Los hombres de negro miden a ojímetro y a cualquier distancia los ápices de piel a la intemperie.

La plaza, anexo natural de la iglesia, es parte de los dominios del párroco, que allí suele detenerse respetuosamente ante la señora de Podestá, benefactora de los pobres y qué admirable, dice mi madre cuando la recibe para contribuir con las limosnas que la dama seria requiere casa por casa. La señora habita en la más hermosa quinta jamás vista en la vida o en los cuentos, un paraíso que contemplo desde afuera porque cuando pedí permiso para entrar no me oyeron. Los Podestá tienen muchos hijos y con el tiempo darán un obispo a la Iglesia, y la Iglesia con el tiempo le dará una soberana patada al díscolo defensor de pobres y adalid del casamiento de los curas.

El párroco español, viejo y medio ciego, cuenta ahora con el ayudante recién designado, un petimetre regordete, moderno, que se permite patear una pelota desviada y guiñar el ojo pícaramente a las beatas de mantilla y sobremangas, medias obligatorias y desdeñoso talante.

El pastor metodista de Unquillo, que pasa en sulky vendiendo papas fritas en bolsas de papel encerado y por la noche pasea a su escasa grey, del brazo, cantando a coro en inglés, me habrá vendido por pocas monedas una Biblia, libro tan mentado como inexistente, salvo en ediciones de lujo vedadas a los niños. Llegada a la edad de la lujuria lectora, me siento en la plaza a ojear el libro plagado de numeritos y extrañas fábulas. Pasa el petimetre y me lo confisca, prometiéndome otra biblia, no mentirosa como ésa, pero me quedo esperándola para siempre. Tiene derecho a confiscármela y de paso sugerir que no trate con niños judíos ni protestantes, y la pavura me impide responder. Por ignotas razones, aunque mi familia parezca herética, pertenecemos de algún modo a esta parentela de negro, el bautismo nos ahorra la angustia de ser judíos, protestantes, parias, gitanos, socialistas.

Años antes de este episodio imborrable, paso una mañana a lo de Montero y encuentro una agitación desusada. La afabilidad de la Nona se ha convertido en un saludito nervioso mientras pasa la plancha de carbón sobre un mantel de baúl, tieso como un témpano.

Entra Miguel endomingado, el pelo chorreante, tajeado bajo la nariz, sobre el bigotito ralo.

–La camisa blanca te dije, vieja.

–Ya te planché las dos, aquí están.

Tula trota por la galería, plumero en mano, y

luego abre la ventana del comedor, que da a la calle, extirpa del aparador la vajilla de lujo canturreando *dímelo al oído tan solo a mí, que nadie se entere lo que me querés decir.*

El sol baña por primera vez los dos cuadros que siempre distinguí mal en la penumbra: pinturas de una ciudad extraña, con palacios que dan a calles de agua, barcos puntiagudos, barqueros disfrazados. Le pregunto qué es eso y me contesta, trastornada:

–Eso es Europa, nena, ¿no ves?

Pienso aterrada en mi papá, condenado a vivir largos meses en un lugar donde todas las calles son de agua, como la nuestra si no bajara la inundación. Pasa Miguel anudándose la corbata.

–Salí del paso, nena.

–¿Quién va a venir?

–Los padres.

–¿Los padres de quién?

–¡De nadie! Los padres, los de la iglesia.

Tula plumerea el piano *si yo sé que me querés, si yo sé que me adorás y si no me lo decís es porque no te animás* y me pregunto si Rafael vendrá a tocar el único tango que sabe y le enseñó Eduardo, sin sacar jamás los pies de los pedales, haciendo retemblar el piso como en las preliminares del terremoto de San Francisco que he vivido intensamente en el cine.

En la galería me cruzo con don Marcos que intenta abrocharse el primer botón de una camisa igualmente tiesa como un témpano.

–A ver si me das una mano, nena.

Se inclina y lidio con el botoncito hasta meterlo

en el ojal. Marcos no da las gracias, ocupado en acomodarse en un cepo que huele como las muñecas de celuloide.

Voy a la cocina donde la Nona se afana sobre una fuente de fiambre rodeado de lechuga y entra Tula *dímelo al oído tan sólo a mí que guardaré el secreto lo juro por ti* y recoge un pollo cubierto con un repasador, que llevará al horno de la panadería.

–¿Puedo ir con vos?

–No, querida, estoy apurada, dejame pasar.

–¿Puedo quedarme a comer? –pregunto a la Nona.

–No tesoro, hoy no.

–¿Por qué?

–Porque vienen los padres, es un almuerzo para mayores.

–¿Y no puedo venir después a mirar?

–Pedile permiso a tu papá, que no es creyente.

–Sabés muy bien que mi papá está en Inglaterra, te mostré la postal de la bailarina, ¿no?

–¡Linda postal! Es cierto que tu papá está de viaje, hoy me olvido de todo. Entonces preguntale a tu mamá, que tampoco va a la iglesia.

Y noto que la Nona echa un reojo reprobatorio sobre mi vestimenta de juego, inconveniente, de pantalones. Corro hacia mi casa pero me detengo porque, extrañamente, está abierta la puerta del bien guardado cuarto de cachivaches. Rafael, en camiseta, mira unas fotografías dobles por el estereoscopio, y al verme las esconde en una caja.

–¿Qué querés, piba?

–¿Me lo prestás?

A veces me dejan mirar por el aparato, y quiero

disfrutarlo una vez más porque sé que tarde o temprano irá a parar al montepío del Banco Municipal. Trato de arrebatárselo, forcejeamos y la caja secreta vierte su contenido: bañistas, señoras con el traste al aire y una gasa en el cogote, señoras con las piernas gordas retozonas y con ligas negras.

Rafael se apresura a recogerlas, tapándolas mientras masculla insultos mordidos. Ignora sin duda que mi padre ha colgado sobre mi cabecera una lámina de una señora con flequillo, con los chatos senos al aire, ante la complacencia de mi madre, de mis hermanos, de Atilio, de las negras Carranza que se tapan la risa haciéndose las escandalizadas.

–Rajá, nena, mirá lo que hiciste.

–¿Vos no vas a comer con los padres?

–A mí dejame de cuervos, vamos, picátelas que estoy ocupado.

Voy a casa y procuro entrevistar a mi madre, que está inaugurando una ruidosa aspiradora y me hace señas de que no la interrumpa. Insisto y tironeo hasta que la apaga y entiende que pido permiso para ir al lado, acto que en general no requiere anuencias.

–Andá si querés pero no molestes a esa gente.

Me ve manotear en el ropero y entonces apaga la dichosa máquina y me ayuda a despojarme de las prendas de fajina, la obsesión por el nuevo artefacto le impide preguntar si se trata de un almuerzo de gala, y maquinalmente me introduce en un vestido con nido de abeja, me lleva al baño para peinarme, me calza medias frescas y zapatos nuevos.

–¿Qué pasa? ¿Viene la parienta rica?

–No, voy a mirar como morfan los curas.

–¿Entonces vas a comer aquí?

Impaciente, me quita el vestido primoroso y me enfunda el delantal de entrecasa y las zapatillas. Durante el almuerzo procuro contarle a la familia a donde voy después.

Laura, mientras dibuja en el plato arabescos de perlas de Sagú, murmura:

–Andá, andá a comer vela podrida.

–No voy a comer nada, voy a ver a los curas.

–Culorum, santísimus culorum –recita Tony con los ojos alzados al cielo.

–Culorum, cacam –reza Eduardo.

–¿Cómo sigue? –pregunta Laura.

–Culorum gordum y tetam in frontis –dice Tony.

–Bueno, basta –corta mi madre fingiendo severidad pero hemos caído todos en esos ataques de risa que nos dejan extenuados sobre el mantel, y a Tony ahogado de tos.

–Culorum puercam cacam –insiste Eduardo.

–Esto es una falta de respeto –dice mi madre atajándose la risa con la servilleta–, son unos herejes.'

Se acerca Rosa a llevarse la sopera y Tony le abraza las nalgas mientras Eduardo los bendice:

–Puercam mean santísimus coñum.

–Dije que basta –sentencia mi madre definitivamente fastidiada y agotada su ración de risa. Asesina con la mirada a Eduardo y a Tony, ignorando que tantas veces, cuando suponen que no son espiados, los he visto alzar las faldas e investigar los escotes de las sirvientas, dejándome la impresión de que las mujeres son una curiosa especie de muebles.

–¿Cuántos padrecitos vienen a lo de Montero? –pregunta Tony angelicalmente mientras Rosa se aparta, colorada.

–Dos, me parece.

–¿Y cuál es el novio de Tula?

–El confesor de Rafael –dice Eduardo y entona su pedito manual.

–Mamá ¿de veras uno puede ser el novio de Tula?

–Callate, zonza –dice Laura.

–Los curas no son novios de nadie, no se pueden casar –aclara mi madre y Eduardo rubrica otra vez con su nota obscena.

–¿Por qué?

–Porque es así –respuesta terminante de mi madre para casi todas las preguntas complejas.

Acabado el postre de sémola, me vuelve a enfundar el vestido, retocar el peinado y cambiar zapatos, y salgo volando a trasponer la puerta de alambre, bendecida por Eduardo y Tony que se han anudado las servilletas en la cabeza y actúan de monjas mellizas.

Sigo de largo y me empino hasta la mayoría de edad, y por fin estoy en un transatlántico rodeada de jóvenes viajeros en 3ª clase B, a punto de desembarcar por primera vez en Europa, y el primer puerto europeo donde ancla el buque es La Coruña. Es un invierno lóbrego, ráfagas despiadadas nos obligan a bajar al transbordador pertrechados con todo el abrigo posible: los muchachos de boina y bufanda, las chicas de pantalones. Pisamos emocionados el mítico continente y llegamos cantando al centro de la ciudad donde percibimos un clima de fiesta lúgubre. –Es el 8 de diciembre, día de la Virgen –recuerda un compañero. Nos disponemos a contemplar y fotografiar una procesión que avanza por la avenida, a la vanguardia curas con casulla y monaguillos, luego una espesa caravana de escolares y estudiantes de colegios religiosos, de porte adulto y vestimenta anacrónica, calzones a media pantorrilla, chaquetillas mezquinas, birretes marciales. Portan estandartes y corean estentóreamente himnos a la Virgen. De pronto divisan a los forasteros impíos y se agachan a recoger piedras e intentan lapidarnos y embestirnos a astazos de estandarte y al grito de ¡Francesas, arrastradas, rameras!

¿Quiénes, nosotras, inocentes pasajeras, por qué? Es tan profunda la incomprensión como el horror. Los compañeros de barco procuran protegernos pero ¡ay! algunos se han puesto boinas rojas y los párvulos gallegos se las quieren arrancar a puñetazos y patadas. ¡Rojos, asesinos, viva Cristo Rey! *A las chicas nos escupen denodadamente, las exageradas zetas de los insultos vienen cargadas de salivazos salvajes. Corremos en malón a refugiarnos en algún portal, pero es fiesta de guardar, todo está cerrado. Los procesantes nos persiguen vociferando la sacrosanta consigna:* ¡Francesas, arrastradas, rameras! *Una pareja caritativa nos abre las puertas de una botica y las cierran a la turba de devotos que patean las persianas y apedrean los cristales, desgañitándose en su cruzada redentora ignorada al parecer por los curas.*

–¿Por qué todo esto? Somos estudiantes extranjeros, ¿qué pasa?

–Es porque vais de pantalones –nos dicen los salvadores, serenos ejemplos de la tristona cordialidad gallega que conocí mucho después–, además vosotros, muchachos, será mejor que no uséis boinas rojas, os pedimos disculpas, España está *así. Los boticarios nos ofrecen agua, aspirinas, sillas, discreción y miradas comprensivas, y cuando la procesión decide seguir su paso, nos vamos corriendo a reembarcar sin detenernos en ningún otro espectáculo turístico de la Madre Patria y jurando no volver a pisarla. Este es mi primer contacto corporal con la civilización europea.*

Si sigo andando y cruzo mares e inviernos, me encuentro de pronto inmersa en una fiesta deslumbrante y para elegidos, en la cripta de Saint Benoit sur Loire, donde una docena de monjes envueltos en inmensas capas de color solferino concelebran la misa pascual en torno de la tumba de San Benito. Allá lejos y hace tiempo, en esa aldea no descubierta por el turismo, los benedictinos no reinan sólo sobre la plaza sino sobre las mezquinas vidas de los adustos pobladores. Yo me siento sometida por la aterradora grandeza del rito, habiendo desembocado por azar en ese sitio donde la introducción de un estuche de guitarra causó un escándalo medieval, con puertas cerradas en la nariz, y negativas a dar alojamiento. Tardé mucho en comprender que me había pasado parte de la vida atrapada por la poesía del terror y la culpa recitada por esos santones de trapos arratonados, imprevistamente metidos en una hoguera de seda rosa, que echaban a volar en los ampulosos gestos del circo beatífico.

A la cabecera de la mesa de los Montero, el cura viejo musita palabras extrañas con zetas entre las que procuro reconocer culorum, y efectivamente la dice pero estoy demasiado asustada para tentarme mientras todos miran el plato con las manos juntas y después de persignarse empuñan los cubiertos y la Nona, con un vestido morado y molesta porque he llegado con excesiva anticipación, me señala con los ojos el taburete del piano donde me siento a mirar, como bufón en banquete real, el resplandor de la majestad eclesiástica a la hora de la manducatoria.

El cura joven me dedica una miradita graciosa y una sonrisa de par en par, que se le congela al ver mi cara de piedra, porque no estoy segura de que una niña deba retribuir la sonrisa de un sacerdote y porque me da pánico ignorar qué es lo que tanto pánico me da.

Noto muy bien que cada vez que se dirige a Tula, ella se pone como un morrón y tartamudea mientras procura romper el pan con su mano inhábil y riega el mantel de inconvenientes migas.

–No la he visto todavía en Misa –le dice a Tula el novio de sotana, seductor como si le enviara aquel famoso beso friolento travieso amargo y dulzón.

–Padre –dice la Nona– espero que el Señor me otorgue, antes de exhalar mi último suspiro, la dicha de que toda mi familia sea creyente.

–Somos buenos cristianos –corta don Marcos–, yo creo en la Cruz y he enviado mi óbolo a las misiones del África, aunque no vaya seguido a Misa.

–Un buen católico debe observar las fiestas de guardar y los sacramentos y elevar sus plegarias porque la Madre Patria España no se pierda para la fe –dice el viejo, abstraído tristemente en el raquítico fiambre.

–Gracias a Dios, Miguelito reza y obra por todos –dice el joven palmeando a Miguel con más reciedumbre de la que su pobre osamenta tolera.

Ya la Nona me ha explicado que Miguel, de chico, ha sido monaguillo, y que lo sigue siendo a veces, y que también intervino en la formación del cuerpo de scouts católicos Cristo Rey.

Hay largos silencios en ese bendito almuerzo, lánguidos retazos de conversación, castañeteo de dientes postizos, suspiros y carrasperas.

Incómoda ante una pausa demasiado extensa, la Nona dice, iluminada como Pío XII en el balcón:

–Parece que pasa un ángel...

Y miro el cono de polvillo dorado pero no veo ningún ángel, quizás sólo ella merece verlo. Acalambrada de aburrimiento bajo del taburete con tanto remilgo que lo tiro al suelo, poniendo en evidencia una pata mal encolada.

–¿Te hiciste pupa, nena?

–No, no es nada.

Miguel se acerca para ayudarme a enderezar el taburete y, semioculto por su gran babero de servilleta almidonada como el aeroplano de las vicentinas, me susurra:

–Rajá, nena.

Aprovecho su cercanía para preguntarle en el mismo tono de confesionario:

–¿El gordito es el novio de Tula?

–Salga inmediatamente de aquí, pero primero salude.

–Chau –digo y enfilo hacia la puerta cuando el cura joven me llama con voz almibarada como la de Juan Arvizu. Me acerco, muy vigilada por los ojos perversos de Miguel y el silencio expectante de los otros.

–Es una nena muy buena –miente la Nona con sonrisa forzada.

–No lo dudo, señora –dice el gordito y remueve su sotana, la desabotona a la altura de la barriga hasta que de un diminuto bolsillo extrae un monedero y del monedero una medallita con una cinta blanca y amarilla.

–Ella conoce bien los colores papales, padre, porque yo la llevé al Congreso Eucarístico en Palermo.

–Y la zonza creyó que esa cruz grande era toda de azúcar –comenta Tula muerta de risa.

–¿Qué se dice? –me apunta Marcos, amenazante.

–Gracias –digo.

–Guárdala bien para que la Santísima Virgen proteja tu honestidad y te aleje de los malos pensamientos –me dice Arvizu.

–Sí.

–¿Sí qué? –corrige Miguel.

–Sí padre.

Tula ha mirado con mucha más curiosidad que yo el revoltijo que hizo el cura con sus trapos para sacar la miserable medallita de lata.

Cuando vuelvo a casa, Laura me la roba y la arroja sobre el techo del ropero.

Yo tiro su álbum de recortes de Clark Gable a la tina.

Ella se zambulle para rescatarlo y se empapa íntegra.

Mi madre la ayuda a orearse junto con el álbum y me da una tunda.

Laura, de un certero tijeretazo, me corta un mechón de pelo.

Esa tarde corto una rama de rosal, la sumerjo en flit y se la meto en la cama.

Laura, en lugar de amanecer muerta, amanece arañada pero viva.

Me pongo un zapato con una babosa adentro.

Guardo una cucaracha aplastada y la meto en la sopa de Laura.

Recibo una fraternal fregada de cara con un cepillo de piso.

Derramo un frasco entero de tinta china sobre un mapa perfecto del perfecto cuaderno de mi hermana.

Durante el desayuno, Laura tira del mantel y me quemo con el café con leche.

Raspo el tenedor contra el plato para matarla de dentera.

Ella esconde para siempre la llave de mis patines.

Pincho las ruedas de su bicicleta.

Laura me sopla el gofio en los ojos.

Proyecto que esa noche le echaré veneno en el oído, como le pasó a un rey de un cuento de mi papá y espero que esta vez sí amanezca muerta.

No se muere: tiende un hilo invisible en el patio, tropiezo y me rompo la crisma.

La guerra fratricida, con sus palizas, griterías,

penitencias, teatro de la epilepsia, falsos ataques de ahogo mortal, llantos, pataleos, arañazos, dura días, meses, años.

Todo ese tiempo la Nona ha sido confidente y afligida cómplice de mi madre y nos sermonea y aconseja, qué tristes seríamos sin madre, porque así vamos a matarla a disgustos y qué haremos huérfanas en un asilo, porque los disgustos también pueden acabar con papá que está cansado y cada vez que se enoja le da tos.

–Van a sacarme canas verdes –dice mi madre, llorando al fin con la cara cubierta con sus manos pecosas, como cuando murió la abuela.

La angustia me paraliza, que por mi culpa ese pelo color de cobre asoleado cambie trágicamente en algo horrible como piel de sapo.

Las treguas son cortas y las venganzas interminables, hasta que nos hacemos grandecitas y mi madre toma la decisión: nos mandará a las dos al catecismo.

7. *Novios de madre*

Atilio, solterón asmático de ojos lascivos a lo Florencio Parravicini, cae siempre en buena hora con un paquete de merengues, y tras colgar rancho y bastón vigila en el espejo el arabesco de sus pelos sobre la calva y avanza por el hall con la ufanía de saberse el único amigo que Enrique ha introducido en la casa a pesar de ser un suspirante de Lucy, o quizás por eso mismo.

Enrique no parece disfrutar de la compañía varonil, le aburre el arracimamiento excluyente del club o del café, que por otra parte no existe en la zona sino bajo la desdeñable forma del "despacho de bebidas", detesta la vana charla y uno de sus insultos preferidos es chatterbox! Cultivó el muchachismo en otra era, en parrandas con serenatas y románticos picnics en islas del Tigre, ahora prefiere seducir a niños y peregrinas, con la jovialidad de los hombres que no tuvieron infancia.

"Me gustan mucho las chicas", le confió por carta a su abuelo, que habrá sonreído al leer la precoz confidencia del adolescente en ese Londres victoriano tan fruncido ante los comentarios personales. –Y siempre siguió siendo mujeriego –amarga observación de Lucy, la muchacha *chisporroteada en pecas bajo rulos de bronce*[40] a la que convirtió en su segunda esposa, rescatada del rebenque paterno.

Atilio ha sido su subordinado en el trabajo, es incapaz de contestar la autoridad absoluta del Jefe y contribuye a organizarle la vida. A él se debe el éxito de los fastos de la reciente jubilación de Enrique, después de dedicarle cuarenta años de su vida al Ferrocarril: el banquete en el hotel Marconi, presidido por los imponentes funcionarios británicos que izan el Union Jack cada 11 de noviembre en la estación de Plaza Once. Atilio administró la colecta para los numerosos regalos elegidos no sólo con irreprochable buen gusto sino por el volumen y el peso: una locomotora ornamental de mármol y bronce, posada sobre auténticos fragmentos de rieles, un pergamino inmenso enmarcado en media tonelada de cedro, un Quijote en dos tomos sólo manuable por un atleta, una mesa-escritorio de caoba con tapa de cuero que será colocada al bies y estorbando el paso en el hall y necesitará de cuatro pares de brazos para moverla un par de centímetros y dejar espacio en las fiestas, una lámpara de alabastro de pie con pantalla de seda china y adornos de cuentas de azabache.

Pasada la celebración, Atilio se abanica largamente con el rancho y resopla y vela por la comodidad de Enrique en este nuevo ciclo de su existencia, destinado a cosechar una paz doméstica por la que tanto se sacrificó,y para lograrla Atilio cuenta con su singular ascendiente sobre la señora y las niñas de la casa.

–Porque Atilio es más tío de las chicas que sus propios tíos, cosa no tan difícil teniendo en cuenta el carácter de esos hombres –según la atinada observación de Lucy.

–Ahora papá estará todo el tiempo en casa –le dice Atilio a María–, tendrás que cuidarlo y mimarlo, no hacer ruido cuando duerme la siesta, no darle disgustos, alcanzarle los anteojos y el diccionario y sobre todo, sobre todo, contestarle siempre en inglés.

Teme que las cotidianas borrascas desatadas por la menor irriten al prócer que inicia su etapa de placidez, pero no será así. María está feliz de tener tal cantidad de padre por fin a su disposición: es un anciano robusto de 55 años, pero ella no lo considera viejo sino grande y fuerte y necesita venerarlo, imitando sus grandes zancadas y sentir *que hemos nacido para vagabundear por aquellas colinas, sin mujeres, las manos cruzadas a la espalda.*[41]

Lo acompaña a la carpintería del fondo o anda de su mano por las calles del Centro al que se accede tras un viaje en tren, otro en subte –donde irá siempre arrodillada en el primer asiento, descifrando los misterios del túnel–, otro en tranvía donde correrá a acomodarse en la primera banqueta, u otro, excepcional, en taxi, que ofrece la divertida actividad de desdoblar los traspuntines.

El padre-abuelo le mostrará el mundo, un paraje sereno, cómodamente transitable, despoblado y parsimonioso, donde muy poca gente disfruta de las cosas porque las multitudes no tienen motivos para hacinarse en las ciudades, ni medios para compartir las holganzas de los bien vestidos. Estrenarán insólitas aventuras, como la de aquella tarde en que toman el té en la confitería del Zoológico y un ñandú les engulle la bandeja de masas en dos bocados y María no pestañea tal vez porque no ha aprendido a asustarse de esas minucias que hacen lloriquear a niños menos acuciados por otros monstruos interiores.

El padre le enseña a abrir los ojos grandes como los de Eddie Cantor en aquella primera película con una secuencia en colores donde Eddie baila en un parque florecido de golosinas. Y la lleva a contemplar los solemnes señorones de Prilidiano Pueyrredón, la Manuelita Rosas deslumbrante de terciopelo carmesí y alhajas, que parece salirse del marco para implorar: Tatita, perdonelós a esos salvajes. O la enfrenta con los paisajes de Fernando Fader, a quien María toma por un mago capaz de atrapar la cegadora intensidad de la resolana, como quien paraliza a un *tigre tigre ardiendo brillante en los bosques de la noche.*[42]

–¿Cómo hizo para pintar el sol? –le pregunta María al padre, que no dispone de muchas respuestas.

–Con pinceles, y las pinturas mezcladas sobre una tablita que se llama paleta.

No es eso lo que pregunta, y quizás para obtener mejor respuesta, años después María decidirá estudiar en la Escuela Nacional de Bellas Artes y su padre se opondrá por la muy atendible razón de que hay *otra* escuela de dibujo en la línea del Oeste, precisamente en Flores, en tanto que la Nacional queda en pleno centro: ¡un viaje inútil! Después de un verano entero de trifulcas y portazos, el padre tendrá que ceder convencido por Lucy, que no entiende ni soporta las hostilidades sino con el argumento de que padre e hija tienen el mismo carácter, son unas mulas. El padre, llegada la pubertad de una hija que jamás accedió a decirle una palabra en inglés, la acompaña en la larga travesía hasta la calle Talcahuano durante los primeros días de clase, portando tablero, regla T, rollo de papel Ingres, caja de chinches, miga de pan para borrar, frasquito de fijador, carbonillas, devoción por el colorinche paradójicamente vedado por los reglamentos de esa dichosa Escuela.

El señor sale también con mujer y ambas hijas, todos de punta en blanco, a visitar a la extensa parentela o a contemplar los fuegos artificiales en la Costanera el 25 de Mayo, o a pasear por la calle Florida y comprar en Casa Tow, mojar un pañuelito en el surtidor de agua de Colonia de la farmacia Franco Inglesa y tomar el té en la confitería Richmond, donde suena gloriosamente una orquesta de jazz cuyo "crooner" o cantor es nada menos que Thorry, Juan Carlos, y por eso María insistirá en que ocupen la primera mesa, junto al estrado. Un día el padre saluda a Thorry en inglés y lo invita a compartir la mesa, mientras a María la vergüenza tanto la domina que se le transforma en una especie de ira tiesa, pantalla de tan aterradora emoción. Thorry reparte una sonrisa encandilante a toda la familia y se niega cortésmente y Laura queda con la impresión de que Juan Carlos canta pero no habla en inglés y María queda como interiormente comprometida para otro encuentro, a solas con ese célebre, inigualable galán de pelo rizado y voz de Bing Crosby.

María borrará al resto de la familia de sus recuerdos, preferirá creer que esa era bucólica le pertenece, que siempre fue sola con su padre a recorrer el mundo, *esas colinas...*

Colinas, mares y viejas torres de las que hace poco él ha regresado con tres camellos cargados en Woolworth, orgía de regalos que Atilio le ayuda a desenvolver, armar, vestir y manipular hasta que ella acaba en cama, con fiebre y calzada una nariz con el bigote de Groucho Marx que no querrá quitarse ni ante la funesta presencia del médico.

A pesar de que le resulta imposible abarcar todos sus regalos, no soporta la bicicleta grande destinada a Laura, los celos la incendian de furia y desea con toda el alma que en la primera salida su hermana se rompa la crisma, pierda varios dientes y recale en el zanjón apestoso.

Pudo escribirle al padre breves cartas dictadas por la Nona y franqueadas por Atilio, y recibió varias postales inquietantes con la atildada caligrafía y el peculiar humor paterno:

"Recorro las tiendas de Londres para ver si compro una mami nueva." Y otra, con una bailarina larga y oscura vestida con una faldita de bananas, Josephine Baker, en cuyo dorso ha escrito que es su sweetheart.

Estas misivas, y rollos de revistas ilustradas que ocultan en sus pliegues un pañuelito de gasa, suele encontrarlas María en el buzón de hierro colocado en la verja a la altura de sus pocos años. El buzón entraría en sus sueños, implacablemente, durante todas las edades, y siempre tendrá que agacharse hasta su infancia para rescatar los misteriosos mensajes venidos de otro mundo viejo, de tiempos otros, *allá en el fondo del gran jardín de nuestro olvido.*[43]

Una noche invernal, de sobremesa, Atilio invitó a María a irse con él a Necochea. La nostalgia de las grandes aguas y los lugares exóticos donde habitaran bailarinas vestidas de bananas deslumbraba a la fantasiosa chica de mal genio, que aceptó la invitación porque intuía que no hay que dejar pasar de largo las posibilidades de aventura.

Pidió permiso y se lo dieron, la familia entró en la comedia porque nada apreciaban tanto como las bromas, las cachadas. Lucy guardó una bombacha, un diminuto bañador de lana y un peine en la valijita de hule y la abrigó hasta las orejas con el tapado de salir y el consabido cuellito de conejo con ojos.

–Está loca –murmuró Laura.

–Traeme ruido de caracoles –encargó Tony, distraído.

–Mucho cuidado con los hipopótamos que salen de noche a comerse a las nenas –dijo el padre y eso ya fastidió a Lucy.

–Mentiras, en Necochea no hay hipopótamos ni mosquitos.

–Por allí se hundió una vez un barco –dijo Eduardo

con un aplomo avalado por su experiencia en un naufragio– y los marineros ahogados salen del fondo del mar y se pasean por la playa envueltos en sábanas y están todos podridos.

–¿Y qué más? –preguntó Laura interesadísima, mientras María entornaba sus párpados auditivos pero no podía evitar que se le filtraran imágenes macabras para reproducir en sus pesadillas.

–¡Atilio, dejala allá, que se la coman los tiburones! –solicitó Laura.

–Pero tesoro, ¿cómo decís eso? ¿Querés venir vos también?

–¡No! –replicaron a dúo las hermanitas.

María superó presagios e insidias, se despidió de todos y salió al patio de la mano de Atilio. En el jardín oscuro el frío los tumbaba y una vez en la calle desierta, con los faroles que se bamboleaban arrojando fantasmones sobre los cercos, se sofocó de arrepentimiento pero no lo dijo. Recorrieron en silencio y al trote el camino hasta la plaza, donde Atilio se detuvo a mirar el reloj de la iglesia y dijo:

–Me parece que es un poco tarde y que la noche está muy fresca para ir a Necochea, será mejor que lo dejemos para otro día ¿no te parece?

–Bueno –dijo ella, repentinamente ansiosa por recuperar el olor a batata al horno del que se había desterrado minutos antes.

Y entonces regresaron al calor de la cocina-comedor, donde fueron recibidos como a pródigos, riendo todos a carcajadas, menos Eduardo que festejaba con su modito socarrón, la bombilla entre los dientes, y Enrique que iniciaba un coro con el siempre servicial:

–For he's a jolly good fellow...

Otras noches, en una pieza del fondo, Atilio le da biógrafo. Arma él solo el tinglado, jadeando: corre la pesada mesa y coloca sobre ella el prehistórico proyector y desenlata los rollos de película escondedora de espectros. Deshace la cama de Bobby y tiende una sábana como pantalla. Antes de que apague la luz, la solitaria espectadora se ha sentado en el estante de la mesa, bajo el aparato que empieza a repicar como si moliera piedra.

Son vistas mudas, en sepia, que Atilio proyecta sólo para María, quizás con el fin de aplacar alguna de sus habituales rabietas, o porque a él le gusta ver sin más testigos a las bañistas descaradas, las damiselas de boquitas de corazón, las beldades de su tiempo. Pasa fragmentos de escenas playeras o las célebres grescas de Carlitos contra Trompifai, bailes con príncipes bajo arañas de caireles o una secuencia terriblemente barbada del Conde de Montecristo. Suele sonorizarlas canturreando *Ramona, tus rojos labios de coral, Ramona, eres mi diosa angelical.*

La preferida de la espectadora es una vista en la que dos hermanos vestidos de marineros juegan al diábolo en un jardín y el varón se cae al estanque, para horror de la hermanita que hace *girar los brazos como dos aspas locas*[44] en desesperada gimnasia y entonces viene un Rin Tin Tin que se tira al agua y rescata al niño arrastrándolo por el cuello marinero, y una vez a salvo la hermana lo cubre de besos y aceleradas caricias mientras el rope mueve la cola y parece sonreír como el gato de Chesire.

Pérfidamente Atilio proyecta luego *El Sobe*: una pareja vestida de gala en una escena amatoria entre pieles de leopardo y jarrones con palmeras. Cuando el caballero de cuello palomita y arabesco de pelos sobre la calva –idéntico a Atilio– le arranca un apasionado "sobe" a la dama, que resiste con uñas y dientes pero al fin sucumbe, María se pone a llorar, desesperada como la niña marinera, se tapa los ojos y arma tal escándalo que Atilio debe interrumpir la función, encender la luz y recibir unas cuantas trompadas ciegas en su vientre ornado de una gruesa cadena de oro que lastima los puños de la pequeña vengativa.

Vuelven ambos a la cocina, una desgañitándose en improperios que enmascaran una real y atroz angustia, el otro fingiendo ofenderse, pero nada le divierte más que ese previsible epílogo, siempre repetido, con chillidos y mocos y pataleo de la nena que no soporta presenciar la escaramuza erótica ni siquiera reflejada sobre una sábana vertical.

Mientras se refugia hipando en el regazo materno, Laura, desdeñosa al verla insistir en ese teatro pueril y estúpido, le dice a Atilio:

–¡Ya le pasaste otra vez el *Sobe*! ¿No ves que es loca, que no entiende nada?

–Bueno, bueno, ya pasó –la consuela Lucy, mientras Atilio cambia guiñadas con Eduardo, que le tiende un mate cómplice.

La pequeña espectadora crecerá hasta ser una mujer que explora displicentemente la jungla de los sex-shops, los barrios pornos, la triste y monótona imaginería cultivada por los niños grandes, los eternos novios de la carne triste, los hurgadores de hembras-roperos, los boy scouts de retorcidas violencias. No siente ni piensa ni juzga, asida a la mano fantasmal de Atilio pasa por ese amontonamiento de erotismos como quien se sueña perdido en un arruinamiento de ruinas.[45]

En una tarde clara y amplia como el hastío[46] va con madre y hermana a visitar a Atilio en su cuchitril de soltero, en los altos del bazar de Pagani, cruzando la vía. Allí ve, sobre la cabecera, en lugar de las estampas religiosas, una fotografía ampliada, coloreada y enmarcada en un suntuoso óvalo de caoba, de ellas tres, y descubre que son la devoción del solitario, su sagrada familia. La foto le cuenta que Atilio ama a su madre, y piensa si no será hija de él, a pesar de que la intensa semejanza con su propio padre no da lugar a estas suposiciones novelescas.

El pobre está en cama, como colgado de los barrotes de bronce, desorbitado por un ataque de asma, fumando cigarrillos balsámicos del doctor Andreu, flanqueado por dos hermanas de cachetes chupados y torvedad monjil. La piadosa visita parece presagiar una fatalidad, pero Atilio por fortuna tardará bastante en dejar este valle de ahogos.

El también acude a respirar mejores aires –o a

colmar sus bronquios de espinillo pulverizado– a Unquillo, y se instala en una pensión cercana a la casa de los tíos de María, el chalet bautizado Mountain Dew, no con el fin de conjurar la implacable sequía sino para olvidarla cerrando los ojos sólo para abrirlos en otro tiempo: el de un almanaque con paisajes de Suiza.

Con María de la mano da largos paseos en los que debe detenerse, disimulando la penuria de su aliento con la tarea urgente de piropear a las muchachas peregrinas, modosas bajo sombrillas floreadas:

–¡Preciosa! ¡Dios le conserve esos ojazos de fuego!

Las paseantes le sonríen con la condescendencia debida a los viejos galantes, decidores de requiebros finos, que las consuelan de tanta moderna guaranguería. María observa mucho y entiende poco las efusiones verbales o manuales que los hombres dedican a las mujeres, contrariando las reglas de cortesía que a ella procuran inculcarle.

–¿Son amigas tuyas? –le pregunta.

–¡Ojalá, querida!

–¿Y por qué les hablás si nadie te las presentó?

–Porque son flores, Dios las pone en mi camino para que yo me deleite con su belleza y su perfume.

Laura le explica estas cosas de otra manera –para algo es mayor– tampoco demasiado comprensible:

–¿No ves que es un viejo verde?

Y entonces María se acuerda de Lucho, el boticario, a quien ha visto, por desgracia, comportarse de extraña manera con la pobre Tula, en actitudes tan poco finas que no ha podido revelárselas a nadie, y las carga como un secreto molesto, como los juegos de villanos de sus hermanos.

–Lucho no es viejo, zonza –aclara Laura.

–Hasta donde yo sé, es un muchacho modelo –dice Lucy sobre su costura–, estudioso, culto, muy atento.

María no se atreve a replicar, pero una vez acompañó a Tula a la farmacia y ella le pidió permiso a Lucho para pesarse en la balanza de la trastienda. Él, sonriendo a lo Barrymore desde la divina distancia de sus ojos celestes bajo nocturnas cejas, le dijo:

–Pero cómo no, preciosa, pasá.

Y la obligó a atravesar el pasillo estrecho pegada a él, y hasta ahí Tula sonreía de fascinación, pero él aprovechó la volada para estrujarle groseramente un pecho. Tula le desprendió la mano y él, muy hábil, con la otra le levantó la falda, el viso rotoso, y la media zurcida con hilo de otro color agobió a María, que les hizo creer que no veía todo por el espejo y se puso a toquetear los clavos de la cabezota del Geniol que reinaba sobre el mostrador. Tula no se pesó sino que salió como tejo, repartiendo carterazos al aire, y la sacó de allí zamarreándola, mientras Lucho las despedía con carcajaditas y divertidos destellos de sus claros ojos de muchacho modelo.

El tío Ben no dice que Atilio es un viejo verde ni dice nada en realidad, porque no lo toma en serio, lo mira como por un telescopio y allá lejos ve a un hombrecito caricaturesco que no es tonto y se da cuenta muy bien del desprecio pero se limita a sonreír y esconder un amago de tos en su inmenso pañuelo impecable y trata a Ben con la paciente distracción debida a los forasteros.

Porque el tío Ben jamás acabará de llegar a estas tierras, en las que recaló hace ya varias décadas. Es un ingeniero suizo incomprendido, amargado porque no lo consultaron para construir diversas y defectuosas obras públicas y porque jamás se resignará a que la ciudad de Córdoba fuera fundada en un pozo. Se lustra los zapatos artísticamente antes de largarse al camino cubierto por un espeso colchón de harina gris, y con terca monotonía murmura denuestos contra el atraso nativo, esa desgraciada conjunción de latinos latosos e indígenas indigentes. Conserva intacto su acento gutural y su desmadre con la gramática y consume libro tras libro que confirme sus convicciones. Hace buenas migas con Enrique, evocativas charlas en inglés, empapadas en soñados efluvios de vinos del Rin.

El tío Ben tiene dos hijos rubios, escarchados universitarios que rara vez descienden de la ciudad donde se quedan con la madre. Todos le explican a María que éstos son también primos suyos. Cuando conceden una brizna de conversación, arrancada amablemente por Enrique o Atilio, se comprueba que cultivan un elegante acento extranjero a pesar de haber nacido en esa Córdoba execrable, o por eso mismo. Este asunto de los acentos intriga a María y curiosamente la empuja a redoblar su adoración por Atilio y ponerse firme de su bando.

El tío Ben se desespera por enviar a sus hijos a Europa, disgustado de sólo pensar que pudieran casarse con chinitas, chiruzas o modistillas. Pero pasa el tiempo y la mala suerte heredada les impide viajar y se quedan solteros, eternos novios rubios y de ojos lejanos, el uno momificado sobre códigos y expedientes, el otro torcido entre los microscopios y los frascos de pis de un laboratorio alemán.

Don Enrique y Atilio intercambian mate y recuerdos en el porche, interrumpida una partida de ajedrez o de naipes, cuando infaliblemente el tío Ben, en el lado opuesto de la casa, busca la complicidad de Lucy comentando:

–Los dejo solos porque siempre hablan de chicas.

Y Lucy contesta con una sonrisa oblicua y pasa el largo verano intimidada por ese hombre que pertenece a la incomprensible raza de los cuñados. También intimida a María, pero reconoce que es de a ratos generoso, le enseña a dar manija a la victrola y disponer a su antojo de la cajita de púas para escuchar la apasionada voz de Richard Tauber, paradigma de un refinamiento europeo que Ben se siente obligado a inculcarle: *"Viena, Viena, ciudad de mis ensueños"*.

La tía Isabel se queda en la ciudad, ese pozo de canícula alborotado de salvajes tordos, para tomarse vacaciones del marido, según ella misma informa, para alivio de Lucy que nunca sabe bien cómo tratarla ni de qué hablarle.

–Es una inglesa tan rara, habla con un acento como si acabara de desembarcar. Yo me desvivo por darle conversación, para que Enrique después no diga que... pero esa mujer jamás elogia los ñoquis y odia el pesto, no sabe nada de costura y hace bromas fuera de lugar, y lo que más fastidio me da, se pone a secretear en inglés, y con el calor que hace no es capaz de sacarse la faja.

También observa Lucy un tanto perpleja cómo el tío Ben abre para María algunos libracos de arte y le señala largamente señoras desnudas o soldados destripados que pintó un tal Goya, imponentes cuerpos esculpidos por Miguel Ángel o una cabeza coloreada que suscita la fascinación de la familia entera y aledaños, una reina egipcia que según el tío Ben cuenta, se llama Nefertiti, y se la queda mirando amorosamente por encima de sus breves gafas.

A veces llega Atilio para aliviar un amago de tormenta con un delicado comentario, invitando a madre e hijas a emigrar de esa academia y bajar al centro, es decir, a la única calle asfaltada de Unquillo, a tomar helados en el Sierras Hotel, donde de paso dirigirá sus encendidos reojos a las frágiles y distinguidas "delicadas".

–Un verdadero caballero –dice Lucy complacida con el trato que le dispensa, con sus exquisitas muestras de admiración.

Aprecia las gentilezas de este señor un tanto antiguo pero afectuoso al itálico modo, ella que vive rodeada de hombres secos, ásperos como vikingos, capaces de martillarse un dedo sin decir ni mú, gringos duros y para colmo burlones en otra lengua.

–Pobre Atilio, se quedó solterón –cuenta a sus hijas mientras desenvainan arvejas–, él que hubiera sido un compañero ideal, tan buen muchacho, tan gente. Pero las hermanas le corrieron a todas las novias.

–¿Los hermanos siempre espantan a las novias? –pregunta María.

–A veces, hija, no siempre. Las hermanas de Atilio, para quedarse con su pensión, un terrenito en Moreno y el sucucho donde vive, pensando que se iba a morir, pero él es como algunos tuberculosos, nos tiene con el ¡ay! en la boca, parece que la menor corriente de aire se lo va a llevar, y al fin es fuerte como un roble, gracias a Dios.

–¿Y por qué no se escapó y se casó, como vos?

–No sé, la verdad es que era muy picaflor, pero cada cual tiene sus defectos.

Y se queda mirando los montes azules, *en el largo crepúsculo de las tardes serranas*[47], aquietadas las manos sobre el cuenco de arvejas, callando su nostalgia de galanes románticos, de hombres menos displicentes que su marido, que no ridiculicen las cremas que usa para aclararse las pecas, ese oprobio, esa obsesión perdurable como las manchas en las llaves de Barbazul.

Lucy no baila, pero atiende con arrobo al piano y al mandolín que Enrique toca casi a diario y que lo elevan muy por encima de todos sus congéneres, incluido Atilio. Sintoniza mediante una pinza envuelta en franela las radios descabezadas de la casa y aprecia los bailes del Lawn Tennis que contempla desde la plácida ribera de las damas sentadas contra la pared.

Sin duda por su reprimida afición al baile, Lucy recibe halagada a otro suspirante amigo de la familia:

el profesor Gamboa, un español alto y flaco, todo gris, que alza mucho una ceja y cultiva patillas heroicas.

–Qué hombre tan simpático –dice ella–, con ese gracejo, ese movimiento, esa chispa.

–Por favor Lucy, es más latoso que una matraca –dice Eduardo.

–A ustedes no les gusta nadie que no sea un mataperro.

Para las hijas, Gamboa tiene su encanto pintoresco pero no es Atilio, claro, sino alguien que representa una amenaza latente ante la que, en defensa mutua, se solidarizan.

El profesor y su hija Marcelina dan clases de danzas españolas. Así como han aprendido a reconocer la señal oblicua, el rumor que anuncia la proximidad del tren y se dan la mano para cruzar las vías, olfatean el peligro a pesar de que, si alguna vez pasó por la cabeza de Lucy la idea de amaestrar a sus hijas en estas artes de salón, ha desistido porque le parece improbable contaminarlas de la menor pizca de salero español u otro condimento seductor, y en eso sus hijas se parecen a las mellizas de Unía, langostas saltonas irremediables.

–Acompáñeme en este pasodoble, Misis Guol –dice el profesor, estirando hacia Lucy una mano espléndidamente gris.

–No, gracias Gamboa, no sé bailar. Mi finado padre no me dejó ir a los bailes y cuando me casé ya era tarde para aprender.

–Nunca es tarde cuando la dicha es buena, y aquí estoy yo para enseñarle ¿no es cierto, Mister Guol?

–pide permiso Gamboa a un marido que asiente apartando un poco el diario, indiferente quizás porque sus bailes preferidos han pasado de moda hace tiempo.

Por eso integró con entusiasmo el grupo de socios del club que ensayaron el "Lanceros" para una fiesta evocativa, guiados por el profesor y Marcelina. Enrique disfrutó en los ensayos mirando a las muchachas a los ojos de manera irresistible, pero Lucy no se animó, era una señora madura para arriesgar un mal paso en público.

Marcelina anima cumpleaños desplazándose por el hall con bata de cola, peinetón y castañuelas, mientras su padre la acompaña al piano, clavando el pedal a fondo, recurso acústico precursor de todas las exageradas técnicas de amplificación que el progreso nos asestaría más tarde, como otra guerra mundial.

Después declama largas historias en verso a las que María querría prestar atención porque ciertas imágenes la llenan de curiosidad:

–Era un jardín sonriente, era una tranquila fuente de cristal, era a su borde asomada una rosa inmaculada de un rosal.[48]

Pero es imposible abstenerse de reír ante tanto amaneramiento y cursilería y aun cuando oculta su risa tras un almohadón procura no perderse una coma y, a contrapelo de la complicidad familiar, siente que un rincón del alma se le arruga de pena por la chica que se gana la vida de ese modo y porque en la historia que cuenta con tanta mueca y ademán se esconde algo fascinante y misterioso, nada menos que *una rosa asomada a una fuente de cristal.* ¿Dónde hay fuentes de cristal, quieren decirme?

–La que está en el medio de la mesa –aclararía Tony sin mayor convicción.

–¡Idiota!

Enrique también es un recitador, pero intempestivo y en la intimidad de la cocina, cuando no viene al caso, sólo por escucharse o divertir con las palabras, según su costumbre:

–*Treinta años, quién diría que tuviese al cabo de ellos, si no blancos mis cabellos, el alma apagada y fría...*[49]

Y troncha el cuento, para dedicarse a tender la mesa o a levantarla y armar el juego de lotería de cartones.

María toma en cuenta y quizás imita la reservada ilusión que suscitan en su madre ciertos amigos de la casa y quiere compartir alguna.

–¿Y Thorry, Juan Carlos, te gusta?

–Es muy buen mozo pero un poco amanerado.

Lucy tiene opiniones precisas sobre los hombres, y en general parece muy exigente. Sus cuñados, por ejemplo, la sacan de quicio. Atribuye sus flaquezas a sus respectivas ascendencias, todas sus hermanas se casaron con hijos de extranjeros, excepto una, ya sabemos, raptada por un puro andaluz.

Aunque Enrique es hombre de su casa, sobre todo desde que se jubiló, y jamás le hizo ascos a tareas consideradas femeninas, no es un apoltronado, lamentable categoría de varón sólo comparable al pollerudo. Su marido es un hombre de mundo, no un calientasillas, un tinterillo...

–Como ese Gastón, con sus tiquismiquis y su bigotito bataraz, después dicen que los franceses son alegres. Mi pobre hermana parece una sombra.

–¿Y el tío Dante?

–Es una buena persona, no lo voy a negar, pero...

–¿Pero qué?

–Muy bruto, hija, un hombre sin roce. Viste lo que son los viejos, unos tanos que pisan uva con las patas.

–¿Y el tío Walter?

–Ni me lo nombres. Alemán, está todo dicho. La familia como en el cuartel, marcando el paso. La pobre Ernestina, cada vez que voy a visitarla se le murió el canario o estuvo llorando porque él le hizo añicos un sombrero demasiado llamativo.

Le gusta enumerar sus modelos masculinos según las ilusiones perdidas o ganadas, quizás interrogándose sobre el destino de sus hijas, a las que procura legar la concreción de su ideal: aquel inglés de a caballo con cuya réplica llamada Enrique reanudó el amorío trunco. *Aquel novio ideal, mancebo blondo / entrevisto en la íntima persiana / que a la tarde pasó, miró muy hondo / y que no volverá a pasar mañana.*[50]

María quiere seguir bebiendo información en este libro abierto que es su filósofa madre, pero ella cierra el libro bruscamente, calla tras un cortante:

–Vaya a jugar.

8. *Novios de blanco*

No termina mi madre de quitarme guantes y abrigo cuando el enfermero me enchufa un gran babero y me acarrea como paquete a una sala de vitrinas llenas de *rayos de metal crispado.*[51]

Me defiendo poniéndome tiesa como un maniquí, desde la punta de los pelos hasta la punta de las uñas, como quien mucho aprendió de los gatos. El hombre se reclina en un sillón de dentista abrazándome por detrás y dobla mis articulaciones de muñeca rígida de cinco años y me acuesta sobre él, atenaza mis brazos con los suyos de Popeye y enlaza mis piernas entre las suyas y somos un solo cuerpo doble, un férreo crustáceo gigante atenazando a una presa paralizada que abre la boca y chilla y entonces entra Polifemo el del ojo-linterna que empuña *un vuelo y un brillo alrededor de mi vida*[52] y lo mete en las fauces abiertas y me arranca grito y garganta en una sola maniobra magistral.

Mientras baño el babero en lágrimas y coágulos escucho la fórmula tranquilizadora:

–Ya está, ya pasó.

Lo sabemos: en la brevedad de un sismo, de un zarpazo, no puede caber desdicha ni fraguarse rencor. Es casi imposible recordar un dolor físico y la memoria se limita a merodear en la selva precisa de los detalles preliminares.

He viajado en tren con mis padres "para que otro doctor me mire la garganta". Bajamos en la estación de Flores donde, como siempre, contemplo curiosa y con nostalgia de reencarnada el pórtico de la casona de Marcó del Pont, que ha quedado sobre el andén como una escenografía mutilada por las vías.

–No camines mirando para atrás.

Es que creo ver a niños antiguos que juegan al gallo ciego entre las columnas, figuritas que se animan desde el fondo de los tiempos, marionetas condenadas al oficio mudo.

Caminamos por calles sombrías hasta llegar a un consultorio desconocido donde el enfermero abre la puerta y se traza entre las orejas una mueca funesta que significa sin duda sonrisa para niños.

–Es cosa de un momentito nada más –dice mi madre y sólo en eso no miente. Pero su expresión inquieta y la presencia de mi padre auguran una peripecia peligrosa.

–Antes la gente venía en carreta hasta aquí, a veranear en quintas –procura distraerme mi padre didácticamente– pero el Ferrocarril Oeste transformó todo esto en una ciudad, ya ves. La primera locomotora, "La Porteña", salió de Plaza Lavalle y llegó hasta aquí.

Y cuando espero escuchar el cuento de la misteriosa casa de la estación, el enfermero procede.

Regreso en tren hasta la cama donde me sepulto con el infierno en la garganta y espero transbordar urgentemente al reino de los fantasmas que juegan al oficio mudo. Un odio universal me consume y petrifica, prefiero la orfandad en un asilo a seguir soportando a tales cómplices carniceros.

Mis padres compensan el engaño, la puñalada trapera, comprando cajas de helados envueltos en humo de la confitería del Molino, que Laura, salvada de esta masacre, consume para darme ejemplo, y mientras arrojo cajas, helados y hielo humeante a la cara de todos, me regalan un pupitre para suplir la transitoria mudez con mensajes escritos y de paso alentar mi terca afición por la papelería, el garabato y los secretos bajo tapa.

Supe tardíamente que una prima algo mayor –la misma que me avivó sobre la creencia en los Reyes Magos– huyó a tiempo de esta inútil carnicería: derribó al enfermero, pateó al cirujano, empujó puertas y devoró pasillos hasta perderse en la calle y desde un tranvía sacarle la lengua al mundo. No pudieron volver a capturarla y vivió largamente sin sufrir mutilación alguna, disfrutando de un aparato respiratorio más íntegro que el de una calandria.

La operación de amígdalas es una novedad impuesta a las familias de posibles que, como la mía, se desviven generosamente por gozar de todos los adelantos técnicos y científicos, ajenos a la ostentación, por pura necesidad de incluirse en el mundo moderno, dejar atrás las salvajadas y un pasado de penosas carencias. Quién hubiera podido decirles que incurrían de buena fe en salvajadas legales, prestigiosas, como consumadas por una Mazorca de almidonado uniforme.

La operación es ordenada por un personaje venerable: el Médico de Familia. Promete que la amigdalitis corregirá de cuajo el defecto congénito o error de la naturaleza que añade un pedazo de carne donde no debe, y sobre todo garantiza su efecto sobre enfermedades futuras, que van desde el pedestre resfrío hasta la conjuntivitis, pasando por el dolor de oídos y el pie plano.

El Médico de Familia irrumpe en los centros urbanizados y cree superar los modestos recursos del médico rural, ese desgraciado al que le pagan con pollos o chorizos, incapaz de extraer del pobrerío una paga más honorable.

–Es una Eminencia –dicen sin falta las mujeres, ignorando que le confieren el mismo título y parecida fe que a los cardenales, celosas de los méritos del arúspice propio que las distingue del tropel que sigue creyendo en panaceas silvestres o no tiene más remedio que ser arreado al hospital público.

La Eminencia se divide en varias especies. Está el patán autoritario que aprendió modales en el servicio militar, el fino que masculla a boca entornada fórmulas elípticas, el agorero que finge desahuciar de entrada para atribuirse después todo el mérito de la salvación, el guarango que tiraniza a la clientela femenina con una suerte de psicología soez, diagnosticándole que todo son nervios "y ya se te van a pasar las nanas cuando te cases, o cuando tengas hijos, etcétera."

–Hay gente que se viene del Centro a consultar

al doctor Lugozzi, y hasta de Marcos Paz –delira mi madre mientras se sumerge en una faja con ballenas y cordón desmesurado que ciñe hasta el ay del tormento, y se debate luego entre arneses, corpiños como andamios, ligas, camisas, combinación y otras prendas secretas, *¡son veinte siglos de terribles fardos!*[53]

Nadie se pregunta por qué las carnes, en cuanto abundan un poco, deben ser así castigadas, pero tanta carcaza contribuye a frenar lengua y corazón, aislar a la dama en una soledad de torre medioeval. Una de sus más rotundas expresiones de felicidad la da mi madre cada noche cuando afloja el cordón exhalando un suspiro redentor.

El diploma universitario despierta la veneración de las señoras y les ofrece la posibilidad de confiarle alguna angustia demasiado guardada y reforzar la autoridad masculina sobre el destino de su prole mujer. El psicoanálisis todavía no ha descubierto América munido de espejitos y cuentas de colores, y la indiada con faldas no sabe que espera como a novios a los depositarios de sus angustias.

Aunque algunos doctores son descalificados después de gruesos fracasos, en general nadie se rebela contra sus dictámenes sino que obedece y suma costosos regalos a los honorarios, como muestra de agradecida sumisión, gesto que, curiosamente, no dedican a los modestos dentistas, por ejemplo.

Al parecer el doctor Lugozzi es una adquisición materna, porque cuando mi padre se siente mal emprende la travesía hacia el Hospital Británico en cuyas salas hay hogares de leña y diarios en inglés, y cuando Tony empeora lo trasladan al Tornú, de donde vuelve días después con mejor semblante y jurando que está curado. Eduardo es inmune de nacimiento.

–No sé por qué razón –filosofa mi madre mientras se sumerge en su fortaleza de trapos– cuando éramos chicos no nos enfermábamos jamás, tal vez porque no teníamos con qué pagar médico ni remedios. La verdad es que ahora cuando hay tantos doctores, también hay cada vez más enfermos y pestes nuevas. Antes todo era yuyo y curandería, pura ignorancia, y así íbamos tirando hasta que cuando a uno le llegaba la hora, se moría nomás.

Mi madre estuvo entre las últimas mujeres que parió en su cama y en su casa, y aunque el pudor prohibía abordar tan vergonzoso tema, jamás oí que lo aludiera en su repertorio de calamidades sino que se refería respetuosamente a las tareas de la comadrona.

Poco después, paralelo a la inauguración de "La Chapelle" (cuyos tentáculos seguían consumiendo viviendas) floreció el negocio compulsivo de "La Maternidad", con su tilinguería de cunitas, tulcitos y moñitos y todos los diminutivos en rosa y celeste, más la práctica de cesáreas a precio de oro cuya necesidad era imposible de verificar, y la regadera de consejos cambiantes como la luna.

Pese a su confianza en el doctor Lugozzi, mi madre no abandona la práctica silvestre heredada y compartida por otras mujeres, quizás entiende que los ingredientes no se diferencian demasiado de los que rasguña el doctor con su gruesa lapicera fuente sobre el papel timbrado.

Enfrente vive la señora de Botelli, que aunque tiene un buen pasar gracias a tres hijas modistas, no se ha despojado de su pañuelo gris y sus medias negras de campesina gringa, y trota humildemente por los potreros juntando yuyos.

Por la ventana abierta de par en par es posible ver a sus hijas probando vestidos con la boca llena de alfileres, un maniquí que espero robar en una noche de tormenta, y un frasco descomunal, que en el fondo guarda un objeto oscuro y asqueroso como un hígado, cubierto de líquido sanguinolento.

–Es un hongo maravilloso que me mandaron de Italia –dice la señora de Botelli en su dialecto que hemos aprendido a descifrar–, lo tengo puesto en agua de pozo y cura la ictericia en tres días, un vasito cada tres horas, hay que tener fe.

Sabe también medir y curar ciertos males con una cinta métrica, pero mi madre se resiste a sus gratuitos consejos y prefiere acudir a la Nona, médica aficionada servicial con estas niñas que somos, tan malcriadas y por eso proclives a caprichos traducidos en toses y otras formas de almacenar a contrapelo el aire de la existencia.

La Nona aplica ventosas o colabora en la preparación de cataplasmas de semilla de lino y además mi madre sigue confiando en las recetas de su santa madre, como el jarabe de eucalipto con azúcar negra.

No son muy distintos los componentes de la pócima recetada por el doctor Lugozzi –el eucalipto pasa a llamarse eucaliptol– sólo que incluyen además unas gotas de posible cicuta –o cicutol– que si no alivia los bronquios produce en cambio sensación de castigo y provoca catarsis al divino botón.

Mi madre insiste en suministrar baños de pie con mostaza, que disfruto sentada y arropada, jugando con los dedos en el fuentón, paliativo tan grato como la caricia entalcada posterior a las ventosas, prácticas todas que carecen de sabor a penitencia y tienen la virtud de mantener a mi madre cercana y ajetreada.

–Al fin y al cabo –reconoce honradamente– estas pestes de los chicos duran lo mismo, ya las trate el doctor o la Nona. Duran lo que tienen que durar, pero yo estoy más tranquila si las ve el médico porque para algo se sacrificó estudiando.

El doctor Lugozzi flagela el timbre con su potente índice de percutir barrigas y un segundo después ha metido su aterradora corpulencia en nuestro cuarto y yo me escurro hasta los pies de la cama para hacerme invisible, pero él me destapa de un tirón, porque el rigor es protagonista de su método terapéutico.

Mi padre se desentiende de estas ceremonias mujeriles y se limita a saludar, campechano, al gordo exoftálmico de vozarrón precipitado, mientras mi madre le ofrece alcohol y *la limpia toalla de granité de la visita*[54] y el gordo restrega y enjuga sus manos con aire pilatesco. La toalla bordada se guarda sólo para él y nadie incurriría en el sacrilegio de usarla.

Más de medio siglo después conservo intacta esa misma toalla como un santo sudario y mi madre obra por mis manos y con gesto automático se la rindo en ofertorio al galeno que acude a mi cabecera.

El doctor Lugozzi figura entre los primeros de una serie de embalsamadores bienintencionados con los que voy a topar, como todas mis congéneres, dispuesto a paralizar impulsos, aplacar nervios, reducir energías y dictar una primitiva reglamentación de moralina y autoritarismo que nos resultarán muy útiles, cómo no, contemporáneas de la inauguración de la tortura eléctrica en los antros policiales.

Suelo tener asma y me ordena absoluta inmovilidad y encierro en un clima doméstico artificial, y sólo salir acorazada con un chaleco de fieltro raudamente cosido por mi madre. Prohibido disfrutar de las inclemencias de la intemperie y jugar o correr. La doble cápsula no hace más que envenenar el aire atesorado en los bronquios, mecanismo defensivo sin duda tan erróneo como la tiesura ante el peligro físico.

Para los trastornos digestivos el doctor Lugozzi ordena infaliblemente lavativas, rito en el que sí debe participar mi padre sosteniendo el irrigador en alto. Procura distraerme de la humillación y el retobo que sepulto en la almohada, entonando un festivo repertorio en diversas lenguas, reales o inventadas.

Pasado el rito, la violación de unas nalgas apretadas como valvas, el supuesto empacho se transforma en desesperante diarrea con el consecuente acarreo de escupideras en manos de una madre que vuelve a llamar a la Eminencia que vuelve a ordenar parálisis y dieta, todo refrendado por la Nona y, lo peor de todo, celebrado cáusticamente por Eduardo, cuyo flatito manual ya no causa gracia.

Como sus fórmulas a menudo fracasan a causa del anormal carácter de la paciente, el sabio cambia de táctica y perora bueno bueno basta de remilgos caramba y a jugar, cuando la cagadera ha derribado a la niña y sólo quiere yacer más muerta que viva entre las bordadas sábanas hasta que llegue el verano.

Otras veces el médico apela a un capítulo de novela finisecular y aprovechando la holgura económica de la familia le aconseja cambiar de aire por largo tiempo. Entonces, según contradictorias indicaciones, partimos en tren a Córdoba, o a Mar del Plata, o a Tandil, o a Carhué, donde de paso mi madre podrá aliviar su reumatismo ya que se resiste a la otra altérnativa terapéuutica de moda: hacerse extraer todas las muelas.

A veces, por rutina, mi madre me acarrea, a la hora de la resolana, hasta el consultorio del manosanta, frente a la vía, una casa semejante a los palacetes para muertos de Merlo: mármol negro, bronce, frío.

La sala de espera, con su mesita al bies, sus horribles cuadros colgados a la altura del cielo raso y sus sillones de madera de ataúd, albergan a mujeres que sofocan llantos de críos. Progresará la ciencia, claro, pero los años no harán sino multiplicar al sumiso rebaño cada vez más maltratado y prolongar la duración de la amansadora, purgatorio para entrar en el *reino de los enfermos*[55] con la debida humildad.

Después de esperar una eternidad pisándose la punta del otro pie y con las cabezas cada vez más sumergidas entre las clavículas del escarmiento llega el turno de entrar en la sala donde el hombrón almidonado me saluda fracturándome los metacarpos y diciéndome señorita para poner orden en la casa y un párese derecha caramba, postura que conseguiría sin necesidad de su manu militari si me permitiera hacer gimnasia y yo miro la lámina poblada por señorones inclinados sobre un cuerpo lila y creo sentir el temblor subterráneo que precede al terremoto que hará añicos las vitrinas y transformará al rozagante mandamás en cadáver descuartizado.

Paralizada de desmedido pánico me dejo pesar, medir, revisar, sin un pestañeo, y adquiero una extraña serenidad ante las catástrofes.

–El problema son los nervios, doctor –dice mi madre–; esta chica es muy difícil, no puedo con ella, tanta rabieta por cualquier cosita.

Galeno mira por encima de sus gafas, deja de rasguñar el papel y sentencia:

–Para los nervios, póngala bajo la canilla, nada mejor que el agua fría. Un buen chorro en la cabeza y santo remedio.

–¿En invierno también, doctor? –pregunta mi madre sin aludir al dichoso chaleco.

–Invierno y verano, señora.

–Se me va a mojar el chaleco de fieltro –digo, pero no me oyen.

Salimos a la calle de donde ya se ha ido *el sol color de Judas*[56] y mi madre procura compensar el mal rato con una entrada en la panadería contigua, quizás para que aspiremos un poco el olor de la vida, pero enmudezco y elijo desganada un pebete porque ¡ay! tendré que untarlo de aceite de hígado de bacalao.

Al día siguiente obedece al nuevo tratamiento: me lleva pataleando hasta la canilla del patio y me somete al chorro de agua helada. Emerjo del suplicio más rabiosa que nunca y corro a refugiarme bajo la cama de Tony de donde tendrá que extraerme horas después, escoba mediante, transformada la rabieta en siniestra melancolía, fingiendo un leve estrabismo para asustarla.

Mis padres me inculcan respeto por la gente leída, diplomada, que sabe inglés, de buenos modales. ¿En qué quedamos? Lugozzi es un bruto innoble y sin embargo de alguna gente como él emana nuestro bienestar, son socios protectores que nos ayudan a distanciarnos de la chusma.

Y quiero huir de los señorones almidonados asustadores de madres con cría, de estos dómines parecidos a aquellos otros que avanzan hacia el Tedeum, hacia mí, hacia nosotros, no sé cuánto tardarán en llegar, su paso es lento y majestuoso, pero vienen y vienen y pasarán y ni el último quedará como sapo aplastado sobre una calle de pesadilla y *me quieren anochecer, me van a morir* [57] enfundada en mi chaleco de fieltro-fuerza o mi boba corola de organdí dominguero.

9. *El dinero es una especie de poesía*[58]

Y la infancia era una desesperada búsqueda de poesía en efectivo. Atraía como la presa al cazador, y hasta el escaso circulante de juguete se atesoraba con un ansia secreta, prohibida como tocar caca, y en el caso de las niñas, disimulada con mohínes de desinterés precozmente inculcado. ¿Dónde estaban las arcas, la gente inmensamente rica? Como la señora de Kelito, habitaban el paraje de lo Invisible, y esos dichosos Costa Gálvez que jamás se dejaban ver y circularían de noche como los murciélagos porque a esa hora solía Tony visitar a su amigo, tipo tan mezquino que ni siquiera retribuía la atención cuando Tony se quedaba anclado en la cama.

Y había otros aspirantes a lo Invisible, brutos enriquecidos como los Tortolo, encerrados en un reciente palacete de piedra Mar del Plata y barandas cromadas, dos pisos con ascensor, y de qué les valía si a los hijos los llamaban los Tortos, o los Chanchos.

Era un tiempo de puertas abiertas, sin cerrojos ni alarmas, y si algún vecino inauguraba candados no era por temor a los ladrones sino a los locos de "La Chapelle". que pudieran escapar y meterse en casa ajena para despachurrar a una familia entera y abandonarla descuartizada, en un mar de sangre.

No constaba la existencia de ladrones menores, quizás porque Harún Al Raschid les había amputado las manos o porque el robo era cosa seria, de señores de guante blanco (¿los del Tedeum?), según Enrique, que leía en voz alta las peripecias de un negociado con las tierras de El Palomar, algo que sucedía poco más allá del Monte Martínez de Hoz pero que para los niños resultaba distante y enigmático, un Sahara cubierto de aeroplanos.

La lección de honradez era constante y práctica, por eso las más inocentes transacciones infantiles se miraban con ojos inquisidores, de modo que todo pequeño perito en escamoteo ensayaba de paso el arte de la hipocresía: miradas de ojos límpidos y exhibición de manos expertas en el traslado de monedas. Mucho secreteo velaba los asuntos de finanzas, pero eran causa de la mayoría de las discusiones entre adultos, y entonces el secreteo se iba al traste y se sacaban trapitos y cuentas al sol, una vergüenza.

Las fortunas manaban libremente en los cuentos y María contemplaba las figuras generosas en destellos, tesoros mal habidos en monedas de extraños nombres: rupias, dracmas, piastras, maravedís y las desopilantes *perras chicas* de las miniaturas de Calleja. Mientras disfrutaba la ilusión de encontrar un tesoro, su imaginativo padre le ofreció otra fuente de enriquecimiento: un premio, y dedicó sus energías a ganarlo en buena ley.

–Si encontrás una banana derecha, te doy diez pesos.

María se abalanzaba sobre la fruta cuando llegaba el pedido o investigaba los cachos en la verdulería, a pesar de que le advertían que albergaban arañas pollito brasileñas cuya picadura causaba una muerte fulminante, con la lengua salida y hecha bola y los ojos en blanco, desprendidos de las órbitas, a cada lado de la cabeza.

–No hay bananas derechas –decía Laura.

Como tardaba en conquistar el premio y fracasaba en sus intentos de enderezar bananas, hurtó pequeños anticipos a su padre, porque la inmensa chaqueta pendiente de una silla en la penumbra del dormitorio tintineaba como las irresistibles ajorcas de las sirenas ¿o eran las odaliscas? El níquel desfondaba los bolsillos y la sensación pecaminosa era tan intensa que nunca extraía más de dos monedas de cinco. Gastar de más habría despertado sospechas como los cacos que alertan a la policía por despilfarrar en cabarets, informados por algún bocón que en un ímpetu vengativo podía ser su propia hermana.

Sabía por las adoradas "Aventuras de Guillermo" que en los países sajones los hijos recibían una asignación semanal y la reclamó, pero eso al parecer contrariaba la filosofía de sus padres, cuya britanicidad tomaba otros rumbos: ahorrar en nombre de la prole en una alcancía de fierro en forma de libro cuyo sésamo yacía en los meandros del Banco de Londres sucursal Plaza Once. Era una odiosa fortaleza manual que se resistió a zamarreos, martillazos y explosiones de cebita.

–¿Me das diez?

–¿Para qué los querés?

A la humillación de la forzosa solicitud añadían el bochorno de inquirir la finalidad. *¿Para qué sirven los versos si no es para el rocío?*[59] Y entonces María inventaba un pretexto complaciente:

–Para comprar una goma de borrar.

–¡Pero si tenés un montón!

–Me las robaron.

–¿Quién te las robó?

–No voy a andar con cuentos.

–Decile a tu padre que te traiga una de la oficina.

–¡Ah! ¿Él las roba?

–¡No! Le dan varias, y las cuida.

–No las quiero, dicen FCO.

–¿Y eso qué importa?

–Yo no me llamo FCO.

–Qué impertinencia.

Y volvía a solicitar el subsidio con ánimo proletario, dispuesta a ganarlo a cambio de alguna actividad doméstica, pero suscitaba réplicas más desalentadoras:

–No se cobra por ayudar en la casa, eso es obligación de toda chica, para que no sea una inútil el día que se case. ¿Cobro yo acaso por cocinar y coser todo el santo día? ¡No! Y así es desde que el mundo es mundo.

Era preferible la indigencia.

Circulaba poco efectivo en la casa, y no osaba tocar el escueto monedero del que su madre se sisaba a sí misma "para sus gastos", a escondidas del Gran Jefe y único proveedor.

Eduardo no ofrecía la menor posibilidad, su control era implacable y clasificaba sus bolsillos. Ya producía demasiada pelotera cuando hurtaba alguna de sus pertenencias: el roñoso papelito para cigarrillos, una roñosa liga para transformar en vincha o una igualmente roñosa y flamante boquilla de ámbar para hacer pompas de jabón. ¡Su roñosa novia Leonor había llegado a pegarle en la mano!

Tony era un fundido crónico, y la miseria que ganaba encordando raquetas generalmente iba a parar a alguno de los Macías. Para colmo, a veces la mandaba a pedigüeñar para él:

–Andá, pedile al viejo y si no te da, llorá.

Laura escondía su hucha en el misterio, pero tras un prolijo registro María descubrió unas monedas pegadas en el interior de una cabeza hueca de un Cristo de cera, recuerdo del Congreso Eucarístico de la Cruz de Azúcar. A la legua se veía que estaban incrustadas devotamente, sólo le faltaba desalentar al investigador con una calavera y un par de tibias.

Para qué hablar de los Montero, esos pincharratas. Aunque Eduardo le aclaró que no eran lo que se dice pobres sino que "estaban en la mishiadura", al parecer un estado transitorio porque podían heredar, acomodarse con el gobierno o ganar la lotería, era incapaz de sustraer anticipos en casa ajena.

La "virtud" del ahorro asqueaba a María, y atesorar las chirolas reunidas penosamente para gastarlas meses después en una compra de envergadura le daba náuseas. El capital debía estar al servicio de la improvisación.

Supo crear toscos billetes coloreados y convertir en aparente numerario los disquitos de plomo que pesaban en el ruedo de un vestido. Más tarde, gracias al genio de Bobby, dispuso de un molde para acuñar verdaderas monedas falsas, tan atractivas que pudo canjeárselas a las *langostas saltonas* por monedas de verdad.

Una vez al año conseguía un respetable aguinaldo, honorarios de la osadía y la rapidez mental. Hacia Navidad, una enfermera iba casa por casa a vender estampillas de la Liga Argentina contra la Tuberculosis y María la atendía con una reverencia digna de Heidi ante Florence Nightingale y corría a ofrecérselas a su padre, que las compraba y tenía la exquisitez de regalárselas. Pagaba a Florence y las guardaba en su inviolado sobre. Al día siguiente cruzaba la calle e iba a alzarse hasta el timbre del doctor Corach, afable persona a quien su caprichosa madre trocaba por Lugozzi, y allí la abarajaba otra enfermera y María, imitando el encanto sin par de Shirley Temple, le ofrecía las estampillas. El doctor las mandaba comprar, creyendo sin duda que por error se las vendían dos veces, y su enfermera no alcahueteaba sobre el extraño voluntariado de la vecina. María se embolsaba el dinero sin mayor remordimiento.

Serios antojos y padres impertinentes la obligaron a ejercer comercios clandestinos indignos de su sexo y posición social, como vender diarios viejos, asistida por cómplices varones o alguna prima de ideas avanzadas. Porque en general la estrategia de las mujercitas ensayaba la súplica zalamera, conseguía mediante melindres lo mismo que María robaba honradamente. La táctica femenil daba resultado con su débil padre, que siempre les contestaba:

–¡Cómo no, my darling! ¿Cuánto querés?

¡Sin preguntarles para qué! ¡Y a la infame donación añadía mimos y piropos, en la más abyecta babosidad, mientras María deseaba que la parienta se comprara sus roñosos helados y reventara intoxicada en medio de atroces convulsiones!

Aparte de esta inicua conducta, es preciso aclarar que su padre solía tener gestos dignos de figurar en el anecdotario de los próceres.

La inopia la obligó a veces a expropiar objetos diversos como un yoyó del kiosco del rengo Barufaldi, un anotador del bazar de Bertecchia, un timbre ingeniosamente desatornillado de la bicicleta de la mayor de las Bringas, la que sólo sabía dibujar novias con tan largas colas que le exigían pegotear un papel suplementario a la hoja del cuaderno.

Sucesivamente los damnificados se apersonaron, y quiso el destino que los recibiera Enrique durante sus contemplativas estancias en el jardín. Barufaldi cruzó la calle levantando polvareda con su botín ortopédico y Bertecchia, morado de cólera, acudió a reclamar justicia y castigo.

Su padre, displicente como Almirante Brown que divisara en lontananza una lancha sardinera, les cortó la monserga con un seco:

–¿Cuánto le debo?

Y tanto el Patadura como el Orlando Furioso, arrugados, se limitaron a balbucear:

–La plata es lo de menos, señor Guol, faltaba

más, un cliente como usted, lo que quiero es señalar la mala acción, y tan luego en una niña...

–Cuánto le debo.

Y pagó a cada uno su denario y cada uno se fue por la misma polvareda.

En cuanto a la señora de Bringas, esa cursi, no pudo desarrollar su lastimera escena de radioteatro porque su padre la interrumpió con una réplica memorable:

–Pase, Clemencia, tome unos mates mientras busco ese timbre que sin duda Mabelita le prestó a mi hija.

–Faltaba más, se agradece pero prefiero esperar aquí en la vereda, de paso vigilo la casa.

El héroe de ojos grises entró a rescatar el roñoso timbre y lo devolvió a la dama que farfulló huecas disculpas, según apreció María desde su observatorio tras la persiana del comedor. Luego esperó en vano la reprimenda. *Pasó un día y otro día, un mes y otro mes pasó*[60] y el padre jamás mencionó estos episodios y guardó el secreto con la reserva de San Martín tras la Conferencia de Guayaquil o sus amores con Rosita la limeña.

Había adultos –dos, en realidad– que tenían la santa costumbre de deslizarle monedas a la hora de la despedida. Uno era Dante, el más pobre de sus tíos porque había desertado del Ferrocarril, y el otro, naturalmente, el incomparable y amadísimo Atilio. Esperaba el fin de la visita con las orejas en fuego por temor de que olvidaran el rito, pero no lo olvidaban jamás, Dios los tenga en su santa gloria. Lucy desaprobaba como una cuáquera esa manía de dar plata a niños que nadaban en la abundancia y llegaba al colmo cuando decía que tampoco había que dársela a los necesitados, sino ropa usada o algún juguete que transfería sin aviso.

Lo único que valió la pena del ridículo disfraz de organza de la Primera Comunión fue que incluía una bolsa limosnera, donde María y su hermana recolectaron una apreciable y simétrica cantidad de billetes flamantes. A menudo estos ejemplares recién salidos de cuño iban a parar a los niños, quizás porque estaban aún incontaminados de poder corruptor o porque refrenaban las ansias de dilapidarlos inmediatamente. Pero ¡ay!, como suele suceder con el Premio Nobel o los vuelcos de fortuna, la riqueza llegó un poco tarde. María ya era mayorcita y contaba con otra fuente de prosperidad: las cuñadas. Alfredo y Eduardo se habían casado y las intrusas necesitaban congraciarse mediante dádivas levemente teñidas de soborno.

Tras su paso por el catecismo María y su hermana se declararon una breve amnistía. Imposible constatar si eso sucedió gracias a los mágicos poderes del Sacramento o a la aterradora cantidad de tedio compartido que ablandaba al fin sus caracteres. Lo cierto es que unieron sus fortunas para adquirir a medias un juego de ingenio, costoso y revolucionario ya que funcionaba con pilas y se le encendían lamparitas a un Cerebro Mágico que contestaba preguntas de cultura general, en fin, un verdadero antecesor de la computadora, que por desgracia no sobrevivió al abuso que de él hicieron las mellizas de Unía *las langostas saltonas* chicas tan progresistas como extravagantes.

Orestes era un pariente de los Montero que algunos domingos pasaba la puertita de alambre simulando indiferencia e iba a distraer con las niñas vecinas su melancolía de hijo único postrado por la intolerable solemnidad de sus tíos.

Gracias a ciertas circunstancias de su existencia algo mayor que la de María, era un pequeño capitalista, ya que distintos miembros de la familia lo compensaban en metálico, en secreto y por separado. Pobre Orestes, fue el varón más perjudicado por la muerte de Gardel. Quería ser aviador, y la tragedia de Medellín lo sorprendió cuando ya era experto en aeromodelismo y dominaba una jerga técnica que dejaba cortito al mismísimo Lindbergh. Su madre, un verdadero pozo de angustia y temor, hizo añicos los avioncitos de madera balsa y juró que su hijo no seguiría los pasos del cantor ni los de Jorge Newbery ni los de Miriam Stefford, piloto loca cuyo monumento había visto en las sierras de Córdoba, un ala plantada en la tierra como símbolo del castigo divino a la imprudencia. Reafirmó su convencimiento de que la aviación era asunto de mal agüero, que segaba las vidas en capullo, que tentaba al destino quien alentaba una vocación tan descabellada, existiendo como existía en este mundo la placidez del Empleo Bancario.

Orestes contaba con la aprobación del padre, que por este asunto había roto el diálogo con su mujer, y si no se separaban era porque esas cosas sólo sucedían en Hollywood. La madre, entonces, procuraba conjurar el rencor filial suministrándole discretos óbolos. El padre por su lado hacía otro tanto. Y la Nona, compadecida de esa familia deshecha, cada domingo le obsequiaba lo que podía de su magro monedero en la liga. Y Orestes padecía la desdicha de algunos millonarios: no sabía en qué gastar si no era en alas.

Trasponía entonces la puerta e ingresaba en el patio con su modo habitual, sombrío, *como si fuera señor de ramas muertas que se quiebran cuando anochece y se desata el viento en los valles.*[61] Parecía recorrer la cubierta de un buque corsario o una devastada calle de Arizona: con los pies muy separados, fingiendo aplomo y emitiendo monosílabos en tono abaritonado. Ojos y tez de hijo de la India, el pelo corto y pegoteado de estalactitas de gomina. Este despliegue de reciedumbre fascinaba a María, y veía como en un espejo sus propios músculos faciales petrificados a fuerza de no sonreír, esa despreciable zalema de obsecuencia con los mayores, como ser simpáticos y decir gracias y permiso. Cosa muy distinta era reventar de risa por propia decisión, saltando sobre la multitud de cadáveres conquistados en el juego.

Confidencias, caricias, amable complicidad, eran expresiones propias de otros clanes, imposibles con Orestes quizás porque tanto él como María jamás eran ellos mismos sino personajes heroicos elevados sobre la chata realidad, capaces de emitir toda clase de sonidos menos palabras, encubridores de una patética timidez que por entonces se llamaba vergüenza.

Orestes desplegaba una billetera vieja donada por Miguel y hacía sonar las perras chicas en sus bolsillos e invitaba a tomar helados, y en ese caso Lucy dotaba a sus hijas del correspondiente pecunio "para que no esquilmaran a ese pobre chico". Le tenía lástima porque era miedoso, no soportaba la oscuridad y el menor conflicto le causaba tembladera, diarrea y mortal palidez. Una noche en que Tony se disfrazó de fantasma para "curarlo de espanto", al pobre Orestes le dio tal soponcio que Lucy debió reanimarlo con un sorbo de grapa... y más monedas.

A la hora de la resolana de un caluroso domingo los despidió el consejo maternal: no salgan sin sombrero, helados sólo de fruta y no coman el cucurucho, vuelvan derechito a casa, etcétera.

Y se encaminaron a la confitería de Piasco, frente a la plaza. Abundaban las heladerías, pero ninguna proporcionaba la cuota de entretenimiento adicional de esta vieja cripta de la gula.

La puerta de fierro y cristal se abría a una penumbra semejante a la del cine. Pisaban fuerte sobre los chirriantes tablones, bajo el susurro de los ventiladores de techo. A cada lado, una vetusta vitrina con masitas y el mostrador de los helados. Tras una tranquera coronada de macetones de bronce, cuatro mesitas con mantel y enclenques sillas de hierro, iluminadas tétricamente desde una remota claraboya. El salón estaba siempre desierto y les permitía sumergirse en el tiempo de Ñaupa, en un saloon de película añeja donde emergían las hermanas Piasco, fantasmales y simétricas, una detrás de cada mostrador, como los polichinelas que saltan abruptamente del piso del teatrillo.

Eran dos muñecas inexpresivas de boquitas de

corazón, cuyo carmín ascendía hasta la nariz, ambas con rulos platinados pegados a las sienes. Hablaban como títeres moviendo apenas los labios para no despintarlos, y eran las perversas de la película, odiaban a los niños y detestaban que interrumpieran su eterno y gemelo sopor hundido en gemelas revistas manoseadas desde el principio de los tiempos.

–¿Qué quieren?

–¿Yo? Un helado.

–¿De cuánto?

–De cinco.

Una recibía el pedido mientras la otra empuñaba los vasitos. Clavaban en el aviador y las niñas unos ojos agudos de ira cuando provistos de los diminutos helados iban a sentarse a una mesa con aspavientos de marqueses. Los tres se atornillaban a las sillas y cuando iban a limpiarse las mugrientas fauces con el mantel, las hermanitas avanzaban como ogresas.

–No pueden sentarse.

–¡Oia! ¿Por qué?

–Las mesas no están para tomar helados de cinco.

–¡Oia! ¿Por qué?

–Son para los mayores. Vayan afuera.

La discusión era rutina de muchos domingos de verano pero las Piasco, como si la estrenaran, se salían de sus casillas hasta que Laura decía, con el meñique alzado:

–¿Esto es crema rusa o pis de gato?

–Vamos, pibas –decía Orestes levantándose y las pibas lo volvían a sentar.

–¿Esto es chocolate o caca? –preguntaba María por el sólo placer de ver incendiarse el cachete de una y temblar la boquita de la otra, contempladas ya en el primer plano que en el biógrafo anunciaba la inminencia del ataque de la villana.

–¡Linda educación! ¿Y ustedes son chicos de familia?

–Sí, de la familia Sorétez –decía Laura.

Y entonces el pobre Orestes, por ser el más fuerte, pagaba el pato y recibía un zamarreo padre que lo alzaba de la silla, y tan indefenso como rabioso se encaminaba a la salida invitando con gesto amatonado a sus amigas a salir tras él.

–Quedate zonzo, que todavía no terminé esta bazofia –decía María.

–¡Bazofia! –decían las Piasco–. ¡Son los helados más frescos de la localidad!

–No, si van a ser helados calientes –decía Orestes desde la puerta.

María acababa de enchastrar "sin querer" el mantel y salían los tres en fila india, haciendo cortes de manga y perseguidos por una retahíla de insultos:

–¡Ordinarios, sinvergüenzas, pelandrún, varoneras!

Iban a sentarse al banco más alejado de la plaza, se refrescaban las manos en la canilla y consumían otra clase de helados, previa cantilena a trío de una gastada pieza de humor infantil que, curiosamente, ponía frenético a otro heladero:

–Helado Laponia se saca la roña con agua Colonia.

El morocho, sentado en su triciclo en forma de taza gigantesca, salía pedaleando después de morder su humillación y no desquitarse cacheteando a los nenes de mamá, tronchados de risa.

Al fresco, bajo el rumor de los tupidos plátanos, cuando aún las radios no mancillaban la gracia del domingo con sus prepotentes transmisiones de fútbol, disfrutaban de un momento de paz espiritual tras haber sacado de quicio a varias personas, y cortando el apacible silencio Orestes accedía a abrir su corazón:

–A pesar de la vieja, yo voy a ser aviador.

–Y yo, exploradora –decía María.

Miraban fijamente a Laura para que ella también desplegara el ambicioso plano de su futuro, y Laura decía solemnemente:

–Yo los voy a mandar a todos a la puta madre que los parió.

Cuando algunos años después el flamante cadete de Aeronáutica se cruzó con María que estaba a punto de embarcarse en un carguero para explorar en plena adolescencia la ignota selva de la letra escrita, tras una larga y total separación, recibió de Orestes esta cálida despedida:

–Chau, piba.

Un claxon insolente y un traqueteo les hizo girar las cabezas y divisar una voiturette descubierta que se puso a dar vueltas alrededor de la plaza.

–Rajemos, son los Tortos –dijo Laura, que para algo era mayor.

–No –dijo María–, por ahí nos invitan a dar una vuelta.

La loca ilusión los clavó en el banco, y el raro azar de ver detenerse frente a ellos a la riqueza en persona, tripulante del lujoso coche. Los Tortos, brutos, grandotes, coronados de matas crespas color de paja brava, se pusieron a mirar al trío sonriendo falsamente. El trío procuró retribuir la amabilidad.

–¿Quieren dar una vuelta, pibes?

–Bueno –dijo María.

–Entonces ayuden –dijo el otro de los Chanchos.

Mientras los tres se acercaban, los Chanchos se apearon y abrieron el capot humeante y el baúl trasero de donde extrajeron dos latas vacías.

–Llénenlas de agua.

Obedecieron, fascinados por esa incontestable autoridad emanada de la opulencia y llenaron las latas bajo la canilla. Sin decir agua va, los Chanchos vaciaron el agua sobre el trío, mientras Orestes alcanzaba a gritar:

–Paren, todavía no es carnaval.

Una festiva cachetada lo interrumpió, mientras por pura diversión empezaron a registrarle los bolsillos. Las hermanitas defendieron su vida y su capital a trompis y patadas, tratando de salvar la diferencia de edades y tamaños. Al fin optaron por la huida, pero los Tortos, rápidamente trepados a su máquina mortífera, los persiguieron al cruzar la calle y debieron refugiarse en el jardín de las vicentinas, las monjas del aeroplano, y parapetarse tras el portón durante buen rato, hasta que los malvados tomaron las de Villadiego.

Al volver a la casa los tres inventaron un pretexto novelesco, suponiendo con razón que los Chanchos quedarían impunes y Orestes castigado por imprudente celador de las niñas.

Porque en su hogar *sólo se codiciaba lo decente*[62], reinaba cierta vigilancia sobre el trato con niños pobres, porque quizás podrían incurrir en alguna indecencia. En todo caso, nunca se sabía bien dónde vivían, salvo algún hijo de vecino o las sirvientas que trabajaban cama adentro.

Había cerca otras casas largas pero ocupadas por varias familias, en el jardín unas rústicas casetas de madera y chapa que oficiaban de cocinas o letrinas. En una de estas casas, junto a la carnicería del alemán (que era croata) se alojaban los Miroslav, recién llegados de Checoeslovaquia. Ian, el jefe de la familia, trabajaba desde hacía unos años como jardinero de "La Chapelle", y sabía pocas pero suficientes palabras en castellano. Importó a la señora y a tres hijos. A Antonia, la mayor, la colocó en casa de María.

A Lucy le salían canas verdes por explicarle hasta el hartazgo los nombres de los objetos: es-co-ba, plu-me-ro. La Antonia tenía 16 años y una gorda trenza dorada hasta la cintura, la cara arrebatada por un golpe de sol, la expresión dura y los ojos marinos. Sus patroncitas se dedicaron a hacerle la vida imposible, quizás para comprobar el grado de resistencia de una prójima puesta a su servicio por decisión divina. O porque se sentían las princesas de Inglaterra o porque el caso les permitía encarnar a las hermanastras de Cenicienta, o porque tomaban la posta de sus hermanos, al parecer hartos de chichonear a las domésticas.

Eran bromas, pero la Antonia no tenía humor y

escapaba llorando a su casa. A veces le tocaba a María ir a buscarla, y para convencerla le agarraba la paspada y poderosa mano pero la Antonia se aferraba a la puerta y le gritaba insultos extranjeros, pataleando. Cuando no conseguía convencerla, al atardecer Ian se presentaba en la casa para hablar solamente con el señor Guol e imponerlo de la delicada situación.

El señor llamó a sus hijas, tronante:

–You silly girls! Basta ya de jorobar a Antonia.

–Es que es bruta, no entiende los chistes.

–¡No chistes, política! –interrumpía Ian, temblando de odio.

–¿Cómo? ¿Qué política? –inquiría Enrique.

–Nada, mentiras, pavadas –se defendía Laura.

–Las he visto muy bien –cortaba Lucy–, en vez de ayudarme y enseñarle a esa pobre chica a hablar en cristiano, viven poniéndose bigote y haciendo el saludo nazi para asustarla.

–¡Y dicen Presidente Benes chancho, merda! –añadía Ian echando chispas.

–Pero habráse visto –rugía Enrique–. ¡Mocosas malcriadas, dónde habrán aprendido eso... You, shut up! ¡Esa es la educación que les das vos, las educás para tilingas! –el dedo de Júpiter señalaba a Lucy. –¿Yo? ¿Tan luego yo? –se encabritaba la madre–. ¡La culpa es tuya, que bien poco te ocupás de ponerlas en vereda!

–¡Es tuya! ¡Son unas guarangas, no saben ni saludar y se hacen las princesas con una chica que tiene que ganarse la vida!

–¡Yo no hago otra cosa que enseñarles modales!

El pucho de Ian, cabizbajo, le quemaba la comisura.

–No respetan a nada ni a nadie, pobres maridos el día que se casen –sermoneaba Enrique.

–Yo cobra sueldo de Antonia y ella irse –interrumpió Ian una discusión salida de sus carriles.

–¿Cómo me va a dejar sin servicio así, de golpe y porrazo? –se desesperó Lucy.

–¡Que trabajen tus hijas, ya es hora de que aprendan a llevar una casa!

–No exageres, todavía son unas criaturas –Lucy defendía con su cuerpo a la cría que mantenía posición de firmes, con toda dignidad.

–¡Criaturas, y se divierten asustando a esa chica nada menos que con Hitler!

–¡Eso, porque vos les hablás de política todo el santo día!

–¡Deben saber que Hitler es un tirano, que puede haber otra guerra!

–¡Saben muy bien que hay guerra en España, que allá se pasa hambre, que se acabó el gofio, que sus propios primos están en el frente! –se defendía Lucy como Alfredo Palacios en el Congreso.

–Yo cobra sueldo de la Antonia y ella... –murmuraba Ian, pero Enrique volvía a arremeter.

–¡Me fundo en educarlas, vestirlas, ponerles sirvientas, para que resulten unas good for nothing!

–Tanto no gastás, gracias a mi administración –decía Lucy.

–¿Ah sí? ¿Y la última fiesta de cumpleaños me costó 40 pesos?

A ese punto iban a parar todas las reyertas: la plata.

–¡Te habría costado mucho más si no me hubiera pasado el día haciendo tortas!

–¡Y mucho menos si estas dos te ayudaran alguna vez!

–¡Estás hablando de tus hijas!

María vio a su padre tan fuera de sí que temió que descargara su poderosa mano sobre la madre, y por suerte Ian tomó coraje y se adelantó:

–Yo cobrar y la Antonia irse.

–¡No irse nada! ¡Seguirá trabajando y estas dos le van a pedir disculpas como se debe! –ordenó Enrique.

–Lo veo patente, éstas, pedir disculpas –dijo Lucy irónica.

–¿No ves que siempre las dejás hacer su santa voluntad?

–¡Mentira! –intervino María.

–¡No contestes a tu padre!

–Antonia es loca, eso es lo que pasa –dijo Laura.

Su padre amagó una cachetada y Lucy se interpuso heroicamente:

–¡Hay otras maneras de castigarlas!

–Yo cobrar sueldo y listo.

–¡Tome su dichoso sueldo, caramba, y que la Antonia vuelva inmediatamente a trabajar!

Como siempre, la extracción de billetes del bolsillo y un ataque de tos interrumpía la tempestad y conformaba a Ian, que se iba dejando a la pareja sumida en *un hondo y cruel silencio huraño* durante varios días, y a las hijas representando el papel de víctimas de la incomprensión.

La pobre Antonia era *gente rústica y desbaratada*[63] una chica que odiaba tanto como desconocía esas tareas domésticas llenas de fiorituras porque sin duda había sido pastora de tres cabras, y su hábito, triscar por esos montes, y ordeñar, y quizás hornear pan.

Es posible que Laura y María le tuvieran celos y envidia. Es posible que a fuerza de compararse con las princesitas de Inglaterra por la exacta coincidencia de edades, sintieran que la servidumbre les era debida, con todos los caprichos que implica para gente de cuna. O sencillamente necesitaban practicar ejercicios de crueldad para afilarse las uñas, intolerantes con alguien que, igual que ellas, se daba el lujo de ser indócil.

Esas idas al rescate de la Antonia permitieron a María anudar una preciosa amistad con Frank y Miya, que sí eran dóciles y risueños. Meterse en la pieza de los Miroslav era como entrar en un gobelino. Allí reinaba la madre, la María Miroslava, eternamente vestida con sus galas de campesina: una falda larga bordada con flores de lana, una blusa blanca también bordada, un florido chaleco de fondo negro, medias blancas y zuecos. Sonreía con mansedumbre vacuna, desde sus clarísimos ojos despavoridos, y no decía una palabra. Jamás aprendería español ni saldría nunca a la calle, era una señora guardada.

Miya tenía la edad de María y brillantes trenzas albinas anudadas sobre la coronilla. Frank era de la edad de Orestes –María los presentó–, un chico de cara chata y triangular, con un musguito dorado sobre la cabeza rapada al desembarcar, que desde los primeros días chapurreó palabras comprensibles y sobre todo bastantes números. María y Orestes le enseñaron a contar, con dedos y pizarra, hasta una cantidad apreciable.

Los checos vivían todos en la piecita en penumbra, donde los ojos tardaban en descifrar el jardín bordado: dos camas altísimas cubiertas de mantas con florones, una para los padres, otra para los tres hijos, porque la Antonia se negaba a dormir en casa de los patrones.

Entre las camas, un baúl cubierto con una carpeta bordada en punto cruz, donde había siempre un plato de bollos recién preparados por Madame Miroslava en el horno de barro del fondo del conventillo.

María, sola o con Orestes, se trasladaba hasta allí portadora de algún juguete, y sentados en el suelo reían durante horas, obligados a entenderse mediante el juego del oficio mudo.

Frank trabajaba de ayudante de su padre y debía rendirle íntegramente la paga, es decir tampoco gozaba de los honorarios del inglés Guillermo. Decidieron asociarse y María, en secreto, desvalijó su casa de revistas viejas, rollos de cable y floreros rajados, que le vendían al carnicero alemán (que era croata), que a su vez los pasaba a una vecina turca (que era griega), quien al fin los reducía en manos del botellero gallego (que era portugués).

María, Frank y Orestes se repartieron las ganancias y una imponderable satisfacción.

Pasado un tiempo, cuando la Antonia se había establecido en su casa sellando la paz, y cuando la amistad con sus hermanos se había solidificado, una tarde en que Frank y María se quedaron a solas dentro del gobelino –la señora Miroslava y Miya lavando ropa en la batea del fondo– Frank le reveló su Secreto.

Reptó bajo la cama sorteando bolsos marineros y envoltorios y extrajo una caja laqueada con más flores: su tesoro. Era un cofrecillo rebosante de billetes enormes y monedas extrañas. Con gestos graves, negando ante cada billete, le explicó que no tenían valor, que nadie los cambiaba en ninguna parte del ancho mundo que mostró en un mapa. María entendió que el dinero, como la gente, también se moría y entonces se lo encerraba en una caja hasta que el tiempo lo convertía en ceniza.

Cuando los zuecos de María Miroslava repicaron en la galería, Frank guardó su tesoro pero obsequió antes a su amiga con una moneda de cobre muy lustrado. María, profundamente conmovida, le retribuyó al día siguiente con unos gemelos de nácar de Eduardo. En el traspaso de regalos, que cada uno pretendía rechazar por elegancia, se tocaron feliz y largamente las pringosas manos, gesto que obligó a María a sentir que descubría un Continente bastante emocionante.

A menudo jugaron al almacén, al banco, al avaro de los cuentos, a imaginar que si la fortuna llegaba a recobrar su valor se comprarían un ómnibus de los llamados bañaderas, para pasear gratuitamente a todos los amigos y a los aspirantes a recorrer el mundo. Frank llegó a ofrecerle el cofre entero con su entero contenido, pero María no lo quiso aceptar. La fortuna era un bien de Frank, formaba parte del encanto de esa plácida familia jardinera de rosales vivos o bordados, esa gente rubia que iba perdiendo la expresión de escapados de un incendio.

10. *...Y se me iban los ojos tras la farándula*[64]

El circo alzó rotosas lonas en un potrero lindante con el zanjón y anuncia: Esta Noche, Teatro: "Flor de Durazno". María corre a comunicar la nueva, pero su padre le enfría el entusiasmo. Resulta que "Flor de Durazno" es un dramón, de un tal Hugo Wast, aburrido para los chicos. ¿Y él cómo lo sabe? Porque ha leído la novela y basta. Y Lucy refuerza el veto porque ese circo es para la chusma, ahí en medio del barrial. Circo es el Sarrasani, dice Eduardo sobre la bombilla. Sí, pero nunca me llevaste. Está en el Centro y es caro. Roñoso. Yo quiero ver teatro en el teatro, dice Lucy, "Los Chicos Crecen", con Luis Arata. Ese sí que es un gran actor, doctorea Eduardo.

Sólo le queda Tony pero él dice rajá con ese circo pulguiento. Flor de bosta, rubrica Laura. Y María, furiosa, se larga a la calle convocada por un altavoz. Pasa el Kalisay, fantasmón sobre zancos que reparte caramelos y anuncia las funciones que no verá. Quiere seguirlo, junto con Tula, pero ella de pronto la zamarrea y la aparta. Ella tampoco irá al teatro-en-el circo. ¿Por qué? Porque quién conoce a ésos, nena, no son artistas, son los mismos payasos que se disfrazan de otra cosa ¿entendés? Entiendo muy bien, pavota.

Para María *es carne y bebida ver a un payaso*[65], y cuando en este monótono mundo no hay representación, la roba, la exige, la inventa, arma su retablo con gente real que ignora estar actuando así como ella no sabe que gesta una intensa vocación de espectadora. Presencia discusiones y escucha relatos, ya que nadie le ha contado cuentos, estudia gestos y contempla vestimentas, arma una sinfonía celestial con los musiqueros de la calle y sus rudimentarios instrumentos: el triángulo del barquillero, la flauta del afilador, la caja de manivela del organillero con su cotorra de la suerte, el cencerro de la vaca ordeñada a la puerta de muchas casas menos de la suya, porque su madre se ha inscripto en el culto de la leche pasteurizada y embotellada.

¿Qué hacemos, mientras Enrique promete y promete sacar entradas para el Teatro Cervantes o el Colón? ¿Dónde robar el espectáculo? Para Carnaval, corre a la calle a ver pasar las primeras máscaras rumbo al Corso de la calle Rivadavia, y decora su bicicleta con guirnaldas de papel. Pero el Carnaval se cierra como una flor enclenque, y queda por delante el resto del año, de una vida que transcurre pachorrienta.

A veces su casa se abre de puertas para los *asaltos,* irrupción de amigos que caen a bailar y afilar entre las sombras del jardín. Los menores son excluidos y María es enviada a la cama después de estridente berrinche, y suele alzarse para espiar tras los visillos el desfile de parejas que pasan muy abrazadas, con los ojos entrecerrados, al compás de la orquesta de Osvaldo Fresedo o de Guy Lombardo, desde una victrola aportada por los Macías.

Aquí pasa Miguelito, pegando su cara sudada a la de una chica que disimula su martirio. Y aquí viene Atilio, bailando respetuosamente apartado, a la antigua, con la Pipirita Bó, más alta que él, la muchacha más bella de la línea del Oeste, estrella del tennis, esplendor de las fiestas, codiciable novia aún de nadie. Y, como dice Lucy, tan sencilla, nada pagada de sí misma, la simpatía en persona. Rafael Montero estruja a la pobre Marcelina, escuchimizada sin su bata de cola, y que le marca los pasos con santa paciencia mientras él parece recitarle entero "El Rosal de las Ruinas" al oído. Pasa todo lo mejor del pueblo y también algunos colados. De buena familia como las langostas saltonas, pero chicas todavía para esos lances, que bailotean solas por su cuenta, fastidiando a todos, cargando una provisión de sándwiches y masitas en sus bocas y en los mismísimos cinturones de raso.

Demasiado abrazo y poco baile, piensa María, demasiada severidad en esas caras fruncidas o soñolientas, en ese rito de bostezos suprimidos que hace sonreír esplendorosamente a Tula, aunque nadie la saque a bailar. De pronto cesa la música y la rueda se abre para dar paso a un número inesperado. Rosa, la sirvienta gallega, accede a bailar con una jarra de agua sobre la cabeza, acompañada en gaita por su hermano. La muñeira alza una marea de admiración, aplausos y vivas, pero Rosa huye de pronto como una corza. La santa de Rosa, la que canturrea en la cocina unas melodías llorosas con voz gatuna, la que una vez llevó a las niñas a las romerías españolas armadas bajo escasas lamparitas en un potrero cercano al Monte Martínez de Hoz, alegre de pasadobles acometidos por una verdadera orquesta de cuatro músicos y varias panderetistas. María regresa feliz porque incursionó en la noche, callejea abrazada a una inmensa muñeca de celuloide, de la mano de Rosa, afligidísima porque las niñas en su corretear han perdido, la una un moño, la otra un botón del zapato, y ella un novio, que la desairó.

Cuando un primo mayor se dispone a enseñarle a bailar y la agarra como un paquete, María lo aparta, perpleja. ¿Qué es eso de que los hombres *lleven* a la mujer, y ella *deba* seguir sus pasos, quieren explicarme?

–Así se baila –dice el primo experto que estrena pantalón largo.

–Fred Astaire, estúpido, no la lleva a Ginger Rogers.

–¡Claro que la lleva, boba!

–No la lleva nada, la sostiene un poquito para que no se le vuele.

–¡Ma qué va a volar, gilita!

–¿Y yo cómo voy a bailar si me apretás tanto que no me veo los pies?

–No tenés que mirarte los pies, chitrula, tenés que seguirme.

–¿Para atrás también?

–Para atrás y para adelante.

Prefiere las clases de zapateo de Tony, cada uno trota por los tres escalones del patio, con suelas a las que han pegado punteras de metal, y no deben someterse a los caprichos de una música, la inventan a su antojo.

Glorioso Tony que una vez le regaló un saxofón de papier maché, de tamaño natural, robado de una costosa decoración del Lawn Tennis. Eduardo, tesorero del dichoso club, se las vio negras para perseguir al ladrón desconocido. Fue interpelado por la Comisión de Damas y estuvo a punto de la exoneración. María escondió bien el cuerpo del delito, pero por desgracia a la noche siguiente lo olvidó bajo la higuera y la lluvia lo convirtió en papilla, como a tantas ilusiones. Cuando Eduardo descubrió la papilla dorada armó una gresca padre que llegó hasta los trompis contra el pobre Tony, descoyuntado de risa.

El pueblo cuenta con otro circo, tan penoso como gratuito, que sigue avanzando sobre la inocencia. ¿Cómo, el viejo Chauchard aflojó por fin? Dijo que jamás vendería el chalet, aunque le sentaran a los locos en sus narices. Pero al fin, atormentado por el griterío y el miedo, después de que un enfermo escapó sorteando la parecita de su propio jardín, cedió la casa por chirolas y salió vendiendo almanaques. Las chicas de Bringas acompañan a María a contemplar la novedad: el jardín de los Chauchard es ahora teatro de personajes excéntricos: un joven buenmocísimo discursea con los ojos perdidos en un horizonte inexistente. Otro teje un improvisado objeto de palillos y papel plateado. Una anciana esconde la cara entre las rodillas y se la tapa con la falda, dejando ver calzones largos. Las de Bringas ríen y el joven buenmocísimo que parecía ausente les espeta: ¿ustedes qué miran?, vuelto a la realidad. Las mironas se ponen coloradas. El joven avanza amenazante hacia la verja (todavía no alzaron el muro coronado de pinchos y vidrios) y les hace muecas, las insulta arrojándoles palabras que no son insultos. Cuando la anciana parece que va a desnudarse, llega la señora de Bringas y se lleva a las espectadoras regañándolas como una loca más.

Si nadie saca a bailar a Tula porque es renga y tonta, ella se desquita a veces remolineando con su galán invisible, que puede ser el escobillón. Cuenta además con otros placeres que María suele compartir: el teatro para los oídos, para el alma, para la soledad. ¿Quién le quita lo escuchado?

En la cocinita de los Montero, la novela de Radio del Pueblo informa a María sobre conflictos de terrible intensidad. Si no fuera por esos programas que su madre execra, nada sabría de las pasiones humanas, porque aunque ya *su loco corazón robinsonea a través de las novelas*[66] y los cuentos, sus madrastras y sus pulgarcitos son seres distantes de un mundo ajeno. Muy distinto es que el drama real, bien nuestro, penetre por los oídos y casi diríamos por los poros, gracias a los artistas y día tras día, en cuotas de arrobo, sobresalto y emoción.

Minutos antes de la cortina musical campera,

Tula ha abierto un paquete de bizcochos con grasa y ceba el mate que María prueba al final, de leche, y en medio del silencio reverencial retira Tula un carboncito del fogón, lo pasa por el azúcar de la yerbera y lo sopla antes de dárselo a chupar. Cuando termina el episodio, dulce y candente como el bombón de azúcar quemada, se reanuda el diálogo con la Nona pero Tula chista entre lágrimas porque el locutor anuncia los lugares que la Compañía tocará en su gira, y pronto se presentará en el Cine Teatro Ciudadela.

Llega el día y María se apersona en la casa vecina con un permiso arrancado a contrapelo a una madre que no entiende cómo puede gustarle esa basura, esos novelones de dos por cuatro, y para colmo en ese cine piojoso.

María se sienta en la cama de Tula a esperar que se zurza una media ya puesta a la que descubrió una papa en la rodilla a último momento. Se pone a hablar pero María clava los ojos en el Sagrado Corazón, porque jamás sabe si le habla a ella o a su novio invisible. A veces le contesta pero Tula replica indignada:

–Qué tenés que oír, mocosa.

Salen a la resolana, ambas de sombrero, ya no para atajarse el sol sino como signo de distinción, la mayor con una añeja tortita de paja azul marino con flores de tela, la menor con un chambergo de fieltro atado a la barbilla. Cruzan la plaza y el túnel apestoso y toman el tren para bajar en la próxima estación; Tula es habitualmente pasajera de segunda clase –bancos de madera, obreros mugrientos, olor a cigarro Avanti– pero acompaña a María en la primera y se sienta a su lado con grandes remilgos y acomodo de la falda sobre el zurcido.

Frente al cine Ciudadela, una multitud endomingada y cargada de regalos para sus ídolos, ha bajado de sulkys, carros, desvencijados Fords que atesoran costras de barro y plumas de gallina.

Entre apretujones y ese fuerte olor a pobre compuesto de afrecho y jabón barato, suben al pullman justo cuando el telón se alza sobre un amanecer de papel incendiado y un alero de rancho bajo el cual la pobre Rosaura está atada a un poste y recibe lonjazos de un villano –que interrumpe la acción durante un largo momento para sonreír dando un paso hacia el proscenio, entre aplausos– y María no aplaude porque cree reconocer a su abuelo. Los complicados meandros del drama rural no la dejan pestañear: duelos a facón, traiciones, reencuentros de madre con hijo, desencuentro de enamorados que ignoraban que eran hermanos, inicua madrastra, relinchos, truenos y relámpagos, nada falta en esa opulencia truculenta que termina felizmente, la pareja enlazada en un *sobe* que le evoca el tronco de la parra pegada a las columnitas del patio, y que no la irrita como en la película de Atilio sino que le despierta un escalofrío y la sospecha de que ese no es un espectáculo conveniente para los niños, como bien dijo la Nona, aunque la mayoría se ha dormido.

Salen a la calle donde Tula quiere quedarse a esperar al Galán, a pesar de que no le ha llevado obsequios y María le ofrece sus postreros caramelos pringosos pero ella los rechaza con un chasquido de desdén.

La tarde se enfría y María se siente perdida entre las piernas de la gente, hay olor a lechón asado que alguien sostiene cubierto con un repasador. Empieza el éxodo de los impacientes, alguno da manija a su cafetera, una comadre de pañoleta abraza a su cuzco que dejó al cuidado de un chico callejero al que María envidia, algunos maridos esperaron en el despacho de bebidas contiguo y recuperan a sus llorosas mujeres.

Tironea de la manga de Tula, que quiere quedarse a vivir en esa esquina, María tiene frío, hambre, ganas de hacer pis y el chambergo ladeado por el forcejeo. Quiere reconfortarse en un ámbito propio, se siente rara entre esa gente más irreal que la del escenario, pero Tula le aprieta la mano hasta que ve a los actores que saludan con los brazos en alto y estudiadas sonrisas, reciben los regalos y desaparecen en un colectivo especial, rumbo a sus lujosas moradas, con piscina y torres moriscas, en Flores.

Sólo a Tony le cuenta el drama de pe a pa, y él por todo comentario le promete llevarla a ver algo mejor. ¿Cuándo? Ya vas a ver. ¿Dónde? Ya vas a ver. Si no quisiste llevarme al circo. Rajá con esa mugre. ¿Cuándo vamos? No escorches más.

Por fin la lleva al Lawn Tennis a ver a la Compañía de Teatro Infantil de Salvador del Priore, Juancho. Teatro serio y sobre todo fino, con un elenco compuesto enteramente por niños actores. El público menudo se amontona sentado en el piso del salón de baile: las modosas chicas de Bringas, muy serias, las mellizas de Unía bastante menos serias, arrojan bolitas de papel con una cerbatana.

Orestes se queda de pie, recostado contra el marco de la puerta, dispuesto a aburrirse con esa pavada, mientras los otros pegan las narices al tablado y presencian la infinita serie de desdichas padecidas por el protagonista, un gordito rubio que hace de panadero pobre, huérfano y esquilmado. Obra como mago sobre sus coetáneos, como un Thorry en miniatura, y saluda al fin con soberbia superioridad mientras Orestes esconde un lagrimón vergonzoso en la manga. Los niños han estado magistrales y Juancho es genial.

María corre al jardín y se arrima a la puerta de los vestuarios transformados en camarines. La Comisión de Damas lleva masas y refrescos; permiso dicen echándole un reojo tan imponente que María se siente culpable y no sabe de qué, plancha su vestimenta con la mano y esconde el chicle tras la oreja, supone que las damas no la encuentran bastante cubierta de organdí o puntillas, y en la emoción ha perdido uno de sus pulcros moños de seda. Quiere entreverarse entre las damas para ver de cerca al Thorry gordito y rubio y arranca una rama de ligustro para obsequiarle. ¿Qué es eso de destrozar las plantas? dice una Dama de rodete, a punto de pegarle en la mano. Cuando aparece el galancete, María le arroja la rama por la cabeza y huye. Las Damas ponen bocas de culo de gallina, el primer actor sonríe comprensivo y le dice vení, piba ¿querías hablarme? Ella ni siquiera imaginó semejante portento, sólo quiere curiosear los secretos de esa fábrica maravillosa, integrar el elenco para siempre y arder eternamente en sus hogueras de celofán amarillo y lagrimones artísticos. Pero huye, muerta de vergüenza, rescatada por Orestes que observa todo con alado desprecio y le tiende una consoladora golosina.

Una voz disfrazada. Pocas cosas alegran más a María. Una voz disfrazada de mil voces, que desgrana chistes y no tragedias, y para colmo de la dicha ¡dialoga con Thorry, Juan Carlos! Niní Marshall se incorpora a la familia reunida en torno de la radio para disfrutar de ese nuevo rito, de esa gracia que revoluciona la dudosa materia vomitada a diario "por las ondas del éter". ¿Qué es el *éter*? Un calmante que les dan a los enfermos, explica Atilio. Guarangada y mal gusto como la de esos poligriyos del dúo Buono-Striano, dice Eduardo, esta Niní es otra cosa. Los personajes inventados por ella inician una nueva era, abren una pieza grande de donde huyen las tinieblas burdas cultivadas por los mayores. La maga les devuelve a los personajes cotidianos, reconocibles y transfigurados, ya no podrán deshermanarse de Catita y Cándida, de Minguito y la llorosa Belarmina. Estas novedosas burlas radiales maldita la gracia que les causan a los Montero, María no entiende por qué no las entienden y a veces las toman como vejaciones personales.

Enrique no tiene más remedio que llevar a sus hijas a la recién inaugurada Radio El Mundo, lustrosa de mármoles y cromados como un pequeño Vaticano y allí, tras un cristal sobre el que se enciende una luz roja, pueden ver a Thorry, Juan Carlos, y a Niní, que ¡les sonríen y saludan con la mano! antes de disponerse a dialogar. La emoción de las niñas es incontrolable y se expresa en mutismo, comedero de uñas y sudores fríos. El padre las lleva a recorrer todo el edificio, tras otros cristales ven y escuchan ensayos de orquesta, guitarreros gauchescos, soberbios locutores de trajes inolvidablemente azules.

A María le apasionan las cosas nuevas, como esta casa de sonidos imponente, moderna, lujosa y sin duda única en el mundo, y pasa y repasa su mano enguantada por las barandas cromadas, conoce las caras de algunas voces queridas y apenas atina a mirarlas, sintiendo que se ahoga en rubor.

Es preciso reconocer que el Lawn Tennis también es un templo de modernidad y refinamiento. Un buen día organizan un baile extraordinario y en la mismísima cancha de tennis levantan un tablado para alojar a las orquestas más famosas del momento: la típica de Juan D'Arienzo y la jazz Santa Paula Serenaders, cuyo crooner es nada menos que Thorry, Juan Carlos, ese muchacho tan guapo como múltiple y para colmo, ex estudiante universitario, no un tipo de la calle, un cualquiera. En todo se le nota que es culto y de buena familia. En fin, la noche del baile María está sentada desde temprano en la primerísima fila, pegada a la tarima, y llegado el momento observa atónita la desmesurada nariz de D'Arienzo y la descoyuntante gimnasia que usa para dirigir, marcando con la batuta un compás tan rudo que hace retemblar el tablado y sacar chispas a los bailarines. A María le da como miedo el ritual tanguero, pone algo siniestro en la noche estrellada, un gusto a fiesta fúnebre, con esos tipos que parece que van a caerse muertos sobre los bandoneones desinflados, o suicidarse clavándose un arco de violín.

Por fortuna le llega el turno a la Santa Paula, y todo es elasticidad y alegría, un Thorry de smoking blanco canta "Dinah", el mayor de sus éxitos, y allí está María, pegada a sus pies, bebiendo cada palabra y cada compás, procurando encarrilar una euforia delirante.

En un descanso del baile, cuando la familia se reúne a tomar naranjada en una mesita de fierro, le pide a Eduardo que invite a Thorry a comer papas fritas. No escorchés, le dice Eduardo, tiene que irse enseguida a una fiesta. Y así es, Thorry, Juan Carlos, pasa una vez más a lo lejos, embriagándose de aplausos y sonrisas, y se va y se va y María sólo podrá reencontrarlo transformado en espectro, en una de sus películas, de sus tantas películas hechiceras cuyas canciones María memoriza e imita después en el patio, trastornada por la inefable desazón que produce el artista inaccesible.

También llega el día en que Enrique, al fin, pone sobre la mesa un papelito mágico, la dichosa entrada a palco para el Teatro Cervantes. Aunque Lucy ha sido contrariada en su gana de ver "Los Chicos Crecen", no le disgusta conocer al fin la trama completa de "Locos de Verano" de Gregorio de Laferrere, porque es alegre y para toda la familia, en un teatro como la gente, y María imagina una sala más limpia y ordenada que el Cine Ciudadela, pero jamás se le ocurrió que fuera tan suntuosa como la primera clase del Highland Princess. Una inmensidad, un perfume a terciopelo rojo recién estrenado, y todo de estilo español, les explica el padre al pasar por los pasillos cubiertos de cerámicas coloridas. El pesado telón de grana y oro se levanta ante los ojos desorbitados de placer, se levanta para siempre ante la vida entera de María, que ya nunca soportará los teatros "pobres", de paredes negras y sillas deshermanadas. Su padre le ha regalado la fiesta duradera, el ascenso a una realidad tan guardada como ejemplar: mucho tiempo después se entera de que ha asistido a una de las lecciones magistrales de la historia del teatro de su pequeño mundo.

11. *Novios de hacha y tiza*

Bernabó Dino era bruto como un martillo, petisón y rapado, rubio él, de edad incierta y dudosos antecedentes escolares, recién llegado de los Apeninos a los Andes, con una mochila metálica cargada sobre los riñones para encajarle un talonazo a cada paso. Borceguíes-pezuñas y un cráneo como bodoque eran sus armas dispuestas a machucar a quien le dijera que aquí se usaba el apellido después del nombre.

Como éramos ambos atípicos, procedentes de escuela foránea o marginal, nos pusieron en tercer grado turno mañana y nos sentaron en el primer pupitre. Así, por superior designio, formé mi primera pareja en este mundo.

Me escurrí hasta la punta del banco apartando mi delantal del florilegio de zurcidos que envolvía a Dino, camuflé en asco mi fascinación y miré de reojo cómo extraía de su impedimenta una colección de insectos cazados con lapicera y los metía en el tintero de loza que debíamos compartir y lavar con secante escupido.

A mi codazo contestó con un rotundo: ¡Guarda, matta!, porque no hablaba ni palote de Idioma Nacional pero lo disimulaba a grito pelado.

Me puse de pie para elegir un compañero más presentable que Bernabó Dino y al otear sobre la neblina de polvo de tiza mis ojos fueron reclamados por los de Mauricio Berdichevsky, que sonreía con una dulzura muy adelantada a su época entre orejas soberbiamente apantalladas. Una voz tan imperiosa como sorprendida me descerrajó un: –¡Sentada, niña!

Sentada. Y en lo posible paralítica, muda y con la vista al frente. Orden de guardar los útiles en el destartalado estante del pupitre, en dos tiempos: –¡UN, DOS! Las manos no acertaban a ciegas y los cuadernos iban a parar al suelo, desde donde era posible contemplar el líquido derroche de una compañera que se meaba de miedo, inicuamente delatada por el alcahuete hijo de la Directora.

Seguí acollarada a Bernabó Dino y un buen día, obediente a los dictados del instinto femenil, quise aplacar su rudeza y llevé a clase mi gastado ejemplar de *Corazón*. Dino reconoció en la tapa el bigotudo retrato de Edmundo de Amicis como si fuera el de su padre muerto, y me lo arrebató suponiendo que era suyo por derecho.

Yo sólo quería mostrárselo pero él lo entendió al revés, como todo, y el tironeo y la gritería bilingüe destrozó el libro y los nervios de la maestra, que al principio gimió y luego aulló para reordenar al parvulaje congregado junto al banco del escándalo que trascendió el aula y atrajo la funesta presencia de la Directora. Su hijito se lo explicó todo con la pulcritud de un cronista de Indias.

La maestra era una bella suplente veinteañera, insegura ante la piara de niños, humildísimos en su mayoría, gente silvestre con zapatillas rotosas de suelas de cartulina y botón ausente.

La magnificencia de mis zapatos Carlitos me causó una de las mayores vergüenzas en esa escuela del Estado donde los chicos de buena familia eran apareados a los rústicos para que contribuyeran a su educación por vías de contagio.

Mientras los otros disimulaban su pobreza como podían, yo empecé a cargar con el oprobio de distinguirme por la vestimenta incomparable de mis pies, para colmo enfundados en medias de hilo con elástico, jamás mordidas por la talonera del zapato.

La manía materna de enviarnos a la escuela escoltadas por la mucama Antonia, portadora de las valijas como si fuéramos unas fifís, redoblaba la humillación, y la despedíamos Laura y yo una cuadra antes, a patadas y empujones, por esa misma calle transitada a paso rápido por las maestras, habitantes de distintos parajes de la línea del Oeste y que se reunían en la estación, de trajes sastre y sombreritos de fieltro.

El Cuerpo Docente era un Cuerpo enteramente Femenino, digno de reverencia como el de la República. Ya dos miembros de ese cuerpo frecuentaban mi casa como maestras particulares: una anciana profesora de piano que Laura sobrellevaba y que conmigo no pudo, debido a los ataques epileptoides que desarrollé en su presencia, tapándome los oídos al primer amago de solfeo. Mi madre no cejó y debí plegarme a las clases, copiando los deberes de Laura y reproduciendo las lecciones de oído. Tiempo después se dieron cuenta de que mi pentagrama mental estaba en blanco.

La otra docente particular resultó de una desdichada improvisación materna. Una amiga inglesa de mi padre, que frecuentaba la casa semanalmente a las cuatro en punto bajo el sol rajante para tomar el té desesperante y que tampoco sabía ni papa de Idioma Nacional, pasó a ser aprovechada como maestra de inglés por una señora harta de llenar teteras y fabricar torres de scones y asistir muda a la conversación de su señor esposo con la amiga "chiflada, como todas las inglesas". Laura y yo nos resistimos con firmeza mucho mayor que la escasa paciencia de la Misis.

Pero mi madre no cejó y nos acarreó a casa de otra inglesa, viuda de ferroviario, huesuda y balbuceante, que hizo todo lo que su timidez le permitía y que me dejó el saldo, nada despreciable pero un tanto parcial, de leer con cierta soltura el sagrado idioma pero jamás hablarlo. Agradezco que me haya amoblado la memoria con indelebles fragmentos, que van desde *Twinkle twinkle little star* hasta *It was a lover and his lass...* de Shakespeare.

Lo primero que aprende la sección femenina de un alumnado es a descuerear sin piedad al Cuerpo Docente como si perteneciera a una raza abominable, a figurarse intimidades y sobre todo a compadecer altivamente las solterías.

–Ellas también nos descuerean –nos alertó Laura que para algo era mayor–. ¡Y cómo!

Entonces me apliqué a jugar cerca de ellas en los recreos, y sorprendí reojos despectivos y llegué a oír que una me aludía diciendo:

–Es una chica muy corta de genio.

No quise averiguar qué quería decir eso, por las dudas fuera algo terriblemente bochornoso que definía mi terca negativa a participar en una fiesta escolar.

Había niña que sabía danzas españolas e hijo de Directora que recitaba fragmentos de Olegario Andrade, pero yo no concebía representación que trascendiera las fronteras de mi casa. ¡Cómo hacer el ridículo en público!

Las docentes se esforzaban por mantenerse y mantenernos en el cepo de la conducta ejemplar, nos habrían metido en el ataúd de cristal de Blancanieves, para mayor seguridad. Antes que nada enseñaban a formar filas y tomar distancia extendiendo el brazo para no rozar al compañero ni con el pensamiento. Quizás la vigilancia se redoblaba por tratarse de una escuela mixta, para qué, si el guardapolvo lo uniformaba todo. La varonía se distinguía por su desfachatez, por la fealdad de sus rodillas y por el casco de gomina. Hacía falta una imaginación muy perversa para investigar otras diferencias.

Algún par de niñas que osaran secretearse durante el recreo, del brazo o enlazadas, resultaban apartadas por un violento zamarreo de la Directora en persona, que tenía más ojos que una mosca.

Mostrar uñas limpias, guardar silencio de panteón, jurar la Bandera y marcar el paso, así se entraba asépticamente en la enseñanza, es decir en un aula derruida cuyos podridos tablones ondulaban y de donde huían ratones alimentados a láminas borrosas y carne de mapa.

Asepsia, compostura, ¡blancura! Aquellas sí que eran escarchas, dicen hoy los nostálgicos, las que roía el zapato Carlitos en las veredas de medio pasto. La de los delantales tiesos y moño insigne enlazado por manos de madre o esclava. La de la bruma de polvo de tiza que añubla el horizonte de tan idealizados recuerdos. Pero *dónde están las nieves de antaño.*[67]

¿El guardapolvo blanco se inventó para disimular diferencias que jamás disimuló del todo o para imitar el color de la nieve, suprema ilusión de estas tierras que la desconocían? La nieve dignificaba, es decir, europeizaba. Lo nativo, como bien decía el tío Ben, era un estigma, un irremediable arrabal. Por eso no faltó Navidad sin nieve pacientemente cultivada a fuerza de paquetes de algodón sobre arbolitos druidas que nos permitieran sentirnos habitantes de un calendario austríaco. ¿Acaso teníamos noción precisa de la nieve propia, allá por la Cordillera? Sólo que San Martín la había cruzado, como Cristo anduvo sobre las aguas.

Una escuela remota en el Chubut, una casilla pelada para poco más de una docena de alumnos aborígenes. Es otoño y un viento glacial barre el páramo. Lorenzo, el menor de los niñitos, me guía por el aula única y cocina, recojo su manita blanda y paspada que primero no se atreve y luego se aprieta a la mía, me agacho hasta su temblorosa seriedad y le pregunto en el rincón-cocina: –¿Qué es lo que más te gusta?

Lorenzo no contesta porque está pensando. Lo piensa durante toda mi visita mientras las maestras comentan las indudables bondades de la escuela de verano. *Una hora después, en la despedida, Lorenzo me tironea de la mano que no quiso soltar y me obliga a inclinarme para escuchar su meditada respuesta: –¡La sopa!*

Dos meses después la escuela estaría cubierta por cuatro metros de nieve, los niños encerrados en sus chozas, sin la sopa caliente vertida por manos maestras.

Otra blancura irreprochable debía ser la del cuaderno de clase. Aunque yo no me desempeñaba demasiado mal gracias a la previa exigencia de la Nona, la suma de pulcritudes del cuaderno provocaba un perfeccionismo lindante con la esquizofrenia que me obligaba a sembrarlo de borrones con la consecuente secuela de lágrimas que acababan por arrugarlo a él y a mí. Amaba hasta el delirio los papeles, pero las hojas de ese cuaderno, pobladas de amenazantes *guests and ghosts,* aterradoras de virginidad, incluían de yapa una tapadera de cemento a toda improvisación, a toda curiosidad heterodoxa.

El Cuerpo Femenino Docente se encrespó un día cuando se adhirió a él un varón con faldas, nada menos que el cura gordito no-novio de Tula. "¡Arvizu!" En un ámbito aterradoramente nuevo, por fin alguien familiar, pero... *¡Ya yo os conozco, fementida canalla!*[68] Iba a dictar Religión en esa escuela que por ley debía ser laica, mérito especialmente apreciado por mis padres.

Cuando el cura entró en el aula y el malón se puso de pie sosteniendo a fuerza de rodilla los derrengados pupitres, el clérigo nos hizo sentar con gesto episcopal y pasó lista observándonos a uno por uno con malignidad. Bernabó Dino se puso a llorar a moco libre, agarrándose la cabeza para evitar pretéritos coscorrones. Al parecer, él también lo reconocía aunque fuese otro. Una mirada presbiterial bastó para que Dino se tragara los mocos y se vengara en mí con un puntapié en el tobillo.

Por suerte el cura no me reconoció, dado el tiempo transcurrido desde el ágape de los Montero. O, como comprobé más tarde, parte de la asepsia consistía en no demostrar que un docente conocía a un alumno de otros sitios, por venerables que fueran.

–¡Berdichevsky, Mauricio!

El cura no hizo el menor gesto, sólo miró la puerta y un Mauricio con las pantallas en fuego rumbeó a los tropezones y sin chistar hacia el destierro del patio.

¿Qué había hecho el pobre Mauricio, tan aplicado y que de entrada repartió secantes de propaganda a toda la clase, reblandecida de gratitud?

–¿Por qué lo mandó al patio? –pregunté después a mi padre.

–Porque es judío.

–¿Y eso qué quiere decir?

–Que es israelita –dijo padre, sumido en palabras cruzadas.

–Igual que el doctor Corach –aclaró mi madre–, buena persona aunque yo no tenga confianza en él porque es médico.

–Yo no quiero estudiar Religión.

–¿Acaso no era laica esa escuela? –preguntó mi madre al explorador de crucigramas.

–Sí, pero sabés cómo es este gobierno.

No entró demasiada claridad en mis entendederas pero sí mayor repugnancia por el gordito de falda arratonada que peroraba dando zancadas frente al despavorido alumnado.

Cuando se dirigía a las niñas, invocaba sin parar la honestidad de la conducta y el ejemplo de María. Supuse que aleccionaba a hijos ladrones, y que la Virgen era ejemplar entre otras cosas por no haber requisado jamás el bolsillo de Dios. Le aclaró a un varón curioso que robar diez pesos era pecado mortal y robar diez centavos era pecado venial. La honestidad, deduje, era otra cosa, para uso exclusivo de niñas y que tenía una misteriosa relación con el rigurosamente vigilado acto de "tomar distancia".

Como soy aficionado a leer, aunque sean los papeles rotos de las calles...[69]

Papeles de la calle, papeles en blanco, papeles voladores o papeles donde una *Frase cría Infección:*

podemos inhalar Desesperación[70], papeles arrancados de cuadernos, papeles de planillas del FCO, papeles robados, papeles atesorados, papeles de plata, papeles mugrientos, papeles con Thorry, Juan Carlos, recortados de revistas, todos papeles de pasión, ardiente como fogarata de San Juan.

Recogía en la calle volantes con siglas que la familia me ayudaba a descifrar.

–El Partido Demócrata Nacional es el conservador, el que gobierna, el de señores que se llevan el mundo por delante, pero a todo chancho le llega su San Martín.

–La Unión Cívica Radical es de gente decente, pero hasta el mismísimo Yrigoyen resultó al fin una calamidad.

–El Partido Socialista es cosa de obreros, cuidadito con salir a la calle el 1º de Mayo porque pueden poner bombas.

Pero el temor se sorteaba al referirse al senador socialista Alfredo Palacios, santón de mi madre, fuente de todo saber y justicia a pesar de ser tan ridículamente *largo de bigotes*.

Un personaje muy frecuentado en los diarios fascinaba a Tony, que alguna vez me esperó en la puerta al regresar de la escuela para comentar entusiasmado:

–¡El Mahatma Gandhi empezó otro ayuno!

–Pero los ingleses son demasiado déspotas como para impresionarse con ese indio flaco –decía mi madre.

–¡Los ingleses civilizaron a esa gente, you silly old girl! –retrucaba mi padre.

–¡Y bien que los habrán esquilmado! Ese virrey no sé cuánto está disfrazado de joyas de arriba abajo.

–Más joyas se ponen los maharajás en medio de esa miseria.

La historia contemporánea era muy confusa, no trataba de hazañas límpidas e incontestables como el cruce de la Cordillera, la Declaración de la Independencia, la batalla de Caseros. .

Cuando comenté que Bernabó Dino gruñía la palabra "balila", explicóme Eduardo que se trataba del nombre de los elegidos para las legiones infantiles de Mussolini.

–¡Ese tano loco, ese dictador disfrazado!

Por otros papeles –cartas de mis primos españoles que estaban bajo bandera– y funestos titulares de periódicos sabía que en España se había desatado una Guerra Civil que nos sumía en irredimible congoja. Las cartas eran una entera tachadura de tinta censora, y mi madre se desesperaba intentando descifrarlas al trasluz.

–Miren un poco si esta es manera de arruinar una carta. ¿Qué contarán estos desgraciados? –se lamentaba mientras armaba paquetes de ropa y vituallas que jamás llegaron a destino.

El paraíso europeo tan vivamente evocado por mi padre parecía sucumbir gracias a los oficios de tres dictadores, el prognato, el de bigotito y mechón y el Caudillo de España por la Gracia de Dios, según leí más tarde en monedas que llegaron a mis expertas manos.

Al gobierno conservador no le disgustaba este

macabro triunvirato. Mandoneaba la provincia un caudillo con jeta de ídolo maya eternamente embutido en un frac de padrino de casamiento, y formaba parte del folclore familiar porque en tiempos remotos había sido compañero de serenatas de mi padre. Aunque distanciados por los años, los caminos y las ideas, la camaradería viril guardaba su aroma de flor arrumbada pero perenne.

–Es un déspota, pero hace mucha obra, hay que reconocer –precisaba mi madre sobre el doctor Manuel A. Fresco.

–Rajá, Lucy –se indignaba Tony–, todo es pura coima, es el rey de los chorros de levita, que lo tiró.

–Mucho camino, mucho hospital –rezongaba Eduardo sobre la bombilla– y hace votar a los muertos y caga a palos a la oposición.

–Ese no es lenguaje –decía madre– pero es la pura verdad. ¡Y a las pobres maestras que las trasladan a San Antonio de los Cobres o a Tilcara, sólo por ser radicales!

El Gobernador inauguró un nuevo edificio para ¡mi escuelita, tan pobre, tan humilde, pero tan acendrada en el alma de docentes y alumnos!, como dijo la bruja de la Directora en la ceremonia de despedida.

Con Bernabó Dino fuimos a contemplar a la criatura criada entre ambos y que abandonaríamos en la vieja escuelita. Era un bebé murciélago moribundo que gemía al pie de una palmera donde lo manteníamos oculto, sólo Mauricio compartía el secreto y de paso aceleraba el fin del bicho sobrealimentándolo con gusanos, cáscara de maní y polvo de galleta. Acostado en el suelo, con las alas desplegadas, su llorosa endeblez hacía peligroso el traslado a la nueva escuela, que lo tenía todo menos un potrero con palmera.

–A lo mejor viene la madre a buscarlo –suspiró Mauricio justo cuando la maestra avanzó a traición, dispuesta a develar un secreto escabroso de niños en cuclillas.

Cuando descubrió al asqueroso pichón, en lugar de aprovechar la oportunidad para darnos una clase de Ciencias Naturales –mamífero alado, etc.– nos apartó nerviosamente, trastornada como quien es sometido a un examen imprevisto de una materia que no estudió. Se quedó boquiabierta y lentamente nos arreó al mundo de las realidades embalsamadas.

La mudanza permitió un día de asueto jubilosamente recibido ya que entonces, al igual que Sarmiento, íbamos a clase todos los santos días, aun en caso de tempestad, terremoto o muerte.

En la fiesta inaugural, gracias a los antecedentes familiares con el Gobernador, me correspondió el honor de entregar a la señora de Fresco un descomunal ramo de rosas que me cubría enteramente. Olvidé el discurso memorizado, que comenzaba por un: –Dígnese, señora, etc... y sólo atiné a murmurar incoherencias y cederle el ramo que también la cubrió por completo, ya que la dama, tal como me lo había advertido mi madre, medía la mitad de la estatura de su imponente cónyuge.

La nueva escuela era un despilfarro de luz, chirriantes pizarrones, tizas multicolores, mapas frescos y sin roer, cartelitos con frases heroicas colgados cerca del techo, imposibles para el punto de mira infantil. *"Donde hay una voluntad hay un camino." "La maestra es nuestra segunda madre." "Dios, Patria y Hogar."*

Las flamantes láminas históricas despejaban el panorama de charreteras, levitones, patillas y sables en alto. La preferida al unísono era la del combate de San Lorenzo, con el Sargento Cabral dando la vida por San Martín: *"Muero contento, hemos batido al enemigo"*.

El gobierno concedió un beneficio adicional digno de ser destacado en letras de oro en este palimpsesto. Rompió la monotonía del Cuerpo Docente con Faldas y nombró a un profesor que dictaría una materia ajena a los planes de estudio pero coherente con el famoso augurio del poeta Lugones en los albores de la década: *Ha llegado la hora de la espada.*

El profesor de Hora de la Espada era un capitán del Ejército, alto, rubio, elástico, cinematográfico, que suscitó reojos, codazos y máximos rubores en la grey femenina, excepto en la Directora, sólo sensible a la ñoñería de su repelente hijo.

El cura resplandeció ante el arribo del nuevo maestro y secretearon largo rato intercambiando babosas sonrisas.

El capitán nos dio clases de Instrucción Militar a niñas y varones. Salíamos a la calle recién asfaltada para practicar la bizarra gimnasia: marcar el paso golpeando los talones hasta pulverizarlos, alzando la pierna ¡sin flexionar!, tomar distancias ¡UN, DOS! pero con el brazo rígido como bayoneta. ¡Vista al fre...! ¡Marrr...!

En el Salón de Ciencias Naturales –arrinconadas las vitrinas con pajarracos embalsamados– se colocaba un tablón sobre caballetes y allí nos tendíamos de bruces, empuñando un fusil o lo que fuera, para acatar el ladrido de mando: ¡FUE...! y disparar a la bartola los perdigones o lo que fueran contra un blanco de cartón.

Cuando le tocó el turno a Bernabó Dino, que al fin y al cabo era el único idóneo en estas lides, se puso tan neurasténico que reventó una vitrina y deshizo un frasco con una lagartija en formol.

La maestra, con riesgo de su vida y sobre todo de su puesto frágil como un pétalo, lo rescató de la ira castrense y para colmo lo abrazó y besuqueó despertando un cautivo arsenal de celos en todo el alumnado.

Aficionada como era a las armas de juguete y las películas de filibusteros, el asunto no me disgustaba pero hubiera preferido clases de esgrima o instrucciones más académicas para perfeccionar mi dominio de la arquería. Mientras esperaba turno para accionar la escopeta o lo que fuera, más de una vez vi a Greta Garbo de reina Cristina pasear a zancadas por el patio, contemplándonos desde la majestad de su ceja interrogativa.

Los varones de los grados superiores se tomaban muy a pecho las clases, pero las niñas, fingiendo más melindres de los habituales, se apoderaban del arma como de un escuerzo vivo.

El padre de Mauricio se apersonó para suplicar que su hijo fuera eximido de esta clase como era desterrado de la de Religión, pero la bruja Directora le asestó una contundente filípica sobre sus deberes patrióticos.

Un día, al entrar en mi casa descubrí sobre un sofá nada menos que una gorra galonada y una espada de verdad. Ni me atreví a toquetear esas vivas reliquias. ¿Habría vuelto Rafael Montero a disfrazarse de militar? ¿Un miembro del Ejército reclamba al pobre Tony que hiciera la conscripción?

Corrí a la cocina y allí estaba Eliseo, el único hermano de las Carranza, que por primera vez nos visitaba de uniforme. En lugar de rendirme a su fiesta de caricias y bromas como otras veces, quedé petrificada por el reverente clima familiar.

Eliseo derrochaba esa dulzura plácida de los "negros" provincianos, sabía entenderse con los niños y me costaba asociarlo de sopetón con el profesor de Hora de la Espada o con las siniestras siluetas que según las fotos sembraban sangre en Europa.

–¿Qué te pasa? –preguntó mi madre, asomando del trance catatónico que sufrían todos.

–Eliseo es mayor de Caballería –dijo mi padre estrenando una solemnidad desconocida– y pronto lo van a ascender a...

–Eso está por verse –lo interrumpió Eliseo melancólico.

Los repentinos pases de ilusionismo de los adultos, jamás anunciados ni explicados, me sumían en una exasperante zozobra. Toda la familia parecía subyugada por un personaje que, despojado de sus galas, solía ser objeto de las habituales bromas y confianzudez. De pronto Eliseo integraba el elenco de una lámina gloriosa y quizás había venido a despedirse antes de partir a jugarse la vida por la Patria.

Cuando se fue, se rompió la fascinación de Bosque Durmiente que agobiaba la cocina.

Eduardo, ese aguafiestas, revolvió la bombilla en el mate y murmuró cabizbajo:

–En el Ejército no se hace más que agachar el lomo y obedecer sin chistar, así te manden a limpiar letrinas.

–You silly old boy! ¿Vas a comparar a un militar de carrera, que estudió, con vos que no pudiste salvarte de hacer la conscripción?

–Soy cabo de reserva.

–¡Nonsense!

–¿Y qué es reserva? –pregunté débilmente, temiendo que Eduardo recomenzara con el casi diario relato de sus suplicios en el cuartel.

–Que si se llega a armar la gorda –intervino Tony– lo mandan al frente y al primer tiro se mete la bombilla en el culo.

–Ese no es lenguaje –se avergonzó mi madre por milésima vez en el día–, en la conscripción al menos le enseñaron a coserse los botones.

–Y lo raparon para matarle los piojos –dijo Tony.

–Aquí el único piojoso sos vos.

Eliseo se despidió para desaparecer de nuestras vidas, y años después supimos que lo habían confinado en la Patagonia.

–Eso les pasa a los milicos democráticos –comentó mi madre.

Había guerras santas y sagrados uniformes de visita o en los museos, había guerras malditas y fantoches de bayoneta exhalados por el mismísimo infierno, pero siempre estaba la verdad de un solo lado y uno sabía bien a cual adherirse: a la causa de los milicos democráticos. Pero había quienes se pasaban de un bando al otro con peligrosa ligereza, por ejemplo Alfredo. Permaneció durante años enemistado con padre por su defensa de los ingleses invasores, y poco después de la reconciliación apareció portador de una indignante bandera de parlamento: *El Pampero.*

–¿Desde cuándo leés un diario nazi y te atrevés a traerlo a esta casa? –rugió padre, cuyo hogar era un verdadero altar fervoroso de los Aliados. Quizás Alfredo no podía evitar el llevarle la contra o estaba realmente fascinado, como tantos grandes que jamás habían jugado a los soldaditos de plomo, por el despliegue de soldadotes y tanques que imponían un Orden geométrico en la revuelta Europa. Justo entonces esa Guerra fantasmal recaló en estas playas, amenazando nuestra placidez desde el acorazado alemán Graf Spee, hundido frente a Montevideo y aureolado por el tradicional suicidio de su comandante. Parte de la tripulación desembarcó y fue a refugiarse en algún lugar de la provincia de Córdoba, noticia que impulsó a Alfredo a visitarnos un verano y de paso curiosear ese episodio de historia viva. Invitó generosamente a toda la familia a hacer una excursión hasta la Villa General Belgrano y el tío Ben le clavó unos ojos fosforescentes de indignación y mis padres, abotargados por 42 grados de canícula no tuvieron fuerzas para negar el permiso de salida a sus hijas, que compartían cualquier tipo de curiosidad y toda especie de sed de aventuras.

A la hora de la resolana, con los sesos fundidos bajo los sombreros, Alfredo partió a la parada de ómnibus con una hermana de cada mano y hasta proveyó de los indispensables helados chirles para el viaje rumbo al "campamento" de los marinos nazis. Imaginé que un campamento sería un montón de carpas como las de los boyscouts, y sus habitantes, náufragos al fin, unos desgraciados andrajosos que vivirían de limosnas o changas. Al llegar al pueblo, un señor de aspecto respetable –boticario o escribano– respondió a la pregunta de Alfredo alzando el brazo rígido en el saludo fascista, rubricado por un talonazo de sus botas y luego señaló un enorme bungalow rodeado de jardines de millonario. Alfredo se quedó patitieso mirando el brazo alzado del comedido caballero y por suerte no respondió con la misma tétrica pantomima sino que al rato murmuró: ¿y a éste qué le picó?

Cegados por el solazo, nos metimos en el gigantesco salón en penumbra: el dichoso "campamento" estaba abierto al público y era una bien dispuesta cervecería. Cuando empezamos a descifrar el interior, lo primero que nos saltó a la vista fueron dos retratos simétricos tras el mostrador: San Martín y Hitler. ¡Menos mal que mis padres no estaban! El recinto simulaba el interior de un buque, con barandas barnizadas, ciegos ojos de buey, faroles de bronce y estandartes con cruces svásticas. Pero no era ése precisamente el interior de navío capaz de fascinarme, *las naves por el mar, tú por tus sueños*[71] y mis sueños no venían amoblados como esa espaciosa cárcel que ponía los pelos de punta.

Otros parroquianos curioseaban musitando como en Misa o tomaban cerveza, mientras varios marinos en ropa de fajina, pantalón cortito y espesos zapatones destinados a retumbar en el consabido talonazo, servían y rociaban el piso de la cubierta, clavando unos ojos glaciales en el vacío.

–Aquí todas las tardes hay baile con acordeones –dijo Alfredo invitándonos a una mesa–, los marinos están buscando chicas rubias para casarse y formar familia y trabajar para engrandecer a este país, que necesita un poco de disciplina, extranjeros sanos y capaces en medio de tanta vagancia. –¿Y a vos qué bicho te picó? –le dijo Laura, pero Alfredo se levantó para ir a curiosear las interesantes cruces gamadas y los adornos de soga marinera. Entonces un maringote joven y rechoncho vino a servirnos los refrescos y le clavó los ojos a Laura, que ya estaba grandota y coronada la testa con unas gordas trenzas que parecían soles en la tiniebla. Ella le devolvió la atención mirándolo con un odio desafiante, como una gata a punto de saltar. Yo pensé aquí se arma y me pareció que la escaramuza de miradas duraba una eternidad y a ver si el gordo quería raptar a Laura o la obligaban a casarse y Alfredo el espantanovios se agarraba a piñas con el maringote e íbamos todos a parar a la cárcel en Berlín. La eternidad se cortó en un pestañeo, cuando Laura agarró el vaso y le tiró el refresco a la cara al festejante tedesco, que no cambió de expresión ni de postura ni se secó los ojos sino que siguió mirándola más fijo todavía y entonces Laura le sacó la lengua y salió disparada para la calle y el alemán se fue tranquilamente al mostrador. –¿Y Laura? –preguntó Alfredo de regreso de su breve gira de inspección de las cruces gamadas. Pagó rápidamente y salimos a rescatarla, furiosa y colorada a la sombra de un paraíso.

Emprendimos el regreso encerrados los tres en un mutismo estimulado por el calor incendiario de las calles y el ómnibus. Alcanzamos a ver a dos paisanos de a caballo saludándose con el brazo en alto y creo que a Alfredo también le dio náuseas porque desde ese día no volvió a dar cátedra sobre la saludable inmigración teutona, que por otra parte constituyó un coto hermético y desdeñoso de los nativos en el corazón del país.

Traspuesta la década, en un inolvidable día de 1943, estalló el golpe de Estado calificado en la Marcha compuesta ad hoc de olímpico episodio de la Historia.

Iba ya a la escuela de Bellas Artes, y esa mañana en la estación reinaba un funesto silencio de neblina. La mostacilla que nos reuníamos para tomar el tren de las 7.43 miramos con repentino odio a los soldados de fajina que ocupaban el andén, armas en mano. Habíamos cambiado de país y nadie hubiera podido convencernos de que esos muchachos algo mayores eran gente como nosotros, que estaban aprendiendo a coserse los botones.

El escamoteo, la sustitución, ya no eran misterios sino hechos corrientes de una realidad siempre imprevisible. Había aprendido a descifrar el doble significado de la palabra tramoya, que comprendía tanto las chanchadas del gobierno como al oficio teatral que permite cambiar de geografía en un santiamén: de la Fosforería de Carmen de Bizet pasamos a una cueva de contrabandistas.

La escuela de Bellas Artes era extravagante y libérrima, improvisada en un suntuoso palacete del Barrio Norte. Los guardapolvos ya no destacaban almidón sino costras de óleo y trazas de carbonilla. El alumnado mezclaba a niñas púberes con otras mayores, señoritas hechas y derechas, aprendizas de vampiresas, sus dotes pictóricas abundantemente desplegadas en la cara, las opulentas cabelleras cardadas según los modelos del cine, tacos altos, talles ceñidísimos, algunas con aire putanesco, esperadas a la salida por galanes de bigotito y chambergo requintado.

El día del olímpico episodio o Jornada Redentora de la Patria, velocísimos tramoyistas nos habían cambiado de escuela. Reinaba el mismo silencio que en la estación y la ciudad toda, penumbra de velorio y celadoras convertidas en guardianas de presidio: cara lavada, pelo en rodete, zapatones de novicias.

"Los Girasoles" de Van Gogh y la "Pietà de Avignon" habían ido a parar al sótano y en su lugar pendían pizarrones cubiertos de frases amenazadoras: "La Patria necesita procrear héroes, no madres de hijos descastados".

Incendiadas de ira, quizás enteradas ya de la institución de burdeles nazis destinados a procrear seres de raza superior, organizamos un piquete de resistencia que intentó borrar los lemas y sufrió el inmediato castigo.

Nos impusieron las nuevas reglamentaciones: pelo recogido, cara lavada, tacos bajos y ¡medias largas, como en Misa! para las que aún calzábamos zoquetes infantiles.

El silencio, sólo interrumpido para memorizar la letra olímpica y redentora de la Marcha.

Debimos someternos, y en un recodo de la historia en que de paso se corrigieron las palabras guarangas de los tangos, asumimos la explosiva hipocresía de pupilas de reformatorio.

Los personajes que venían *al Tedeum desde los noticieros ya no eran galerudos de levita y quevedos sino fantoches tétricos de desmesuradas gorras y capas talares, asistidos por una multiplicada presencia de sotanas.*

Raudamente se añadió una nueva clase al programa de Bellas Artes: Religión o Moral, dos materias distintas y un solo Dios verdadero, dictadas por una misma profesora gorda de rodete e ineludible bozo.

Aunque masivamente elegimos Moral para no separarnos de las compañeras judías, soportamos otro previsible repaso del Catecismo. ¡Y otra vez la historia sagrada de que robar diez pesos era pecado mortal y robar diez centavos, pecado venial! Dato que, históricamente, nos esclarece tanto sobre la inmutabilidad de la Iglesia como sobre la solidez de nuestra moneda de entonces.

Sembramos el aula de bombitas de mal olor, resistencia inútil ya que éramos arreadas a dar clase en el patio y aterrábamos a nuestras familias con la tormenta de telefonazos, amonestaciones y amenazas de expulsión. Al fin nos doctoramos en resignación bovina.

Al Cuerpo Docente de la Primaria se agregó otro profesor, recibido con júbilo porque iba a dictar nada menos que música, reemplazando a una maestra que sólo sabía teclear el Himno y que se jubilaba después de pasar 28 años con la nariz pegada a la carcomida partitura. El Profesor, como el gigante *Pandafilando de la Fosca Vista, que aunque tiene los ojos en su lugar y derechos, siempre mira al revés, como si fuese bizco, y esto lo hace él de maligno y por poner miedo y espanto a los que mira*[72], convirtió a la música en otra disciplina castrense.

Clavaba su falso estrabismo en cada niño, muerto de pavura, para obligarlo a entonar la nota que él machacaba en el piano con frenesí. Ya no coreábamos lánguidas canciones a capella sino marchas a pulmón reventado, desgañitándonos en la coda, mientras el piano impiadosamente tableteado hacía de timbal, redoblante, diana y perforadora de cemento.

El Profesor Fosca Vista nos enseñó a aullar, rugir y cuadruplicar el volumen de nuestras exigidas laringes, en el patio cubierto, de paredes desnudas y piso de mosaico que enloquecía de ecos, mientras él nos tironeaba las orejas o alzaba al cielo manos temblorosas de ira y potencia viril.

Tuvimos ocasión de estrenar en público la gimnasia coral cuando se festejó el cincuentenario de la muerte de Sarmiento, cuya vida y milagros sabíamos a clavo pasado. Se inauguró un busto del prócer en una encrucijada que ¡ay! no había recibido del Gobernador la bendición del asfalto. Resultó una mañana lluviosa, y delegaciones de escolares de todo el partido de La Matanza formamos solemnemente con el barro hasta los tobillos, mientras un huracán desataba los moños de seda blanca y celeste y ondulaba los compases del Himno emitido desde un fonógrafo en la Comisaría.

El temporal no impidió la sucesión de descabellados discursos ni la falta de piano arredró a Fosca Vista, que a fuerza de miradas dementes y manos agarrotadas nos hizo aullar esa obra maestra del horror que es el Himno a Sarmiento.

Autoridades uniformadas depositaron palma tras corona al pie del busto, hasta alzar una montaña que llegaba a la nariz del Maestro. Flores embarradas y malolientes hojas se pulverizaban bajo el aguacero, mientras la multitud de niños naufragaba en lodo y estornudos.

Los tramoyistas adultos insistieron en sus pases de prestidigitación, que fueron sumiéndome en negros estados de pesadilla.

Un buen día desapareció Bernabó Dino y me fue sustituido nada menos que por el hijo de la Directora. Inundé mi entorno de llanto y sólo conseguí la mentirosa excusa de que había cambiado de escuela. Muchos días después lo vi de lejos, renqueando por el peso de una canasta de reparto, escondiéndose de mi saludo bajo una gorra de hule.

Mi nuevo compañero de banco, *cursi como un repollo con lazos*[73], me obligó a añorar a Dino y entender que lo amaba precisamente por bestia, y cuando ya había hecho mutis llevándose mi compás.

Otra jugada fullera: me honraron con el puesto de escolta de la Bandera Idolatrada, y cada mañana debía enfrentar a la escuela entera desde mi privilegiada situación, sosteniendo entre dos dedos un pliegue de la sagrada tela.

Un mes después me sustituyeron por otra alumna, sin decir agua va. Sencillamente, cuando me disponía a acompañar al abanderado a buscar el precioso mástil, una voz de mando me detuvo:

–¡A la fila, niña!

Tan oceánica fue mi congoja que mis padres estuvieron a punto de mudarme de escuela. Buscaba rincones de llorar, escondites donde desahogar una desesperación mortal. Mi madre tuvo la paciencia de explicarme que el honor era rotativo y que correspondía siempre a la mejor alumna, estado que yo alcanzaba y perdía con facilidad, pero ninguna explicación posterior pudo jamás reponerme de la puñalada trapera o aplacar la orgullosa convicción de que el puesto era vitalicio. Vitalicio resultó mi desconsuelo, mi rencor en un mundo repentinamente falto de sentido.

Mi señor padre organizó y presidió una de las primeras Cooperadoras Escolares del siglo, destinada a instituir la Copa de Leche y paliar una creciente deserción invernal.

Apareció una noche cargando un enorme paquete con ayuda de Atilio, y extrajeron docenas de zapatos ordinarios, una horma, lezna, martillo.

Me senté en el suelo de la cocina como quien contempla a San José. Mi padre encoló plantillas de abrigo y martilló clavitos, remendó costuras y dio toda la sangre de sus dedos por los niños de la Patria.

–Miren un poco qué finura –comentaba mi madre–, si habré andado yo con las patas a la miseria con tanto clavito y con botinas heredadas. Cómo cambian los tiempos, ahora los chicos están llenos de tiquismiquis.

La escuela recuperó su concurrencia, pero en vano esperé que Bernabó Dino volviera para zamparse el vaso de leche y ser uno más de los felices portadores de bigotes de espuma blanca.

Caído de otra galaxia, Clark Kent venido de un planeta del porvenir, un año se incorporó al Cuerpo Docente el único rubio de los mataperros Macías, Francisco, que misteriosamente había desertado de mi casa. Como de costumbre, nada ni nadie nos previno –y quizás sólo un profeta hubiera podido anunciarlo– la revolucionaria magnitud del acontecimiento.

Francisco fingió no conocerme, no revolvió los ojos ni movió las orejas, sin duda él también creía que toda representación era un secreto doméstico. De entrada modificó todo el estilo escolar, despertando una sublime adhesión del alumnado en pleno. No permitió que entráramos en su aula a paso de marcha sino andando como gente. Desterró la sesión de lectura de pie, frente al aula, con los pies en ángulo recto y alzando la vista a cada punto y aparte. Nos hizo leer el "Pinocho", despatarrados en el banco y hasta con el mentón en la mano. Fomentó los comentarios espontáneos, la risa y la crítica, y hasta llegó a exigir que no nos pusiéramos de pie cuando él entraba. Todo lo humanizó, hasta a Sarmiento, de quien nos reveló interesantes falencias, y nos hizo cómplices de un tinglado de ritos oficiales para cuando cayera de improviso la Inspectora, esa especie de Marquesa maquillada hasta el delirio, de sombrerito de tul, que agarraba la tiza con los guantes puestos.

Francisco abrió todas las ventanas, dejó que el placer entrara en nuestros días como una ráfaga fresca. Se relajaron nuestras tensas articulaciones y se resquebrajó el hielo mental. El cuaderno de clase se transformó en una orgía de dibujos que ahuyentaron a los fantasmas de la perfección. *¿Quién canta en las orillas del papel?*[74]

Si Macías fue un mago singular, todo aquel Cuerpo Docente es también digno de ser incluido en el reino de lo maravilloso. Siempre pensé que era cosa 'e magia que las maestras enseñaran y los alumnos aprendiéramos sorteando tanta maniática insistencia en recortes y disciplinas. Fue maravilla que aprendiéramos a los tropezones una serie de claves destinadas a descifrar los enigmas del Universo: el Orden Alfabético, el Orden Cronológico, ¡los Números Romanos!, los tres Reinos de la Naturaleza.

Y si, como todos, *me empobrecí porque entender abruma*[75], reconozco el mérito de un trabajoso truco de sustitución, el que reemplazó la silvestre inocencia por un estado de vigilia, la feliz tramoya que nos trasladó a un mundo donde *la ortografía también es gente.*[76]

12. *Novios y Sívios*

Eros desplegó sus peinadas alas sobre ambas casas, dispuesto a empollar a propios y vecinos, *como un cisne posado en las riberas del ancho Paraná.*[77] (En un recuerdo trabucado de láminas mitológicas identificaba a Eros como un amplio cisne abrazado a una gorda.) Daba lo mismo, la palabra Eros y sus derivados no se habían subido al tren del vocabulario común, donde todo era filo, romance, formalizar.

Alfredo y Eduardo se habían convertido en novios oficiales de sendas chicas irreprochables: Yolanda, hija de obrero ferroviario, y Leonor, hermana de la finada loca Reina.

Las novias cosían y bordaban sacándose chispas en un maratón de perfecciones que incluían todos mis deberes de *labor,* malditas carpetitas en punto cruz que me condenaban a la obviedad, productos de presidio comparables a los que fabricaban los reclusos de "La Chapelle" o de la Penitenciaría: cajas de fósforos forradas de papel plata, lapiceras vestidas de hilo lucero, chatarra melancólica.

–Tony, ¿vos no te vas a poner de novio?

–Rajá.

–¿No te gusta ninguna chica del club?

–Salí con esas engrupidas.

–La Pipirita Bó no es ninguna engrupida y salió campeona de tenis.

–¿No tenés bastantes giles con tus dos hermanos?

–¿Hay que ser gil para ser novio?

–¿No les ves las caras de otarios que ponen?

–Yo veo que escorchan menos, y hasta Eduardo larga una que otra chirola.

–Andá a hacer los deberes, andá.

–Estoy esperando a Mauricio.

–¿De dónde sacaste a ese rusito mugriento?

–¡De la escuela, y no es ningún mugriento!

Tony amagaba con un raquetazo para rematar mis intentos de incorporarme a la farándula romántica. A veces venía Mauricio Berdichevsky a completar sus deberes, y por orden materna no pasaba más allá del hall, donde disponíamos de la mesa de caoba al bies cubierta con un hule.

Madre chaperoneaba haciéndose la distraída, irrumpía para hurgar en un cajón o correr sin motivo la cortina. Vigilancia inútil, porque las alas del cisne no llegaban a amparar la sosa camaradería con Mauricio, que permanecía mudo y colorado, expresándose sólo por el retumbar de sus tripas o los soberbios sorbos cuando se zampaba la merienda con angurria de deportado.

Madre nos traía otra telera de pan y otro pote de dulce de tomate y de paso echaba reojos censores sobre el chico, a quien yo prefería por su inteligencia y su incapacidad de intentar avances matonescos o sugestivos. No era un pibe sucio sino manchado porque ayudaba al padre en la imprentita: su olor a tinta y cartón me embelesaba como el más rancio de los afrodisíacos. Era además el único chico que leía libros en mi entero universo, y solía obsequiarme con bloquecitos de papel de descarte que yo aceptaba con rapacidad, capaz de vender mi alma por ellos.

Un día mi sigilosa madre sorprendió una conversación alarmante.

–En vez de hacer estos asquerosos problemas yo querría aprender a nadar –susurré encontrando la complicidad de Mauricio.

–¿Qué ideas te está metiendo este chico en la cabeza?

–Yo no, señora...

–¡Otra vez con esa manía! ¿Para qué quiere aprender natación una chica, se puede saber?

–Por si llego a naufragar.

–¿Y dónde vas a naufragar, vos?

–En un barco. ¿Acaso Eduardo no naufragó una vez?

–Mi tía Rebe también –murmuró Mauricio.

–¿Ves? La tía Rebe también.

–Bueno, porque vendría de Europa.

–No, señora, iba a Corrientes.

–¿Acaso no hay tren para ir a Corrientes?

–Sí señora, pero...

–Estudien en vez de hablar zonceras.

–¡No es ninguna zoncera aprender a nadar! –me retobé.

–Tal vez para los varones. En el colegio Don Bosco, en San Justo, los curas han construido una pileta que...

Madre se mordió la lengua ante la desazón de Mauricio.

–En el club "Brisas del Oeste" también hay pileta, con turnos para chicas –la saqué del bache.

–No vas a ir a una pileta que puede estar llena de gente apestada.

–Jeannette Campbell no se apestó, salió subcampeona olímpica de natación.

–Esa señorita no tendría asma, pero a vos el médico te prohibió los ejercicios, además las clases deben de costar un ojo de la cara.

Mauricio y yo pasamos a integrar esa generación frustrada que no aprendió a nadar y cultivó el verdín de la envidia al borde de arroyuelos, piscinas y tanques australianos.

La cortedad de Mauricio, sus dedos impresos, la mata color de kinoto sobre las orejas desmañadas sacaban de quicio a madre y le permitían vaticinar que ese chico nunca llegaría a nada y para colmo se excedía en elogios de tirifilos engominados de los que el mundo jamás oyó hablar. En cambio el breve Mauricio se estiró con el tiempo y pasó a integrar el equipo ganador de un Premio Nobel de Química.

Sucedía que toda familia aspiraba secretamente a pertenecer a una casa real porque, aunque algunos destronados y cachuzos, los reyes se paseaban todavía por este mundo como por un cuento de Calleja. Se suspiraba por ascender, mediante alianzas o golpes de azar, la escalinata que llevara a una cúspide de *europeos entre teteras*. Abundaban los modelos de Hollywood con sus imperios de papel maché y, más insidiosamente, en mi hogar cultivaban como repollos las imágenes de la Familia Real Inglesa.

Este ilustre grupo nos trastornaba por aquello de la ascendencia británica, de por sí un inexplicable signo de distinción, y por el motivo ya señalado pero no lo bastante, de que las edades de las princesitas Elizabeth y Margaret coincidían con las de Laura y la mía, como dos gotas de la misma tinta.

Los varones de mi casa eran codiciables por su varonía, sus finos modales y por su futuro, tan prometedor como enigmático. Un título universitario habría reemplazado de algún modo al nobiliario, pero por desgracia ninguno parecía estar dispuesto ni a pisar la vereda de una Universidad. Además brillaban por omisión: no eran jugadores ni farsantes ni groseros, y esos méritos los exaltaban muy por encima de la chusma.

Grandes ilusiones se depositaban en las mujeres que ingresaran en la tribu, y aunque Yolanda y Leonor eran chicas al parecer sin mácula, cierta inquietud arrugaba un tanto el terso anhelo familiar.

Esas intrusas podían hacernos perder para siempre el carruaje de ascenso a las cúspides afortunadas, y en el peor de los casos podían despeñarnos en el abismo del Quedirán si llegaban a fallar en alguno de los requisitos exigidos de ellas.

Si no había más remedio que resignarse a la medianía de la intrusa, las ilusiones resultaban compensadas mientras aportara la dote indispensable: ser de buena familia, eufemismo por virginidad. Debía confirmar la certeza de que jamás había noviado con otro, ni siquiera por carta. A esto debía unir el dominio de deslumbrantes habilidades domésticas.

El hechizo amoroso de mi casa fascinó a Tula, que repetía más sonámbula que nunca la jalea derramada por las radios: *Cuando se quiere de veras como te quiero yo a ti, es imposible mi cielo tan separados vivir*.

Y cuando las novias venían de visita aprovechaba para filtrarse con el pretexto de ayudar a agasajarlas pero no hacía más que estorbar el paso, para irritación de todos que, a punto de ampliar la familia, la consideraban objeto poco decoroso.

Su propio hermano Miguelito le estimulaba el desvarío porque también noviaba con una catequista llena de granos y la baboseaba en un rincón, contra el piano.

Rafael Montero a su vez le arrastraba el ala a la pobre Marcelina Gamboa, que podía ser su hija y se la pasaba llorando porque el muy cretino le prohibía las castañuelas, pero de este idilio no se hablaba sino en tono de confesionario, interrumpido ante la aparición de orejas menores de edad.

Tiempo después Tula se enfermó y fui a verla, cruzándome con una Nona de mirada torva, ya no se parecía a Pío XII sino a la bruja de Hansel y Gretel.

–¿Qué tiene Tula?

–El hígado inflamado. ¡Nada más!

–¿Puedo verla?

La enferma moqueaba entre revistas roñosas, detrás de un pañuelo recortado de sábana vieja.

–¿Te duele?

–¡Tocate la polca del espiante, vía!

–¿Querés té de boldo?

–¡No! Quiero reventar como un sapo. Andá a jugar, andá y menos preguntas.

Percibí que, efectivamente, el hígado de la pobre Tula había crecido como Alicia en la conejera: un bulto grande hinchaba la cobija y no tenía forma de bolsa de hielo. La curiosidad me clavaba allí, atándome la lengua porque ya me habían prohibido las preguntas y porque sabía de sobra que los cuerpos escondían sus misterios bajo siete llaves.

Días después vi a Tula por la calle ancha como mar muerto; andaba con los ojos bajos, acarreando desganadamente su inflamación. La acompañé al almacén aunque me ahuyentaba como a un pollo con moquillo.

–¿Qué hacés con ésta? –me increpó Doñana la almacenera–. Vaya para su casa que ya fue el pedido.

–¿No la puedo acompañar?

–Ya está bien acompañada, nena. A casita, vaya.

En el limbo reservado a las niñas me abstuve de preguntarme el significado del comentario maligno de la gorda almacenera que furiosamente plegaba las orejas del paquetito de fideos, revoleándolo tres veces.

El enamoramiento de Alfredo me sorprendió, ya que lo consideraba *el Tenebroso –el Viudo– el Inconsolable*[78] de su inmortal hermana Nora. Sin embargo halló suplente en una mujer que sin duda le recordaba la virtud capital de la finada: Yolanda era *un jardín sonriente,* de jovialidad inalterable, pero, según mi madre, demasiado charlatana.

Leonor en cambio no tenía este defecto ni ningún otro, cosa mucho más inquietante, como ya se verá.

Tejíamos preparativos superando una inconfesable decepción: con esas futuras adláteres no íbamos a subir ni medio peldaño de palacete en Flores ni espiar tras las rejas del palacio de Buckingham.

Mi padre parecía complacido: –Son buenas muchachas, van a poner en vereda a esos tarambanas que tienen el corazón en la barriga.

–Como todos los hombres –acotaba madre inclinada como una Madona sobre el palo de amasar.

Pero la ilusión de la alianza magnífica refloreció cuando Bobby anunció que vendría a presentarnos a su prometida. Un telegrama serio y tan extenso que parecía producto de la prosperidad y el ceremonial de la high life.

–En el campo habrá conocido a una estanciera rica –deliró madre.

–Sí, *joven, viuda y estanciera* –masculló Eduardo citando el título de una película de su admirada Mecha Ortiz–; ya lo veo a ese poligriyo con una copetuda.

–Para anunciarse con tanto firulete, debe ser una Unzué –dijo Laura clavándonos unos ojos copiados de Joan Crawford en "Grand Hotel".

–¿Una Unzué, casarse con Bobby?

–Por qué no, es inteligente, buen mozo, se curó, sabe inglés –optimista, madre.

Para conjurar una irrupción que nos intimidaba, con Laura nos dedicamos a dibujar a la presunta novia de Bobby: bizca, barbada, chueca, orejona y hasta calva como las mellizas Dotti, extrañas amigas de Tony que usaban pelucas, pestañas postizas y cejas delineadas a lo Mecha Caus, porque eran peladas de nacimiento y al parecer dormían con los ojos abiertos, como las liebres.

Fueron premoniciones dictadas por una maldad que nos unía como a las hermanastras de Cenicienta, *odio que era más ironía que amargura*[79], porque aprovechábamos a rajacincha de las dos futuras cuñadas que ya estaban sometidas a nuestro capricho.

Mi madre decidió organizar una recepción de lujo, en parte para compensar la ausencia de Alfredo y Eduardo, que por ignotas razones querían seguir enemistados con Bobby, a pesar de que mi padre les sugería delicadamente:

–Déjense de joder de una buena vez, no son capaces de juntarse ni para una foto, you silly old boys.

–Y vos haceme el favor de ponerte zapatos –interceptó madre– porque yo me deslomo preparando un banquete y vos después te aparecés en chancletas, como pasó cuando vino Eliseo Carranza a presentar a su esposa.

–Mirá vos, el Príncipe de Gales y Wallis Simpson.

–Para mí, como si lo fueran –mintió madre con dignidad.

–Lo único que falta, que me ponga smoking para recibir a mi propio hijito pródigo.

–El smoking te queda chico y apesta a naftalina.

Este preámbulo de discusión derivó por ácidas digresiones hasta recalar en el proyecto de menú, que madre consultaba angustiada con todos para después hacer lo que le daba la real gana y consideraba más finústico: mayonesa de ave, mostacholes al gratín, niños envueltos, ambrosía, higos en almíbar, licor casero de damascos.

Llegó la noche anunciada y mi padre se endomingó y Tony abandonó la cama y se puso corbata, ansioso por ver al hermano, ya que solía decir que cuando este guacho vuelva me va a encontrar en el cajón, que lo tiró de las patas.

Estas profecías amargas me revolvían las tripas y la desesperación me arrojaba a su cintura, aguantando las lágrimas y dándole trompadas ahuyentadoras de la fatalidad.

–Cuidate y no te vas a morir –zanjaba madre el patetismo de la escena.

–Fínishela, Lucy –cortaba Tony, apartándome.

Aparecieron al fin Bobby y su prometida y fueron introducidos al comedor de ceremonias, con despliegue de vajilla de Limoges y cubiertos con olor a estuche.

La nueva, para colmo llamada Ramona como una sirvienta, no exhibía ninguna de las deformidades auguradas en nuestros dibujos: era, sencillamente, asimétrica, jorobada, y la cabeza embutida en un sombrerito de tul añejado en ropero se le sumía en un hombro, *pobre pájaro afligido.*[80]

Mi padre se dobló en dos para saludarla e hizo por todos el gasto de la naturalidad, en un esfuerzo digno de Houdini, mientras mi madre a duras penas disimulaba un incipiente mal de San Vito y Laura se comía las uñas hasta las falangetas.

Nos desplomamos en las sillas y Bobby empezó a desgranar un parco noticiero con voz aflautada, mientras Tony, en un ser, le clavaba unos ojos desorbitados de interrogantes, las mejillas más rojas que nunca, se le veía ascender la fiebre por la cara como el mercurio por el termómetro.

Ramona *tenía la serenidad escrupulosa de la gente acostumbrada a la pobreza*[81] y sonreía procurando despertar una indulgencia que jamás recibiría. Apartaba la mirada de Laura y de mí, dos babirusas coronadas de inmensos moños celestes, mudas como ante un aparecido.

Recibí una patada en el tobillo que retribuí al azar, y al fin nos tentamos locamente y escondimos la risa disfrazándola de tos tras la servilleta.

Ramona era una humildísima hija de la llanura, empezó a perder su serenidad y cambiar de mano el tenedor para introducirlo penosamente en una u otra comisura que enseguida rozaba con la acartonada servilleta resbaladiza.

Bobby estaba en guardia, conocía bien la perversa mordacidad de la familia y creo que sólo depositaba una minúscula esperanza en mi madre, por ser otra pobretona de llanura cuya caridad solía traducirse en el culto a los buenos modales.

Pero madre se ruborizó de fastidio cuando Bobby le sugirió al padre que le consiguiera conchavo como auxiliar de estación de campo.

–¿Otra vez al campo? –preguntó derrotada–. ¿No ibas a prepararte para ingresar en Agronomía?

–Justamente –dijo Bobby–, necesito tranquilidad para estudiar y además a Ramona le gusta el campo.

–¡A vivir pateando bosta! –gruñó Tony, francamente guarango.

–Me dijo Bobby que a las nenas les gusta la música –salvó la plata Ramona, revelando una voz asordinada por falta de uso.

Las babirusas callaron con los ojos clavados en el plato.

–¿No tienen lengua? –nos zamarreó madre.

No, no teníamos sino ojos de búho bajo la luna que ven pasar al Lobizón cargado con una momia.

–A todos nos gusta la música –dijo padre con sonrisa prestada.

–Ramona canta y toca la guitarra –aclaró Bobby.

–¿Y no ha tráido la viola, la payadora? –bromeó padre, más artista que Sandrini, tan gauchesco como mundano, dando ocasión de liberar la risa clandestina que se derramó en groseras carcajadas sobre el mantel de París.

–No, no la traje, señor –dijo Ramona.

–Qué lástima, podíamos tocar a dúo, yo rasco un poco el mandolín.

–Qué lindo, igual que mi finado esposo, paz descanse.

Silencio de Viernes Santo. ¡Además de fulera se atrevía a ser viuda! Al fin mi madre, haciendo de tripas corazón, osó inquirir:

–¿Y tiene hijos, Ramona?

–No, señora, Tatita Dios no lo quiso, qué se va a hacer.

La ambigüedad de la expresión materna significaba por un lado alivio y por otro una pizca de sanción contra el estigma de la esterilidad, siempre atribuida a las mujeres.

Bobby se empacó y no quiso seguir hablando.

Los intentos de Tony por emparchar la velada como un neumático de bicicleta fracasaron porque traslucían la irritación que le causaba ese hermano capaz de rematar tan torpemente los dones de la juventud, la salud, la libertad.

–Chau, es tarde, tengo que volver al sobre. Mucho gusto, Ramona –dijo y se las tomó sin más.

Me fue imposible ceder a Ramona un ápice de la compasión que me inspiraba Tony: habría querido acompañarlo hasta su pieza, encenderle el velador, flitear los mosquitos, abrirle la cama y jugar un partido de dominó.

La recepción terminó como empezó: un verdadero desastre. Ramona y Bobby se fueron temprano para no perder el tren mixto y reinó un lúgubre ordenamiento de Limoges exhumados al divino botón.

Para evitar comentarios, mi padre se aflojó la corbata, desenfundó el mandolín, con un solo gesto envió a Laura al piano y ambos se pusieron a tocar y cantar *My Bonnie is over the Ocean*, a ritmo redoblado, ella enfurruñada y él con cara de loco, y arrancaron tan brutas sonoridades que taparon el escandalete armado en el barrio por un demente escapado de "La Chapelle" que venía saltando techos y alambrados y a grito herido nos pisoteó medio jardín y huyó forzando nuestra puerta cancel, mientras la Antonia Miroslava se encerraba en su pieza y trancaba la puerta con la cómoda.

Al día siguiente se mezclaron las reseñas de los dos episodios protagonizados por dos orates: el de "La Chapelle" y Bobby.

–Parece mucho mayor que él –dijo madre poniendo

punto final al alboroto sobre el tema vecinal y concentrándose en el propio.

–Bobby está mal de la cucuzza, siempre la tuvo medio podrida –sentenció Tony, rencoroso, desayunado con cicuta.

–Así que era joven, viuda y estanciera ¿no? –dijo Eduardo mordiendo la bombilla– al menos acertamos en una.

–¡Y ustedes, cuidadito con ir con cuentos a los Montero, ni a esas barrigas resfriadas de las Bringas! –nos previno madre a Laura y a mí.

–Ni que fuéramos unas chusmas.

Cumplimos. Sólo dibujamos a Ramona para deleite de las negras Carranza, todas aspirantes a las blancas manos de mis hermanos pero, según decían, descartadas por ser fuleras y demasiado chacotonas.

Las familias suelen encerrarse en el fanal de sus prejuicios y sus sobreentendidos, se transforman en un cenáculo de cómplices despiadados, un serpentario donde el resto de la parentela no se cuela sino de lástima y es depositario de un incesante manadero de críticas.

Alguien debe irrumpir desde afuera para abrir las ventanas y aventar el humo ponzoñoso de ese continente carcelario donde se reducen unos a otros con imparable soberbia, a menudo fruto del tedio. A veces el azar, o un impulso saludable, permite al grupejo familiar abrirse a personas exógenas, cuerpos extraños al matete original, que le dan aire, asilo espiritual y el alimento indispensable para no sucumbir mordiéndose una lengua envenenada: la alegría, el antídoto contra el dramatismo.

Cómo ingresaron las negras Carranza a este clan se remonta a la noche de los veraneos, pero allí están, a menudo flanqueadas por el hermano milico, integradas al núcleo desconfiado que ante ellas depone las armas del desprecio y les entrega una confianza sin mella.

Son cuatro muchachas coetáneas de mis hermanos, y su invasión es esperada siempre con entusiasmo. Traen ráfagas de chacota provinciana y un repertorio de chistes que adoptan para mofarse de la britanicidad, exaltando sus pieles morenas de oscuras pecas, sus generosas sonrisas y una inteligencia prudentemente disimulada. Las cuatro son profesionales, han terminado estudios superiores y un espíritu jaranero les impide caer en la previsible nota pedantesca que, según dicen, hace insoportables a las marisabidillas. Pero broma va, broma viene, esa cultura prestigiosa y tanta independencia económica suscita unos cuantos motes sospechosos de parte de mis hermanos. La doctora en Química es la pildorera, la escribana es la cagatinta, y la veterinaria suscita el apodo más delicadamente ingenioso de todos: la matachanchos.

Por hache o por be, por secretos temores a ser víctimas de mujeres tan liberales o sencillamente porque las consideran fraternas, ninguna se casó con ninguno de mis hermanos, a pesar de la insistencia con que Laura y yo propiciamos una alianza que jamás prosperó y resultamos huérfanas de las más adorables de las tías.

Bobby volvió solo y con un camioncito a llevarse sus bártulos y recibí, junto con su mutismo, donaciones tales como el álbum de estampillas, la estatuilla de Gandhi, un retrato coloreado de Marlene Dietrich en "Marruecos" y una Kodak de cajón.

Me dio lástima pero no supe qué decirle, la reprobación del clan pesaba sobre mí y debía compartir el desdén por esa infeliz que cómo habrá hecho para engancharlo, un muchacho tan prometedor, y que desmoronaba el castillo de naipes alzado gratuitamente entre todos.

Bobby no se casó con Ramona, se fue a vivir con ella a una remota estación de un subramal de la línea del Oeste. Era sólo una estación escondida entre gigantescos cardos y espadañas, atormentada por el viento y que ni siquiera tenía almacén al frente: nada. Mi padre no pudo conseguirle mejor destino, y en éste por lo menos Bobby era jefe. Un paradero de trenes de carga improvisado en medio del desierto para comodidad de una estancia cercana pero invisible como el Reino de los Cielos.

Fuimos a visitarlos, después de nerviosos sermones de mi madre para obligarnos a aceptar la situación y respetar el desvarío sin duda efímero de un muchacho raro, pero todos tenemos rarezas, y en eso tiene a quien salir, de modo que cuiden los modales, al fin y al cabo yo también me casé con un viudo, eso no es ningún delito.

En el desamparado galponcito de mugrientos cristales Bobby no guardaba libros de estudio ni los folletines que en una época coleccionaba para devorar junto con sus uñas. Atendía el telégrafo y anotaba números en planillas y tocaba la campana cuando pasaba el carguero regando un reconfortante aroma de bosta.

Se dedicaba con sobrada pachorra a sus artes manuales, resumidas en un vistoso collar de huevos de avestruz, pintados, enhebrados y moteados por las moscas, que pendía de la lámpara de kerosén de la cocina y que mi padre elogió con silbidos de admiración, tanto como los almanaques de Molina Campos colgados cerca del techo.

Ramona nos mostró sus gallinas de plumas peinadas a contrapelo por el viento y dijo que desgraciadamente hacía diez años que esperaba el desenlace de la sucesión de su finado padre que, aunque humilde, le había dejado lo suficiente como para comprar un campito y unas terneras, pero que sus hermanos y el abogado se iban a quedar con todo.

Nos convidó con galletitas Mitre y un té grisbiberón coronado de un centímetro de inmunda nata. –¿Cómo, a las nenas no les gusta la gordura de la leche, que es tan sana?

Tras el requerimiento de mi padre peló la guitarra y se puso a cantar un estilo cuya letra olvidaba y Tony le apuntaba, mientras con Laura nos tentábamos pensando que la cabeza le había quedado torcida por su postura musicante.

Tocaba regular y cantaba más o menos, y eso aventó nuestra última chispa de ilusión. La torpeza habría resultado graciosa en un peón, en una señorona y hasta en el mismo Bobby, alguna vez hábil para la armónica, pero en una viuda jorobada y pobre no tenía perdón.

–Felicitaciones, Ramona, se nota que tiene mucho gusto para la música –dijo madre sinceramente y con un imperceptible despunte de lágrimas, porque no podía evitar conmoverse por esos jirones de serenata que le resucitaban ecos sepultados en su memoria como un perfume de patio perdido.

–Gracias, señora.

Tuvimos que esperar el tren nocturno –el único de pasajeros que pasaba en la semana y que Bobby convocó por telégrafo diciendo que debía recoger a visitantes de la estancia– que después de dos transbordos nos llevaría pa' las casas, adonde llegamos con el alma en los pies pero obsequiados con media docena de huevos, un ramo de flores de cardo y yo con un talonario de planillas y un lápiz-tinta con las iniciales FCO.

Bobby no volvió a llevar a Ramona a casa y la pobre murió de pulmonía meses después, sumiéndolo en una tristeza cerril que le duró añares. Asistió a los casorios de sus hermanos como a velorios de pobres.

Alfredo invitaba los sábados a Yolanda, que hacía buenas migas con todos y era experta en el batido de la infaltable mayonesa. Pulcra y bonita, de trenzas atadas sobre la coronilla, con un ápice de rouge como correspondía a una chica seria, exagerada y fanfarrona, la realeza también se entrometía en sus venas, ya que no paraba de aludir a un tío abuelo que había sido tapicero del Re de Italia y que el mayordomo del palacio le había dado un diploma, etcétera.

El cambio de Alfredo era sorprendente: desarrugado de ceño y alma, reconciliado con el padre, colaborador de cuanto desperfecto técnico aquejara a la familia, hasta organizaba plácidos bailongos con las Carranza cada vez que la radio nos engalanaba la vida con la orquesta de Osvaldo Fresedo.

Eduardo, para no alternar con Alfredo de quien estaba distanciado por razones ignotas, traía a Leonor a almorzar los domingos, de modo que mi madre debía ajetrearse doblemente cada fin de semana.

–¡Miren un poco si no podrían venir los cuatro juntos los domingos! Ya ni ellos saben por qué están peleados.

–Son las mujeres las que no se tragan, Lucy –sembraba cizaña Tony.

–Ahora son las mujeres ¿Y antes? ¿Cuánto tiempo estuvo Alfredo cabrero con el padre por el asunto de las Invasiones Inglesas? ¿Cuánto hace que se fue de esta casa, a pesar de que le rogué que volviera?

–Las familias son siempre una bolsa de gatos –decía Tony.

–¡Algunas no!

–¿Cuáles, a ver?

–Las de mis hermanas, por ejemplo.

–Porque vos vas de visita, no vivís con ellas.

–Claro que no, cada uno en su casa.

Eduardo también cambió, pero para peor, echó unos humos que me obligaron a darle el título de Marqués de Sobremonte, cosa que curiosamente lo enfurecía y me contestaba encrespado: –Yo no me escapo así nomás con la guita de nadie.

Sus manos ya no expelían la graciosa nota, y su arrogancia se debía a que Leonor no era una chica cualquiera sino una hija de bancario, diplomada en cuanta academia de artes domésticas floreciera en la línea del Oeste. Para colmo, había estudiado Declamación con una tía profesora de Castellano.

Decoraba postres como una profesional del Alvear Palace Hotel, con firuletes futuristas, y conocía secretos de condimentación que humillaban a mi madre.

–No veo el día que se casen, siento que a Leonor le parece rústico lo que cocino, y es cierto, aprendí sin libro.

Leonor era de pocas palabras y muy socarrona, igual que Eduardo. Inquietaba verlos sonreír simétricamente, alzando cada uno la comisura opuesta, los ojos entornados para esconder sus pensamientos, gesto conspirativo que reconocí muchas décadas después en los intelectuales de izquierda, la gauche divine.

–Sin embargo, bien que se morfa todo –Tony y yo consolábamos a madre.

–Tiene buen diente, sí, pero yo siento que se frunce, huelo el desprecio, qué le voy a hacer.

Los sábados al atardecer, despedida la dupla Alfredo-Yolanda, mientras lavaba la torre de vajilla, mi madre caía en profundo abatimiento pensando en el menú del día siguiente. Estaba irritable y por cualquier minucia me sacudía un zapatillazo. Intentó perfeccionar la decoración de sus viandas hasta que el esfuerzo la doblegó y se precipitó en un estado de autoconmiseración que me partía el alma.

–Pero si vos cocinás más rico, sin tanto espamento.

–Salga de aquí y déjese de mordisquear la masa cruda.

Una variante del consuelo consistía en despeñarnos por la barranca tortuosa de las críticas. Hicimos todo lo posible por derrumbar a Leonor de su pedestal. *Desde el fondo del plato asciende en remolinos oscuros la condena*[82]: Es una chiruza más, por quién se toma, al fin la hermana era loca y eso se hereda, se hace la emperatriz de la cocina para enganchar a ese infeliz de Eduardo, después te quiero ver.

Torbellino implacable de censura de las prójimas, museo de mujeres ridiculizadas y escarnecidas, el clan se unía contra las advenedizas, la lengua fácil y el corazón envenenado.

–Stop that chatter! –solía decapitar mi padre las murmuraciones deportivas, mientras Eduardo estaba lejos, pegado al teléfono en un almíbar de susurros y en los intervalos recontraplanchaba su palm beach o me pedía que le lustrara los zapatos, servidumbre por la que conseguía la módica suma de cinco centavos.

A todo esto, el idilio de Rafael Montero con la pobre Marcelina terminó abruptamente. El profesor Gamboa tomó a mi madre de paño de lágrimas, función que siempre aceptaba con denuedo.

–¡Qué me dice, Lucy! ¡Marcelina, ese cristal de Murano, con semejante patán, que encima se da el lujo de darle calabazas, dígame usted si hay Dios!

–Si lo hay, Gamboa, y Dios castiga sin palo y sin rebenque. Usted tendría que irse de viaje y llevarse lejos a esa criatura por un tiempo. La distancia trae olvido.

–¿Y adónde vamos a ir? Para mí no hay más mundo que España, y mírela usted, en llamas. El día que vuelva al trono Don Alfonso XIII será otro cantar.

¡Esos reyes tan dudosos como serviciales!

Un buen día apareció al lado la nueva señora de Rafael Montero, que salía al patio para que la oyéramos vociferar un delirio de grandezas tan desopilante que supusimos se trataba de una paciente del "médico" de "La Chapelle".

Me mandaron a averiguarlo, pero no iba a investigar semejante cosa, sino que mediante inocentes circunloquios conseguí que la Nona me dijera que era una chica de familia distinguida de Rosario que se alojaba unos días con ellos después de haberse casado con Rafael, que estaba poniendo casa de dos pisos en Castelar.

–Si hubieran pasado por la iglesia lo sabríamos –comentó mi madre cuando volví con la novedad.

–Y a vos qué te importa –retrucó padre tras el diario–, nosotros tampoco pasamos por la iglesia.

–Pero sí por el Civil, como Dios manda.

–Sabés que me enferma el comadreo.

–¿Comadrear, yo? Me importa un comino, pero que no anden diciendo que es la Señora de ese malandrín.

–¿Y por qué no? –provocó padre.

–Porque una señora es una señora.

–Chocolate por la noticia.

–Si querés discutir... Sin embargo, bien que te molesta que Bobby no se haya casado con esa desgraciada de Ramona.

–Por mí, que todo el mundo viva rejuntado, menos negocio para los curas.

Más tarde la Nona me regañó severamente: –La palabra rejuntado es muy fea en boca de una niña bien educada.

–¿Pero Rafael se casó con Adelma?

En la Catedral de Rosario con misa de esponsales –mintió la Nona.

–Pero es una antipática –dije para complacerla un poco y aliviarla de la penitencia que le daría el confesor.

La Nona, que estaba con los pájaros volados por el asunto de la inflamación de Tula y angustiada por el tema de los platos que debía ofrecer diariamente a su nuera, empezó a confiarme sus desdichas.

–La verdad es que Adelma no me ayuda mucho, pero la culpa es de la madre que no la supo educar para ser una buena ama de casa y complacer al esposo.

–¿Y vos por qué no le enseñás a esa pelandruna?

–Tus hermanos han tenido suerte –desvió la Nona–, esas dos chicas parecen unas monadas, aunque yo, querida, no pondría las manos en el fuego por nadie.

Menos mal, qué hubiera sido de todos con una

Nona de manos vendadas. Se las acaricié con el pretexto de seguir el dibujo de sus venas. Eran huesudas, ásperas, calientes. Me abrazó y temí que se pusiera a llorar, cosa inquietante porque era enteramente mío el monopolio de las lágrimas y ella mi infatigable consoladora. No quise echar más leña al fuego adonde no pondría las manos y cambié de tema:

–¿Y Tula?

Entonces se puso a llorar como una Magdalena, alzando sus gafas redondas, y me confió entre hipos:

–Se fue, tesoro, se fue a reponerse al campo por unos días.

Y al fin lloramos abrazadas, en un silencio sólo interrumpido por el cloqueo de dos gallinas que avanzaban prudentemente, entre redondeles de sol de parra.

Los grandes, siempre tan aplomados, se derrumbaban como niños bajo el azote de los celos. Pasión independiente de causa y desatinada como la locura, yo la conocía a fondo y la reconocía en los mal disimulados berrinches de los adultos. Mi madre y la Nona se remordían de celos de sus hijas políticas y los derivaban al sempiterno tema de la manducatoria.

Yo sabía tanto callar como escandalizar con esa incongruente marea interior. Estaba habitada por enemigos muertos, por crímenes mentales cometidos contra toda la parentela menor destinataria de los mimos de mis padres, que a mí me retaceaban para fortalecerme el carácter.

Mandé a muchos a mejor mundo peinándolos con el peine envenenado de Blancanieves o reventándolos con un pastel relleno de fósforos, clavos y ácido muriático. Ahogados, despeñados, despanzurrados, cultivaba un cementerio secreto donde nadie descansaba en paz porque me seguía *escarbando el pecho,* hasta que un repentino olvido o un inesperado consuelo me tranquilizaban.

Cuando Yolanda, en cuya "inflamación" no reparé, como si tuviera los ojos vendados, me convirtió en tía a mis ocho años, curiosamente no sentí celos sino bienestar, en un misterioso proceso defensivo. Quizás adopté a la Norita como muñeca viva, quizás se transformó en otro espejo mágico, quizás fue una manera de interrumpir el ciclo de sufrimientos, rabietas y envidias, y celebré que mis padres la malcriaran hasta la náusea.

Eduardo era el mismísimo Otelo. Asomaba un día como alma en pena porque Leonor había bailado un pasodoble con Tony, por ejemplo. Pero lo que más lo sacó de quicio fue un gesto de fina sensibilidad de su novia: se excedía en su tristeza por la muerte de un poeta andaluz asesinado al comienzo de la Guerra Civil española. Su tía la profesora le contó la tragedia de ese tal García Lorca, y Leonor guardaba los recortes y, lo que era peor, estaba memorizando sus versos.

–¡Y dale con que *llama a la guardia civil*! –la interrumpía Eduardo con un descomedimiento raro en él.

–Un muchacho tan joven –contaba Leonor y yo la escuchaba embelesada sin saber por qué–. Cuando estuvo aquí, mi tía fue a verlo al teatro y a la salida le dio la mano y le firmó un autógrafo. Tocaba el piano como un ángel, dicen. Qué picardía, morir así.

Parece mentira, pero este tema tan trágico y elevado enchivaba a Eduardo a pesar de que, según todos, era el más culto de la familia.

–Vos mejor que sigas con los libros de cocina –le espetaba a Leonor, la boca torcida sobre la bombilla.

Cuando Eduardo estaba con luna yo solía arrimarme a consolarlo porque me privaba del clima festivo que exigía de todos. Lo cargoseaba e intentaba peinarlo, pero él me apartaba con un recio: –No escorchés.

Ante tanta incomprensión procuraba distraerlo con bromas semejantes a las que él practicaba antes de rendirse al hechizo maligno de su noviazgo:

–Me dijeron que Leonor afila con Lucho el boticario.

La bondadosa aproximación acababa en gresca, llegó a quitarse el cinto y correrme por los patios para encajarme un castigo ejemplar.

Alfredo y Eduardo se casaron el mismo año, sólo por Civil, para gran decepción de la Nona que los sabía herejes pero no a tal extremo, y de las hermanas Bringas que ya llevaban dibujados un centenar de modelos de tul.

–Díganme un poco si no podrían casarse los dos el mismo día y hacer una sola fiesta –rezongaba madre con toda razón.

No, se casaron en distintas fechas y requirieron duplicados esfuerzos. Mi madre no daba abasto, asistida por Atilio, las negras Carranza y los Miroslav en pleno acarreando barras de hielo.

Asistió la populosa parentela a ambas fiestas, en las que podían haberse espumado varias gallinas en cada olla, como en las bodas de Camacho, y los ravioles puestos en fila habrían cubierto toda la línea del Oeste y casi dar la vuelta al mundo en ochenta días.

Este doble acontecimiento me permitió completar el disperso rompecabezas familiar. Asistieron las tres hermanas de mi padre, mis tres tías las inglesas, cerrando así el largo lapso de distanciamiento debido a la intrusión de mi madre en el engrupido clan. Avanzaron como tres arzobispos sentados, como tres manzanas gigantescas encorsetadas y vagamente sonrientes al británico modo, escoltadas por sus tres maridos gringos y susurrando chistes con implacable acento inglés. Fui presentada oficialmente y obligada a besar sus cachetes colorados y pelusientos, hasta que me senté en el suelo a contemplarlas como a una lámina del "Tesoro de la Juventud".

A esta altura de la historia, el afán expansionista de "La Chapelle" había avanzado hasta la casa lindera con la de los Montero. Para los casorios, Rafael prometió –y cumplió– que encerrarían a los enfermos para que no causaran el escandalete intencional que seguía aterrando al barrio, a los pobres vecinos que les cedían sus viviendas como quien huye de la guerra.

Si es verdad que *hay mujeres que se casan con casas*[83], también hay hombres que se repliegan entre paredes como en un útero protector del que no saldrán sino en días de vacaciones y sólo metidos en el intestino del tren, y así pasan la vida mirándose el ombligo. Eran los pollerudos o calientasillas, según definición de mi madre. Esto le sucedió a Eduardo, refugiado en un minúsculo departamento del Once, lo más próximo posible de su oficina del FCO.

Su única aventura en la vida consistió en un viaje terminado en naufragio en los Canales Fueguinos, que el folclore familiar unió alevosamente a mi existencia, ya que sucedió en los días en que yo venía al mundo. Quedé marcada para siempre por una desmedida fascinación por los naufragios.

Este aislado suceso, cuyas peripecias Eduardo contaba a diario, felicitándose de haber salvado la valija como si hubiera sido su propio pellejo, al parecer lo escarmentó o lo vacunó de la necesidad de aventuras, porque de la casa paterna pasó a la propia como un caracol que cambia de concha. Redujo a su mujer como un jíbaro y se redujo a sí mismo sepultando en un océano de prudencia las perfecciones que esperábamos de él, quizás sin razón.

Alfredo y Yolanda anidaron en la mismísima casa de la estación Ciudadela, donde las locomotoras les pasaban bajo la mismísima cama y plácidamente interrumpían la charla hasta que el carguero se alejaba emitiendo su insoportable pitada, haciendo tintinear las copitas y perfumando el hogar de ese saludable olor a bosta que ya era de la familia.

Las mudanzas de Eduardo y Bobby dejaron dos cuartos del fondo vacíos que ocupé inmediatamente y donde podía pasar largos ratos de éxtasis contemplando carne de cine, papeles recortados con la sublime sonrisa de Thorry, Juan Carlos. Como a Tula, me acompañaban los novios imaginarios o las madres fantásticas fotografiadas entre pieles blancas y alhajas deslumbrantes.

Y por la ancha polvareda volvió un día Tula, flaca y sola, y callé la sensación de que Eros le había hecho una chanchada.

Separaba, como la piedra de la lenteja, los pulcros noviazgos de las actividades cochambrosas de los cuerpos, pero suponía que Eros a veces se enchastraba las alas y me desentendía del noticiero que aportaban las Bringas sobre cosas que pasaban en la carbonería vecina, antro de reunión de una chiquilinada marginal: los hijos del hielero, las negritas del corralón.

Decían que era posible presenciar sus hazañas los sábados a la hora de la siesta, previo pago de una entrada. Por algo mi madre no me dejaba ir sola a comprar afrecho, pero jamás hubiera osado integrar el círculo de contempladores, ni hablar del grupo de tareas de aquella representación que mucho después supe que en París se llamaba *cinéma-cochon.*

La reserva británico-ferroviaria me había convertido en un ser debidamente encarrilado, en cuyo fondo yacían curiosidades momificadas o certezas inconfesables. Revolvía gavetas atiborradas de botones y encajes procurando ordenarlos, destripaba fruta verde o dibujaba cárceles y guardianes. Me construía una coraza dinosáurica y avanzaba espantando a manotazos todo intento de caricia y le escribía mensajes de náufraga a Mauricio que no los entregaba sino a la llama de un fósforo purificador.

Ese universo construido como un glaciar resultaba compensado por otros cuerpos: los suaves, tibios cuerpos de los animales. Vivía abrazada al gato y arrimada al perro, pero el reglamento inviolable de que no debían acompañarme en la cama reforzaba el sentido penitencial impuesto a toda forma de amor.

Famélica de aprobación, exageraba el sentido de la burlona censura familiar hasta convertirlo en drama, *infierno tan temido* como ansiado, circuito lóbrego y sin señales de salida.

Pasados los años, en la plataforma de un tranvía arribaría el príncipe destinado a encender la primavera quinceañera. Un chico bellísimo, moreno, de largas pestañas y mirada fija en el porvenir, vestido de irreprochable franela gris. Jamás hubiera podido suscitar la reprobación que cargaba el pobre Mauricio, perdido ya en la lontananza del olvido. Pero ¡ay!, era tan corto y mudo como él, sólo saludaba con un gesto de cejas y se limitaba a pagarme el boleto, y seguía viajando en la plataforma sin ocupar jamás el asiento vacío a mi lado. Quiso el azar servírmelo en bandeja, y alguien me lo presentó entre cajas, en un teatro donde integraba un coro juvenil. Sólo alcancé a saber su nombre y a recibir un solemne apretón de manos. Aunque liberada de probables sanciones maternas, me consumí esperando en vano una señal de acercamiento que el desgraciado jamás pudo pronunciar.

13. *Transbordo y despedidas*

El día que asesinaron a Tony, la Nona me apretó contra su santo regazo diciendo hay que ser muy valiente, y quiso enjugarme lágrimas tan fluidas a cada rato pero segadas de cuajo justo entonces, cuando una creciente de susurros y lamentos inundaba la casa.

Mi madre, ceñuda, no estaba para dar ni recibir consuelo, sólo me dijo que no iría a la escuela cuando desperté sobresaltada por un silencio como de nieve, y enseguida comprobé que *el ajetreo en una casa la mañana después de la muerte es la industria más solemne instituida sobre la tierra.*[84]

La culpa me amordazaba las preguntas, y además ya lo había oído todo en un eco de pesadilla. *Crecía el cuchicheo, como los líquenes en las selvas húmedas*[85]: Fue un accidente, la fatalidad, cosas de muchachos, el menor de los Costa Gálvez no sabía que la pistola estaba cargada. Cómo no iba a saber, ¿acaso era un niño de pecho?, estaría con flor de mamúa. Pobre Tony, iba a cumplir veintiséis años en octubre. Ojalá que haya justicia en este mundo para castigar a ese criminal, aunque con un tío ministro la va a sacar barata. Lo pasado, pisado, pero Tony no debió ir a esa maldita casa, ahí siempre pasaron cosas, según dicen, esa gente no es trigo limpio. El que mal anda... No digas eso, no es justo.

Tony se reponía después de su última internación, pero cada mañana yo iba a saludarlo temiendo encontrarlo derrotado por un postrero salivazo rojo, tieso y con los verdes ojos fijos en el más allá. Entonces corría a dar la noticia nefasta, adueñada de la tragedia como heroica mensajera, heraldo de mangas purpúreas.

Cuánto miedo desperdiciado, al fin no se murió en la cama sino en su ley, de juerga en la quinta misteriosa, pasando el Monte Martínez de Hoz, entre compinches que jamás se habían dignado visitarlo en el hospital. Sólo yo conocía el secreto de esa salida clandestina, que acabó de madrugada, a la hora de los duelos a pistola entre señores de pechera blanca embozados de bruma.

La víspera, cuando fui a darle las buenas noches arrojándole el gato a la cama, como de costumbre, y él me retribuía con un zapatillazo, Tony estaba levantado y pagó mi complicidad con una moneda nueva, pidiéndome que fuera a buscarle el smoking de padre. Te va a quedar grande, le dije. Rajá, me dijo, si engordé tres kilos. Me van a ver hurgando el ropero, le dije. No, están todos pegados a la radio, me dijo. ¿Y adónde vas? le pregunté. De garufa, me contestó. ¿Hay fiesta en el club? No, en la quinta de los Costa, me dijo, andá de una vez y no alcahueteees nada a nadie. ¿Por quién me tomás?, le dije.

Crucé los patios oscuros donde se oía caer el relente y me sumergí en el dormitorio y el ropero de tres lunas chirrió como denunciándome y extraje al tanteo la pilcha completa con su funda de seda y las angustias de una ladrona auténtica me bombeaban la sangre en las sienes y escapé cargando las pesadas galas y ayudé a Tony a ponérselas y ahora, tronchada por el remordimiento, sólo pensaba en la chaqueta agujereada por una bala, justo debajo del corazón. Sin mi complicidad no habría ido a la maldita fiesta, sentí que yo misma había cargado el arma del homicida y sostenido su brazo, tal como Tony me ayudaba a accionar de mentira un viejo trabuco oxidado procedente de la ribera del zanjón. Dónde está mi hermano. Esperemos que en el cielo, tesoro, decía la Nona, Dios lo va a perdonar por todo lo que sufrió. Y qué le tiene que perdonar. Todos pagamos nuestros pecados, dijo. Y pensé cómo iba a pagar el mío, el inicuo robo, qué haría cuando mi madre investigara, a punto de ponerse a orear ese boato arrumbado, esa reliquia con olor a Europa y a tiempos mejores. Caería de bruces confesándolo todo, prometiendo una enmienda que incluiría atroces castigos y la certeza de tener que echarme a rodar en andrajos por esos caminos, sorteando la policía.

Pero dónde está Tony, aunque sea muerto. En la Asistencia Pública, dijo Laura, ese cajetilla piojoso lo mató y ya vas a ver que ni siquiera lo meten preso. ¿No puedo ir a la Asistencia a verlo? Callate, qué vas a hacer ahí. ¿Y papá dónde está, no va a reventar a ese desgraciado de una buena trompada?

Está en la Comisaría desde las seis de la mañana.

Las mujeres se apartaron para conferenciar y de paso darle a Tula un vaso de agua con cuchillo y cortarle el hipo con el que expresaba guarangamente su pena, y yo me fui a la pieza de Tony, como buscando rastros de despedida. El perro escondía su desamparo bajo la cama, gimiendo, y el gato sentado entre las sábanas clavaba sus ojos en el aire como si no los hubiera cerrado durante toda la noche. Contemplé el enloquecido desorden de Tony, sus trajinadas pertenencias. *La gente que uno quiere debería morirse con todas sus cosas.*[86] Zapatillas, camisas, raquetas, la velita nocturna que dejaba encendida como los niños, revistas descuartizadas, la bacinilla, el olor hombruno a camiseta tirada en rincón, guiñapo destinado a ser recogido por las mujeres, como las lauchas muertas. Yo iba a heredar también ese cuarto, que miraba abrazada al gato y atravesada por mil puñales, helada de dolor y remordimiento.

Me medí en las marcas que Tony grababa año tras año en la pared, y ya no era una criatura, llevaba casi una década de vida, pero seguían escamoteándome la verdad, ahora con esa historia de que todo había sido un juego de muchachos. Y lo que más bronca me daba, se iniciaba una leyenda inculpatoria de Tony y su mala vida. ¡Como si él hubiera sido el criminal, no el otro! Entonces *a los santos habrá que buscarlos entre los perros.*[87]

Yolanda, la cara hundida en un pañuelo para ocultar su pena y de paso como medida antiséptica, vino a rescatarme de mi solitaria meditación. No te quedes aquí, me dijo. Dejame, estoy acompañando al perro y al gato. Llevalos afuera, andá a jugar. Nunca más en la vida voy a jugar, soy grande y quiero ver a Tony. Vamos, sabés que el pobrecito estaba muy enfermo, la ropa está toda infectada. Quiero verlo. Está en el cielo, querida, vamos, ya pasó. Y dale.

Al fin me arrastró como a una sonámbula. Mejor vamos a casa, dijo. ¿Adónde lo van a llevar? Vamos, mamita quiere que te lleve a casa, te haré una torta de chocolate. Nunca más en la vida voy a comer torta de chocolate, dije. Bueno, entonces una pasta frola, dijo.

Mi madre me apretó un rato sin decir palabra, abotonándome bruscamente, y me fui con Yolanda rumbo a la plaza, bajo un nublado de tragedia, en una esquina los Macías se restregaban las manos cabizbajos, zapateando un poco para quitarse el frío. Esos desgraciados no ganan ni para comprarse sobretodos, dijo Yolanda. Es que son fantasmas, dije pero no me oyó. Atravesamos el túnel apestoso y subimos al andén y Yolanda me compró golosinas y una revista y esperamos suspirando el tren para bajar en la estación contigua.

¿No leés los chistes? No. ¿No querés un caramelo? No, quiero saber si vos creés que lo mataron sin querer. ¡Ay! hija, así parece pero... ¿Pero qué? El pobrecito no debió ir a esa fiesta, hay que cuidarse de las malas compañías, y él trasnochaba mucho. ¿Y eso qué tiene que ver? No pienses más, querida, leé la revista.

De modo que Tony había sido castigado por sus calaveradas, por su hambre de jolgorio, por vivir rapiñándole alegrías a su enfermedad. ¿Y quién lo había castigado? El menor de los Costa Gálvez como si fuera Dios. Percibí que para Yolanda la certeza del crimen enlodaría a la familia; un accidente era asunto más elegante, algo habitual en una clase altoide cuyas juergas eran pura paquetería, champán y balas.

Llegamos a la casa de la estación, y entre suspiros tan sonoros que se imponían sobre el traqueteo de los trenes, Yolanda se puso a coser brazaletes negros. Me negué a colaborar y a contemplar a la Norita dormida y pasé las páginas de *La Prensa* suponiendo que en ellas encontraría la cara del asesino y la de Tony muerto, pero ni siquiera eran mencionados en las noticias de policía. Nadie iba a enterarse de la tragedia, nadie iba a decir la verdad, y Tony habría pasado como una sombra por este mundo.

Y entonces sucedió otro capítulo del incomprensible enrevesamiento de las cosas. Llegó Alfredo, y en cuanto me vio se puso a llorar con la desolación de un niño. Yo estaba sentada a la mesa frente al diario abierto y Alfredo se hincó y se abrazó a mí, puso su cabeza en mi pecho y yo, desacostumbrada a las efusiones y poco práctica con las muñecas, no sabía qué hacer con esa cabezota de gruesas mechas que se le desbarataban mientras su llanto amagaba anegarme y sus convulsiones me sacudían mejor que el paso del tren rápido.

Yolanda no pudo soportar la escena e hizo mutis rumbo a la cocina y yo tuve la impresión de que algo se invertía peligrosamente, que debía ser él quien me contuviera en su pecho de forzudo para consolarme, pero sucedió al revés, se refugió en mí y ahora estaba frágil, inconsolable, y sus ayes me partían el alma.

Me acordé del día remoto en que mi padre me dijo: –Es tu hermano Alfredo, say good morning to the old boy! y de mi confuso fondo extraje una ración de enternecimiento y le despeiné las charoladas crenchas, apretando mi frente contra ellas, apretándolo con todas mis fuerzas, repitiendo la fórmula materna no es nada, ya pasó, hasta convertirlo en mi hermano, mi semipadre, mi niño grande.

Cuando a la noche volvieron a llevarme a casa –*un frío metal invade mi mente, hay arañas que buscan mi corazón, hay una luz que se apaga en mi boca*–[88] sufrí otra alucinación que corroboraba que el mundo se había puesto patas arriba. Me sentí en el umbral de una pesadilla o víctima de un chiste macabro, volví a suponer que la muerte no era más que un sopor cataléptico como lo había imaginado en la abuela Carmen. Tony habría resucitado como Lázaro o como la niña-estatua que entreabría la puerta del panteón en la Recoleta porque la habían enterrado viva, y celebraban el regreso con un "asalto".

Las luces encendidas, las puertas abiertas, grupos cuchicheantes en la vereda, exhalando vapores infernales, pero una vez adentro noté que no había música ni chacota sino un olor atroz a flores y brillantina, y que las sonrisas de las Carranza se habían cerrado como para siempre.

Me abrí paso entre besuqueos, llantos y miradas

compasivas, buscando a mi madre que junto al resto del mujerío conducía la calesita de café y licores que los hombres sorbían cabizbajos como si aceptaran un martirio.

Atilio me arrimó al cerco de varones que montaban guardia junto al ataúd alto y cerrado donde un ignoto prestidigitador había encerrado para siempre la inquieta presencia de Tony. ¿Estaría de veras allí o sería otra artimaña de la desaparición de los cuerpos? Había imaginado que al volver lo encontraría otra vez en su cama, muerto sí pero libre de estas oscuras confinaciones.

Les dije a Eduardo y a Bobby que quería verlo y me ayudaron a empinarme un poco pero sólo vi una siniestra ventanita ovalada y del otro lado de la parva de flores, a las mellizas Dotti que lloraban sin lágrimas y simétricamente se llevaban a los ojos pelones dos trocitos de encaje.

Mi padre no integraba la guardia, estaba alejado, hundido en su sillón, recibiendo distraído sucesivos apretones de manos. No lloraba, jamás lloraba. Sólo lo había visto llorar una vez, el año anterior, cuando sentado junto a esa radio ahora muda, oyó al locutor que anunciaba en inglés el comienzo de la segunda guerra europea.

Un detalle me cubrió de vergüenza y desazón: estaba en pantuflas. En medio de tanta gente enfarolada, el señor más señor del mundo, en pantuflas de fieltro y con la barba crecida. Qué hiciste, le pregunté. Estuve en la Comisaría me dijo. Pero qué le hiciste al asesino. Mañana we'll talk about it, me dijo. Lo mandan a Ushuaia ¿no?, le dije. No sé, hija.

¿No podrían destapar eso para que yo vea a Tony?, le pregunté. No, dear, hay que tenerlo cerrado por su enfermedad. Entonces no me queda más Tony que el de las fotos, dije. Seguirá vivo mientras alguien se acuerde de él, dijo. All right, dije para complacerlo.

Un día tan enorme como repetidos ayeres[89] terminaba cuando me mandaron a la cama y volví a espiar tras los visillos la silenciosa fiesta de estatuas quedadas, la imprevista pantomima que nadie me había contado jamás en los habituales intercambios de temas truculentos. La multitud al parecer iba a pasar la noche entera, despidiendo y recibiendo a más parientes y vecinos, y quise arrimarme a Laura, pero estaba llorando bajo la sábana y no quería compartir su aflicción, amarreta como siempre.

A la mañana presencié las pompas, el ballet de los ujieres torvos de guantes blancos que acarreaban coronas y las cargaban en los carruajes de caballos contemplados solemnemente por el vecindario, engalanado con la ropa reservada para los grandes espectáculos, no era cuestión de ver pasar la muerte vestido con irrespetuoso desaliño.

Doblaron las campanas y en montón caminamos hasta la iglesia, donde Laura y yo acompañamos a padre en su empecinada permanencia en los atrios. El familiar "Arvizu" esperaba a Tony con estola morada y el pucho en la comisura; lo arrojó enseguida pero se notaba que iba a recibir sin mayor miramiento a un pecador rumbo a un entierro de segunda clase.

¿Quién decidió que Tony pasara por la iglesia? Quizás la Comisión de Damas del Club, porque les luciría anotar el tan piadoso como elegante detalle en la necrológica del Boletín Social. Imaginé a Tony divertido, trepado a un árbol para arrojarles bolitas de paraíso a los autores de la farsa.

Pero el tañido fúnebre me obligó a entender el sentido de la separación sin despedida y el llanto guardado se hizo manantial cuando mis padres entraron en la carroza para encaminarse al cementerio y los niños y algunas mujeres volvimos a casa bajo la llovizna glacial y entonces aproveché para preguntarle sinuosamente a Laura si Tony viajaba vestido en el cajón. Les ponen un camisón que se llama mortaja, me dijo. Y qué hicieron con el traje que tenía puesto, le pregunté. Y a vos qué te importa. Para saber. Y yo qué sé, mirá si voy a pensar en semejante pavada.

Cuando la familia regresó, mi padre se limitó a comentar, por encima del vapor de su sempiterno té: –Por el camino los hombres se sacaban el sombrero al paso del fúnebre, quién iba a decir que alguna vez saludarían con respeto a ese mataperro. Qué cosas de decir, murmuró madre, era mejor que tanto malandra de galera. Un pan de Dios, dijo Yolanda y Leonor asintió, estaba siempre de buen humor el pobrecito.

Padre, con la llovizna glacial contenida en los ojos, cansado de cargar con tanto trámite mortuorio a lo largo de su vida, ya no tenía fuerzas para solemnizar y nadie parecía reparar en que disfrazaba su pena como podía, pidiendo más té, mientras

Eduardo, Alfredo y Bobby, estaqueados en sus sillas, los ojos fijos como muñecos, no eran capaces de arrimarle una palabra y mucho menos una mano a la mano envejecida abandonada sobre el mantel.

Tuve una sensación de fin de mundo, como si previera que la muerte de Tony iba a inaugurar una era de desdichas y el fin de la niñez, de la niñez de todos, la caída de un telón que degollaba una realidad que Tony, como nadie, había ayudado a hacer llevadera y jocosa, él, el más generoso de los tramoyistas, el que nunca se quejaba, el mago que sacaba artificios de la galera, el inventor de idiomas y pasos de baile, el que pasó por la tierra sin aspavientos ni pretensiones, y de pronto me llené de respeto por tanta humildad, y también por la de mis otros hermanos que allí estaban como abatatados, pidiendo permiso para seguir viviendo.

El vaticinio de Laura se cumplió, el menor de los Costa Gálvez pasó tres días en la Comisaría a cuerpo de rey y fue absuelto por un episodio definido como accidente por los siglos de los siglos.

Días después mi madre trajinó en el cuarto de Tony ayudada por la Antonia y yo seguí su paso pretextando darle una mano, aunque me echaba. Trasladó la ropa al gallinero, poniendo en brazos de la sirvienta un bulto envuelto en seda que adiviné era el smoking. ¿Qué vas a hacer? Quemar todo, dijo, estos trapos no son ni para los Macías, esos vagos bien culpables de todo, ni para nadie; si alguna vez me hubiera hecho caso, Tony no terminaba así, y cuando entra la muerte a una casa... calló con amargura. ¿Qué pasa entonces? Nada vuelve a ser igual, uno jamás puede borrarse la culpa, la vergüenza, y ese vacío, días y días en que una cree oír su voz, y en la flor de la juventud, qué barbaridad, Dios mío.

De su mano vi alzarse la fogata en el atardecer helado, una fogata muy distinta de todas las otras, que eran siempre festivas. El bulto ardió y no pude distinguir los restos del smoking, también sometido a desaparición. Esperé en vano que dijera una fórmula de reproche o manifestara curiosidad por el robo, finalmente había sido una travesura más del finado. A otra cosa, dijo, y nos quedamos mirando el humo hasta que nos cegó y volvimos a la casa en penumbra donde mi padre ordenaba las tarjetas depositadas por las visitas de duelo.

El zarpazo kingkonesco de "La Chapelle" cayó sobre la casa lindera de la de los Montero y les tocó la urgencia por mudarse, pero ¡ay! esos rastacueros no tenían donde caerse muertos. Por una matufia de Rafael se encontraron con la casa hipotecada y la Nona fue a pedir consejo a mi padre, mientras su marido estaba postrado por un ataque de amor propio mancillado. Mis padres, tras un dramático conciliábulo, decidieron alojarlos en casa y por lo tanto desalojarme de los cuartos heredados de mis hermanos y devolver a la Antonia a su hogar.

Los Montero trasladaron medio siglo de bártulos: el juego de comedor y las camas de bronce, los cuadros de Venecia y la máquina de coser. El piano rodó hacia el montepío del Banco Municipal y el estereoscopio, que reclamé debidamente, no se halló en el tumulto de cachivaches ya expurgados por Rafael. En el galponcito-carpintería la Nona instaló a su Virgen e improvisó una cocina de calentador Primus. Estaban tristones, abatidos, procurando no franquear el límite invisible que los separaba del resto de la casa. Mi madre acudía a confortarlos con buenas palabras, fuentes sabrosas y flores frescas para la Virgen que seguía susurrándole a su devota mensajes de esperanza.

Compensaba la pérdida de mis refugios disfrutar de tanta compañía sin tener que trasponer la puertita de alambre. Porque una cosa es la soledad habitada por imaginarios interlocutores y otra muy distinta es la acosada por un *huésped de las nieblas* con un agujero en el corazón. Para albergar a los vecinos debí sacrificar multitud de objetos que me servían de juguetes, pero igual iban a ser exiliados por la edad, una década de vida no es moco de pavo. Di vuelta la hoja sin incurrir en lamentos ni nostalgias, me desprendí brutalmente y conservé una duradera perplejidad ante la gente acumuladora de objetos en serie.

La medianera de ligustro fue reemplazada en un santiamén por el muro coronado de púas y vidrios. A los enfermos les facilitaban una escalera para que desde la cumbre nos apabullaran de miedo, pero en cuanto descubrieron que de este lado habíamos niños, los locos nos amaron con locura. Nos apodaban con nombres exhumados de sus confusas seseras, como Victorina de la Plaza o Petiso Orejudo (Orestes), nos dedicaban tangos de letra retocada o arias de ópera a pulmón batiente. Los pobrecitos nos reservaban parte de sus postres que aparecían envueltos en roñosas servilletas de papel de este lado del muro, empapados en rocío, babas y sangre de los rasguños. No irán a comer esas porquerías, decía innecesariamente mi madre.

Una vez conseguí, palito mediante, remover la desprolija mezcla entre los ladrillos de canto y abrir un agujero del tamaño de una nuez. Pegué el ojo y vi... un despavorido ojo verde que me miraba: *Un espejo es una máquina que nos corporiza fuera de nosotros mismos.*[90] Estuvimos ambos un buen rato sin poder apartarnos de una confrontación fascinante. Otra vez arrimé una escalera para ver en qué se había transformado el fondo vecino. La tierra, la veredita de ladrillo, el gallinero y la higuera desde cuya cima se veía todo menos el mar, habían sido sepultados bajo lava. Sentados en bancos de piedra, nuestros amigos eran espectros en piyamas grises que miraban el vacío. Los llamé pero no me oyeron, alzaron la vista sin verme, estaban embarcados en una de sus travesías melancólicas, no adiviné cuál era el dueño de mi ojo-espejo.

La amistad diurna se transformaba de noche en película de horror malignamente orquestada por los directores psiquiatras. La oscuridad se erizaba de gritos y gemidos, arrastrar de cadenas y voces de mando que nos obligaban a protegernos tras hurgar en mil cajones las dichosas llaves que no se habían usado jamás. Cuando el escándalo se hizo insufrible, mi padre que lo había resistido temerariamente se vio forzado como todos a ceder la casa y un mal día amaneció con la decisión tomada, tramo primero de un camino sin retorno hacia la pobreza. Indiferente a los negocios y desentendido de todo trato con el dinero que no fuera el de su enflaquecida jubilación, vendió la casa por una cifra que sólo le permitiría adquirir un modesto moridero sobre otra calle de tierra, pronta a pavimentarse después del largamente anunciado entubamiento del Maldonado. Era una casita moderna, blanca-azúcar como la cruz del Congreso Eucarístico, con el frente cegador al solazo, sobre una vereda amputada por la mitad, y sus árboles arrancados de cuajo al divinísimo botón.

Los Montero salieron vendiendo almanaques a refugiarse en casa de sus parientes en Liniers, de cuyo patio el barco habría zarpado rumbo a misteriosos archipiélagos. Debieron reducirse un poco más y malvender sus bártulos para pagar la mudanza, y no quisieron enredarse en una despedida formal para ahorrar patetismos y las muestras de una gratitud imposible de expresar en una sola vida. No pude evitar abrazarme a la Nona, tan flaca y cubierta de trapos como una gran muñeca, y al fin se fue empapada en mis lágrimas y secando las suyas bajo las gafas redonditas, prometiéndonos visitas y eterna amistad, pero ¡ay! esa segunda familia hizo mutis para siempre de la escena de mi existencia.

Nosotros, ciegos como náufragos bajo el oleaje, emprendimos la tarea de tirar todo por la borda, sin paciencia ni inventario ni reflexión. El desfile de ropavejeros arrasó con pilas de Dickens y revistas

Leoplán que atesoraban horas de convivencia con adorables personajes, y con el anticuado proyector y las latas de películas en sepia que Atilio ya no pasaría para la espectadora solitaria. Madre tuvo escasos momentos de vacilación, abrazada a una cortina de bolillo tejida por la abuela Carmen o un jarrón chino regalo de casamiento, pero taponó su pesar como siempre disfrazándolo de brusca actividad, de sentido del deber que no admitía pausas emotivas. Estaba atolondrada, queriendo recuperar sin duda su originario sentido de la desposesión, su ayer de pobre y de mujer sin bienes propios.

Mauricio Berdichevsky acarreó algunos objetos –el álbum de fotos de Thorry, Juan Carlos– no porque los codiciara, sino porque aceptar era para él otra exquisita expresión de su generosidad. Quedaron los muebles indispensables y entre los tesoros salvados estaban el piano, los dos tomos de *El Quijote,* los cuadros con los lagos de Escocia. Los obsequios magníficos del jubileo de padre pasaron solemnemente a Alfredo por ser el primogénito, y Eduardo se rascaba la cabeza y emitía su pedito manual abrumado por el volumen de la herencia, que al fin Alfredo compartió con sus hermanos.

No eran las cosas, éramos nosotros los que no íbamos a caber en la casita blanca-azúcar, arquetipo de una moderna arquitectura de molde para enanos venidos a menos. Los artífices de nuevos barrios –otra cáfila de tramoyistas– exentos de normas de urbanización, alzaban a la bartola casitas arrimadas que escondían más de un secreto de chapucería insospechable a simple vista. Para construir estos cubiles blanqueados asesinaron arboledas y trazaron terrenos calculando un habitante por cada centímetro cuadrado. El frente sin jardín, con dos ventanas altas para impedir, como en la cárcel, tanto el espiar desde dentro entre visillos como curiosear desde afuera, sagrado derecho del paseante. El fondo era un patio mínimo orlado de una franjita de tierra, y en el piso una baldosa misteriosamente enmarcada en bronce.

La reducción fue una manera de contagiarnos la locura de la que huíamos. En cuanto nos pusimos a habitar la nueva caja, una corriente de inquina empezó a circular en la familia, la proximidad nos transformaba en energúmenos, gente ansiosa por sepultar en un rápido olvido su edad dorada disputándose el espacio a codo partido, distraídos del ritual de los modales. Cuando mis hermanos iban de visita eran como gatos en bazar, disimulaban su rareza y parecían encogerse para no restarnos aire. Yolanda y Leonor exageraban sus elogios a la nueva casa con mil aspavientos, es tanto más fácil de ordenar y limpiar, no hace falta gente de servicio, ya nadie quiere trajinar con casonas del tiempo de Ñaupa, ¿verdad, Lucy? Lucy asentía dubitativa, y no podía interrumpir la costumbre de acarrear gajos de las casonas de sus hermanas, para ahogarlos en sus pocas macetas y la tira de tierra, junto con sus desazones calladas.

Aquí nadie tiene un lugar propio, no hay rincones para secretear, llorar o coser, no hay una vereda ancha y sombreada donde sentarse a aspirar un olor verde o mirar los carros en la polvareda. Levantado el mantel, la mesa es la plaza de las actividades comunes compartidas en silencio, entre reojos y suspiros. Es imposible adquirir la resignación de los deportados. María hurga distantes geografías en su álbum de estampillas o busca pretextos para escapar y construirse un hogar de todas las calles, a la intemperie, o se alucina bajo una arboleda, cerrando los ojos al alboroto de horneros y calandrias que le cuentan fábulas de la pampa, tan próxima y tan desconocida como el Océano.

Derrama el cianuro para hormigas en la sopa de todos, delira con una epidemia de peste bubónica que los arrase y ella quede sola en la casa y la venda para comprarse un carromato después de haber mirado debidamente enlutada las sepulturas de toda la familia. O piensa en trucos perversos de evasión que le permitan asistir a su propio responso como Huckleberry Finn, luego de aventurarse por junglas y ciénagas plagadas de caimanes. Sobre todo imagina que es Deanna Durbin en "Cien Hombres y una Muchacha", cantora vaporosa escoltada por músicos de frac y viaja con ellos por el vasto mundo en un tren especial sólo compuesto de coches comedores y salas de ensayo.

Laura hace sus deberes del secundario con la maniática prolijidad de una miniaturista medioeval y en su mutismo también se adivinan secretas intenciones homicidas. Pero ella encontró una salida de la pecera: el azar –o los naturalmente delicados oídos de sus padres– le ha procurado otra profesora de música que la encamina por la implacable geometría de Bach sin traicionarla un ápice, y aunque María los absorbe como otros tantos ejercicios, se van incorporando a sus médulas y con el tiempo configuran uno de sus más seguros refugios. Siguen yendo juntas al cine Ramos no sólo a ver biógrafo sino ahora también para divertirse en los conciertos de alumnos de los conservatorios de la localidad, donde aspirantes a niños prodigio acometen con desparpajo el holocausto de la música clásica. Esa Marcha Turca desarticulada y soporífera, esa Catedral Sumergida en un maremágnum de errores, esos Impromptus de Schubert escalonados en tropezones, esos intérpretes, en fin, muy sueltos de cuerpo y mejor trajeados que para la Primera Comunión, que aciertan siempre en la tecla de al lado. A veces la fiesta se completa con un estruendo que hace saltar del taburete al desatinado concertista y desbarata la partitura: es la bomba que llama al cuartel a los Bomberos Voluntarios. Ya no se dan la mano para atreverse con las atrocidades de Boris Karloff sino para compartir una fiesta de risa inolvidable gracias a los párvulos melófagos.

María comprueba rencorosa que su padre se achica, que el gigante empieza a hacer pininos hacia la senilidad, a marchitarse en el encierro o perder el rumbo, privado del jardín y la carpintería. *Nobodaddy*[91] dedica horas a pegar fotos en álbumes o leer distraído, ya no desenfunda el mandolín, se inclina su digno porte y adopta un aire de jubilado ¡con boina, Dios mío! y su hija menor empieza a avergonzarse de ese Gulliver maniatado con hilo de coser, ese repentino rey Lear inclinado sobre los mapas de su reino y puesto a exigir de sus hijas una complacencia exagerada, cuyas figuras de minué jamás se ocupó en inculcar. Nadie le dijo a María que los padres fatalmente se transforman en hijos, pero como si lo fuera lo arrastra a menudo al Centro, a visitar a parientes o a las negras Carranza, que ahora vienen poco y su presencia no sirve para airear el círculo reconcentrado, se abanican con talante reprobador, parecen amenazadas por las paredes próximas y el techo bajo que no pueden contener las risotadas guarangas, la sinfonía de pulseras en sus amplios ademanes. Quizás envejecen.

Con su padre camina las más veces en silencio por barrios, parques y museos, se meten en el cine de variedades, donde al disfrute de los dibujos animados y las morisquetas de Laurel y Hardy se mezcla el drama de los noticieros, las ciudades europeas en ruinas, los generalotes que arengan a las multitudes, brazo en alto. Y el noticiero nacional, con sus fantoches que avanzan hacia el Tedeum en la Catedral, hacia nosotros, por los siglos de los siglos. Llevan siempre las mismas galas, entorchados, galeras y levitas, sólo que el carnaval de los años va sustituyendo las caretas.

María y su padre suelen iniciar escaramuzas todavía leves, que irán agudizándose progresivamente, pero coinciden en las librerías de viejo sin discusión, equilibrando el presupuesto con la necesidad.

Los echaron en un ímpetu de atolondramiento, pero ahora los desterrados regresan a sus vidas, con otros títulos y portadas, en papel distinto y con tapas descoloridas, y se apilan en mesas de luz o en estanterías de segunda mano que Atilio acarrea desde el Once. Dickens los revisita, y Mark Twain y Alejandro Dumas se acomodan otra vez, robando el espacio pero abriendo las válvulas de la respiración cortada. En la cabecera de María sigue firme la serie de "Aventuras de Guillermo" y se suman libritos en inglés debidos a la perseverancia de la madre para que no abandone el estudio de la prestigiosa lengua, porque es "práctica", porque le va a ser útil en la vida, porque tal como están los tiempos sin duda tendrá que ganársela en un empleo en el Ferrocarril o en un banco, porque nada va a heredar. ¿Un empleo? La imaginación de María no lo concibe, y tampoco esa boda que está en el futuro de toda niña decente, meta inevitable, solución azarosa. Su única vocación es la inquietud, el movimiento al que sólo reemplazan los libros.

Ahí está su madre, doblándose sobre la franjita del patio para reconstruir un jardín de muñecas, inclinándose sobre la Singer o vertiéndose sobre la batea o la plancha, pensativa ante unas hornallitas eléctricas en un cubículo donde ya no puede hechizar el olor a batata al horno o el del dulce de fruta propia. Madre que confiesa aburrimiento pero jamás cansancio, que aleja a María de los secretos culinarios o de la jardinería pero la obliga a acometer la desdichada rutina del trabajo casero, tender las camas y hacer las compras, franelear los muebles barrigones que estorban el paso, barrer la vereda, y María querría hundir sus brazos en cal viva como

Santa Rosa de Lima para zafarse del suplicio.

Madre, sobre todo, obsesionada con el diminuto pozo ciego que el infame constructor le ha reservado bajo la baldosa enmarcada del patio. No se la alza como quien desentierra el nabo de los cuentos, para descubrir un caminito hacia un palacio subterráneo con su príncipe cautivo sino que da a *las tripas mojadas de la tierra,* un sumidero de aguas y heces que rebasa y amaga con inundar la casa, primero quincenalmente, luego cada semana. Madre obligada a lidiar con los tipos de los carros atmosféricos que introducen sus mangueras por el comedor encerado, violando la privacidad y el recato para que los vecinos contemplen a sus anchas por la puerta de par en par una calamidad que les parece singular y sin embargo comparten, pero ellos ya encontraron el remedio.

Al fin vienen entubando el Maldonado, que pasa justo bajo esa calle en uno de sus tramos enigmáticamente ocultos. La obra está unas cuadras más allá, y María se distrae yendo a mirar las perforadoras, las dos cordilleras de tierra gredosa, los descomunales tubos de cemento. Llega tarde a la escuela porque está muy atenta esperando que la excavación saque a luz un tesoro: huesos de gliptodonte, la leona de la Maldonada hecha momia, un cofre que al abrirlo exhale vapores mortales como la tumba de Tutankamón, un fragmento de meteorito parecidísimo a una esmeralda gigantesca. Nada descubre sino fangal, y se resigna a que en ese confín del mundo la historia pasó de largo, la aventura jamás prosperará, y rumbea cansinamente hacia la escuela pensando que *la vida está en otra parte.*

Los vecinos aconsejan a Enrique que soborne mediante unos pesos a la cuadrilla para que abra un boquete particular en el enorme tubo. Ellos ya apalabraron a los obreros, que para eso trabajan de noche como los enanos de Blancanieves, para hacer el servicio clandestino a quienes lo paguen. Al fin disfrutan del desahogo, librándose para siempre de los extractores de excrementos, pero los padres de María se obstinan en no transar con el pacto ilegal, diciendo con santísima razón que es el gobierno el que debe construir cloacas y alcantarillado como Dios manda, y no permitir tanta edificación sin dejar espacios verdes y antes de haber instalado un servicio de aguas corrientes que, si la cronista no se equivoca, medio siglo después sigue en veremos, cuando las casitas hace rato fueron reemplazadas por torres de muchos pisos.

Don Enrique improvisa una arenga en la esquina, fogosamente rubricado por Lucy, ante un público de mequetrefes de oficina, repartidores, jubilados y fruncidas doñas de pañuelo en la cabeza y escoba en mano. Les habla del Virrey Vértiz y de Sarmiento, les sintetiza la magnífica red cloacal de París según la descripción de Víctor Hugo en *Los Miserables*, insta a no estimular la picardía de los obreros y la corrupción oficial ya que somos todos contribuyentes, condena las soluciones individuales, propone una marcha hacia la Intendencia y Lucy sugiere escribirle al senador Alfredo Palacios. No hay tiempo, les retrucan, nos sepultará el papeleo, la obra ya está aquí, imagínense. Pero los padres de María no ceden un tranco de pulga. Por principio, por decencia, no contratan la conexión clandestina aunque tengan que seguir sumidos en la mierda, como dice expresivamente Laura. Con la frente alta, añade Lucy, y la familia se abroquela unánimemente orgullosa de su resistencia civil y ya no se quejarán del martirio semanal de recibir y pagar a los intrusos con sus mangueras inmundas.

A todo esto, los patrones de "La Chapelle" deciden que no es saludable mantener un hospicio en centro tan poblado como progresista, una vez que terminan de adquirir a precio forzado las cuatro manzanas que incluyen el paraíso perdido. Arrean a los locos como ganado hacia la pampa o rociados con ácidos letales los incluyen entre los desperdicios del zanjón entubado o los lapidan coronados de vidrio, vaya uno a saber. Lo cierto es que reducen el Instituto de Reposo a un coqueto consultorio externo con rosales y pajarera y venden las propiedades confiscadas por sus reales precios a nuevos propietarios súbitamente ricos gracias a negocios propiciados por la guerra europea. El trío de psiquiatras viaja en el camarote de los hermanos Marx a congresos internacionales, se embarca hacia la dorada meta del prestigio académico y una calle de la Capital llevará el nombre de uno de esos apóstoles de la Ciencia. Enrique se limita a citar entre dientes el *Martín Fierro: Hace mucho que sufrimos / la suerte reculativa.*

El barrio al que se han mudado, tan próximo sin embargo, es como el desierto separado del oasis. María no consigue aprehenderlo, se siente anómala y que *la Naturaleza la repudia: un sastre la hizo.*[92] Su familia ha cambiado y ella querría adoptar a otra, se siente enana como quien se baja del caballo, víctima de un tullimiento que requiere una metamorfosis, ignora que pronto pisará el umbral de la pubertad, no cabe en su piel, ya no reconoce patria. Se enfurruña en soledad porque sus animales fueron despedidos por muerte o falta de sitio. Los vecinos son áridos como cactos secos, ninguno abrió jamás un libro ni le gusta cómo canta Thorry, Juan Carlos, ni da una fiesta ni convida con buñuelos ni sabe tocar aunque más no sea la armónica. Echa de menos la extravagante distinción de los Montero y la desfachatez de los mocosos de la carbonería. Las hermanas Bringas quedaron del otro lado de la caprichosa frontera que se empeña en trazar entre la antigua casa y la nueva. Las mellizas Unía ya no son las langostas saltonas, se han aquietado para estudiar, la mínima diferencia de edad se transforma de pronto en un abismo. Mauricio Berdichevsky se mudó del otro lado de la vía y cambió de escuela y se ha puesto huidizo. María crece como una gringa terca, empecinada igual que el tío Ben en no adaptarse al infierno en cuadrícula, destetada de la Naturaleza, sin tierra donde reinar sobre las pequeñas criaturas, desarrollando una morbosa identificación con los bichos-canasto, que se empeña en coleccionar para espanto de su madre.

En las noches cálidas la familia suele reunirse en el patio donde la madre puede decir *aquí a los pobres nos toca nuestra parte de riqueza y es el olor a los limones.*[93] El anochecer levanta sobre el muro los viejos aromas que ya no le pertenecen sino prestados, pero miran la parcela de cielo que les corresponde como desde un pozo, con sus astros temblorosos no empañados, como si Lucy misma les hubiera sacado brillo en su persecución del esplendor. El padre juega a descubrir estrellas errantes, y María se hace perita en ellas y las sorprende, o las inventa, a lo largo de su vida.

Una noche, cuando están cada uno guardado en su silencio, suena de pronto un piano y se estremecen porque no es sonido de victrola, es un piano real tocado por dedos humanos, para colmo dedos virtuosos. Es el Estudio Nº 12 en do menor opus 10 de Chopin, dice Laura que para algo es mayor. María aprovecha el trance catatónico en que todos se han sumido y escapa a la calle para averiguar la procedencia del hechizo, el manantial en el páramo. Corre, da vuelta la esquina porque intuye que *hay una cosa que nadie puede recuperar jamás: el no haber escapado de su casa*[94] y cree cuerpear distancias y peripecias, pero apenas ha dado vuelta a la esquina cuando llega a destino. Una casa hasta ayer deshabitada, de donde mana el río sonoro y supone que una pianola loca se ha puesto a tocar sola o que un fantasma regresa del mundo de los abuelos muertos, porque nadie les comentó la mudanza de nuevos vecinos. Se desploma en el umbral mientras el Estudio recomienza una y otra vez, como un río, sí, pero un río de ida y vuelta, y al fin se disuelve en una escala y se funde con el silencio. María pasa largo rato fuera del tiempo hasta que imponiendo la curiosidad sobre la timidez o el temor, da tres fuertes golpes con el llamador de bronce, haciendo temblar la puerta destartalada.

Un aparecido poco más alto que ella le abre, portador de un farol que lo maquilla de sombras adustas que no pueden borrarle una sonrisa, Dios mío, una primera sonrisa como no vio jamás en un chico desconocido, y que la saluda en una lengua desconocida, y María se queda paralizada y muda y entonces el chico se señala y dice su nombre, algo así como *Bodo*. Ella a su vez se lleva un dedo al pecho y dice María, y el muchacho repite su nombre y con un ademán de gnomo la invita a entrar y no finge aires de sheriff ni torvedades de malevo precoz para impresionarla, y está vestido como los chicos de algunos libros o figurines viejos: pantalones demasiado cortos para su pubertad, botines que le recuerdan a los de Bernabó Dino, igual que la cabeza semirrapada, pero es justamente su contrafigura, no va a dar un topetazo ni un puntapié, le tiende la mano formalmente y no deja de reír y hablar en su indescifrable esperanto. Avanzan por el zaguán de paredes carcomidas donde asoman musgos y yuyos, arriban a una sala desnuda, amoblada sólo por una balumba de cajas, baúles, viruta de embalaje, maletas, ropas, restos de comida sobre papeles de diario.

De espaldas, sentado a un piano vertical, un hombre se vuelve y también saluda, como si la esperara; Bodo le explica algo ¿qué le explica? Es un hombre viejísimo, cubierto de arrugas, quizás un náufrago que ha pasado mucho tiempo en el agua, aferrado al piano en medio del oleaje. Con un poco de esfuerzo puede parecerse a Leopoldo Stokowsky en "Cien Hombres y una Muchacha" aunque no vista el frac indispensable para la música clásica, sino un pantalón arratonado, con los tiradores flojos sobre una camisa indefinida. ¡Europa no nos manda a sus príncipes! El hombre le da la mano, se señala a sí mismo y dice professore, y para confirmar el título acaricia el teclado. María lo mira mejor y repara en que se va desarrugando o no es tan viejo, piensa que después de una imaginable odisea, pronto va a recuperar la tersura, no es posible que se aje como su padre. El professore y Bodo le hacen señas para que se acomode y María se sienta sobre un baúl en cuyas etiquetas procura descifrar toponimias aprendidas en la filatelia, recupera su habilidad para jugar al oficio mudo, tan bien como con la familia checoeslovaca, esos Miroslav que se fueron al campo. Le cuenta avergonzada que no sabe tocar el piano y le calla que su hermana es casi una profesora como él, pero cuando irrumpe un Bodo bis se arrepiente de su mezquindad.

Otro muchacho entra en escena, idéntico al primero, seguido de su madre, y siguen las presentaciones, los saludos y la conversación en pantomima. El otro chico se llama algo así como Tule. La Signora es alta, más alta que Lucy, más delgada y fina, sin duda más comprensiva y de mejor carácter aunque un tanto desgreñada y vestida con todos los pliegues de una ropa largamente guardada en valija. Esa señora jamás limpiará la sala ni pondrá platos en lugar de papel de diario, sabrá valorar la bohemia aunque no sea gitana, los gitanos no poseen pianos.

Todos le hablan, le preguntan y María explica con una mano alzada que viene de muy lejos y ellos se miran desconcertados y la estudian de arriba abajo, ella quiere contarles que es transitoriamente huérfana, que ha atravesado medio país y acaba de recalar como David Copperfield en la casa de su tía Betsy Trotwood, que por fin ha encontrado una familia con hermanos en edad de ser sus hermanos y no sus tíos, quizás amigos, con el tiempo novios, pero ellos no descifran tan novelesca pantomima-acertijo. En cambio María sí entiende muy bien todo lo que le cuentan, quizás porque es verdad: las bombas, el hambre, la persecución, la huida, el piano salvado milagrosamente, la travesía amontonados en un barco, ¡la guerra y la paz!

María siente el picor de la metamorfosis, que le brotan élitros al bicho canasto, que está exorcizando la insoportable etapa de sus mudanzas y sus duelos y que antes de que un aldabonazo la vuelva a la realidad encarnada en su propio padre venido a rescatarla y arruinarle el pastel, ha encontrado la salida del laberinto, el transbordo a lo desconocido, un pasadizo a la Europa de sus ancestros y de los más caros espejismos de su porvenir.

La Abuela Agnes

(1872-1899)

Buenos Ayres, diciembre de 1987

Querida abuela:

Paternidades tardías alteran la cronología de algunas familias, por eso usted, lejanísima señora desconocida tan próxima en la sangre como remota en el tiempo, me obliga a parecer su bisnieta. ¿Por qué la descubro ahora, un siglo después? Porque hay un correo intemporal que no falla, o porque en este momento escribo para mis antepasados, *como dijo su compatriota Robert Browning. Y porque me distraje,* I beg your pardon, *durante medio siglo hasta decidirme a traducir el paquete de cartas –lo único que heredé de usted– atado con piolín y rotulado* AGNES HOARE. *Mi padre me lo prestó para que despegara las estampillas pero yo además desordené los papeles cuya tinta sepia amenazaba con borrarse para siempre. Una pecaminosa falta de curiosidad hizo el resto.*

Su señor padre y bisabuelo mío guardó esas cartas y algún pariente las puso en manos de mi papá, en Londres. Si superaron los trajines de un clan poco dado a conservar reliquias será porque usted, sin saberlo, pretendía trascender, ser leída por otros ojos. Cumplo ahora con una voluntad que nadie me encomendó pero que me resulta irresistible, quizás por ese narcisismo tribal común a todos los humanos.

Los descendientes de pobres parecemos fantasmas como los que retrata la misteriosa copla: Yo soy hija de la malva / Dentro la malva he nacido / No tengo padre ni madre / Ni pariente conocido. *Las familias patricias se ufanan de su genealogía, y el privilegio de cuna las convierte en únicas protagonistas y narradoras de la Historia. Pero yo preguntaría, como en el poema de Brecht:* ¿Quién cocinaba en los banquetes de la victoria? *¿Quién pagaba los platos rotos de la derrota? Ahora los curiosos queremos recuperar las peripecias de los vencidos como usted, que no supo hacer fortuna ni vivió bastante como para ver los frutos sembrados por sus hijos.*

Sus cartas no conforman una epopeya —¿o sí?— pero señalan una excepción: pocos argentinos descendientes de inmigrantes tuvieron una abuela instruida, es obvio que la educación estaba vedada a la mayoria de las mujeres. Y en caso de que alguna fuera léida *como usted, y perseverante corresponsal ¿quién iba a atesorar comentarios domésticos, donde no se destacan héroes militares ni hazañas pecuniarias?*

Usted cuenta su vida en esta orilla, y aunque deja muchos cabos sueltos, nos permite hilvanar datos que son de una penosa contemporaneidad: Qué cara está la carne. Cuánta especulación. Otra revolución arruinará al país, que estaba saliendo adelante. ¡Qué pronto se olvida a las víctimas de una guerra! La gente del gobierno es tan voluble. El Correo no es de fiar. Este país nunca estuvo peor... *¿Pasó realmente un siglo? Las suyas no difieren de las cartas que escribiría hoy otra desterrada como usted, o una nativa de estos parajes cuyas zozobras se repiten como en un perverso juego de espejos.*

Una tía longeva me contó que usted había venido en viaje de vacaciones. Quizás falsificó sus recuerdos, como todo el mundo, o más probablemente procuró elevar su status. Parece dudoso que una joven de poco más de veinte años se lanzara como turista a un confín azotado el año anterior por la fiebre amarilla, aunque cualquier pretexto fuera bueno para escapar de la lobreguez londinense. Sus cartas despejan esta incógnita, usted vino a trabajar como gobernanta de los hijos de un cónsul o como dama de compañía de una familia pudiente.

Usted no parece haber sido una inglesa convencional, tiene la poca victoriana franqueza de confesar que no le gustan mucho los niños, *cuando ya tiene cinco hijos, y su modestia no le impide contar el deslumbramiento sucesivo ante la belleza de todos ellos, como lo confirman las atildadas fotos de la época. Conmueve su ansiedad por enviar y recibir material de lectura, su coraje para hacer una travesía de visita al* home *–hogar y patria– con dos hijos muy pequeños y su habitual escasez de pecunio. El punto de vista de la víctima, ese tan prolijamente* *borrado de la historia, lo asume usted al contar secretos de ahorrista esquilmada o al comentar que no lee determinado periódico de la época, o al referirse a esos* upper ten, *minoría que nos legó la peregrina noción de que la colonia británica toda había hecho la América sin excepciones.*

Fue desafortunada en las finanzas, entre otras cosas porque usted y el abuelo llegaron tarde a estas tierras: las fortunas británicas, en general, se construyeron unas décadas antes, sobre todo las de rústicos pastores irlandeses que algunas generaciones después se sintieron aristócratas y obviamente se permitieron explotar a sus congéneres.

Aunque critica los vicios de sus compatriotas, jamás alude a los nativos con desprecio, tal como lo hemos oído de boca de algunos extranjeros. Y siempre confía en que saldremos adelante. *Y así fue sin duda, porque como dice Scalabrini Ortiz de ese Ferrocarril Oeste que fue nuestro segundo hogar:* El país mismo, sostenido por su propia inercia creadora, siguió avanzando.

Abrigaba, como cualquier muchacha, la ilusión de formar una familia, pero también, como cualquier muchacha, las circunstancias la obligaron a ser incesante madre de sus hermanos. Por ejemplo, de ese Charlie de vergonzoso pasado, que se popularizó como animador de fiestas y velorios. Personaje dickensiano, invitado por la colonia francesa, italiana, española, cuyas lenguas desconocía... ¿Qué hacía el festivo Charlie? ¿Pantomima, piruetas, malabarismo, magia blanca, música? En 1954 conocí en Londres a su viuda, la tía Maggie, de 97 años, que vivía en un pulcro y diminuto departamento de una casa de caridad. *Era una escocesa imponente, fuerte como para haber sobrevivido a una familia liquidada precozmente por la tuberculosis y a las desdichas de dos guerras mundiales que pasó* tejiendo para los soldados. *Caí a visitarla sin avisar, y resulté una aparecida del Reino de los Vivos, y la sorpresa endureció su áspero genio cultivado en la soledad. No me di cuenta de que en realidad estaba terriblemente conmovida, que éramos dos espectros en diálogo imposible. Se apresuró a mitigar la incomodidad dándole manivela a su fonógrafo de bocina para regalarme añejas romanzas irlandesas por el tenor John McCormack y canturrearlas mientras servía un impecable té de muñecas, con sus consabidos scones guardados en una lata milenaria. Sus paredes estaban tapizadas de fotografías de toda la parentela, muerta y viva, incluidos mis hermanos y yo. De todos me habló, pero no supe preguntarle por Charlie, su marido, guardado para mí todavía en estas cartas.*

Imaginemos que usted conoció a un irlandés llegado de Boston, bastante mayor pero soltero e indeciso, quizás en una fiesta benéfica o en un té entre la servidumbre de sus patrones. La diferencia de religión no era moco de pavo entonces, era un asunto complejo y costoso, al que alude con parquedad. Aunque puritana en materia de templanza y honradez, no deja entrever si era creyente. Ignoro por qué escribe la palabra "Dios" entre comillas, si es por incredulidad o por respeto, porque con esos signos se disculpa de escribir el nombre de Dios en vano.

Sorprende (gratamente) que se atreva a calificar a la Reina Victoria de ¡miserable vieja pecadora! *a causa de un empréstito realizado en nombre de S.M. y que resultó una estafa para los pequeños ahorristas de la colonia británica.*

No he cometido el sacrilegio de alterar sus cartas, sólo he suprimido párrafos innecesarios, no inventé nada ni procuré suplir ni explicar algunos enigmas de esta espaciada correspondencia. En toda crónica quedan muchas cosas en el tintero. Una joven y desinteresada traductora –Giselle Boyle– desenmarañó los papeles y redactó la primera traducción. Usted y yo se lo agradecemos debidamente.

El humilde epistolario incluye también alguna carta de sus hermanos y de Enrique, mi padre, dotado de gran sentido de la tragedia, abrumado por las enfermedades y las muertes en cadena que eran moneda corriente y que quizás contribuían a forjar caracteres intrépidos.

Cuando empecé a escribir Novios de Antaño *–crónica sumamente adulterada de mi primera década de vida– no había descifrado aún sus cartas. Y resulta que mis recuerdos suelen corresponderse con algunos comentarios suyos que definen la ulterior conformación de una familia media y algo extravagante, típicamente argentina en sus nostalgias del Continente abandonado por tan diversos puertos.*

Mi padre hablaba de usted con veneración. ¿Por qué no le pregunté más? Por ser ocurrente años después, *como dijo Pablo Neruda. Porque sólo cuando uno tiene pasado empieza a interesarse por la historia, la familiar o la universal. Porque faltaba mucho para que valorizáramos las nimias confidencias de las mujeres humildes, doblemente* náides. *Como la mayoría de los jóvenes anteriores al cultivo de la moda del* revival *y lo* retro, *detestaba oír las crónicas de los viejos. Como muchos, me arrepiento cuando ya se han llevado sus secretos al otro mundo y los hemos privado para siempre de la dicha de ser escuchados y legarnos el tesoro de sus recuerdos.*

Por eso, porque nos dejó un documento borroso pero que permite que sus descendientes no nos sintamos hijos de la malva, *porque es posible que su propia vida no le haya parecido demasiado interesante pero es un fragmento de nuestra historia común, ahora, mejor tarde que nunca, hable, abuela, la escuchamos.*

Su affma. nieta
M.E.W.

Que Agnes escribiera una carta desde la misma Inglaterra, a punto de embarcarse, presupone una asiduidad en la correspondencia que desgraciadamente se interrumpe luego por cuatro largos años, sus primeros en Buenos Ayres. Quizás formaron parte de otro lote que se extravió.

South Western Hotel
Southampton
Viernes 8 de marzo de 1872

Querido padre:

Llegamos aquí anoche a las seis y esta mañana salimos a dar un paseo. Debí haberle escrito en cuanto llegué pero no tenía papel de cartas porque el mío quedó en el baúl y ya lo cargaron.

El Emperador del Brasil viajará en el mismo barco que nosotros. El "Boyne" ya está en la rada y lo abordaremos en un steamer.

Nuestras habitaciones son cómodas y no tenemos nada que hacer más que comer y pasear. Desde las ventanas del comedor vemos las dársenas y desde nuestros cuartos disfrutamos de una hermosa vista de Southampton y del mar, muy calmo esta mañana.

Espero que usted se encuentre bien, lo mismo que mi hermano Harry y mi cuñada Eliza. No teniendo más que contar, prometo escribirle cuando lleguemos a Lisboa.

Su affma. hija
Agnes.

Calle Corrientes
Buenos Ayres
10 de julio de 1876

Querido padre:

Hace quince días recibí su carta del 23 de mayo y hoy recibí la del 8 de mayo. Hubiera contestado antes la del 23 pero esperaba contestar ambas a la vez. Querido papá, lamento decirle que este país se encuentra en pésima situación desde hace dos meses. He desistido de volver a Inglaterra hasta que las cosas mejoren. Sucede que tengo todo mi dinero en el Banco de Londres y América del Sur y no puedo retirarlo sin perder una apreciable cantidad. Por supuesto, tendría que retirarlo en oro y perdería casi 4 chelines por libra. Antes una libra costaba $ 122, ahora cuesta $ 165, y como tengo más de 70 libras, imagínese cuánto perdería. Supongo que estará de acuerdo conmigo en que es preferible esperar tiempos mejores.

Se me hace muy duro perder tanto después de haber trabajado durante cuatro años, pero debemos ser pacientes y confiar en que al fin todo salga bien.

Todavía vivo en la calle Corrientes y estoy muy cómoda. Mi patrón es el señor De Bary, el cónsul austríaco. Son muy buena gente y me aprecian mucho, dicen que nunca estuvieron mejor atendidos.

Espero que mi cuñada Eliza esté bien, supongo que cuando vuelva a casa me encontraré con un familión. Está bien así: the more, the merrier.

Venezuela 786
Buenos Ayres
14 de agosto de 1876

Querida cuñada Eliza:

Espero que tus chicos se hayan repuesto de tantas enfermedades, pobrecitos. Cómo me hubiera gustado estar en casa para ayudarte a cuidarlos.

Qué raro me parece haberme convertido en toda una señora casada, como tú. Muchas veces quise escribirte contándote mi noviazgo, pero temí que quedara en nada. Además tenía la ilusión de viajar a casa y contarlo personalmente, pero así es la vida.

Tengo una casa muy bonita en la calle Venezuela, estoy muy cómoda, y la boda fue hermosa: a las 8.30 (según la costumbre en este país) y en la casa del sacerdote.

Mis damas de honor y yo nos vestimos en la casa

de unos amigos, los Roberts, en la calle San Martín. Mi vestido era de muselina blanca, con velo y azahares. Las damas de honor también vestían de blanco, pero con adornos azules y rojos. Las dos llevaban también velo y guantes blancos, y camelias traídas de Lomas, imagina cuánta elegancia.

Los caballeros vinieron a buscarnos en coches y nos acompañaron hasta la casa del sacerdote, donde se realizó la ceremonia, y después bailamos y festejamos hasta el amanecer. ¡Y ustedes en la cama, durmiendo!

Recibí preciosos regalos. Miss Jones nos obsequió toallas y un mantel. Miss Roberts, una hermosa alfombra. Miss Scally, finas toallas paraguayas. El Sr. Thomas, padrino de la boda, un reloj de pared. El Capitán Weiss, un ajuar completo: camisas, calzoncillos, camisones y enaguas. El Capitán Jones, manteles y servilletas haciendo juego. El Capitán Griffith, un par de jarras inglesas. ¡Y todavía me falta recibir más regalos!*

Mi esposo David y yo somos muy felices, el mes próximo te mandaremos fotografías. Debimos habernos casado en enero, pero los problemas fueron interminables, y no te digo el gasto, por la diferencia de religión. David es irlandés y Católico Romano. Por suerte pudimos superar inconvenientes de tiempo y de dinero. Pronto te enviaré un periódico con la noticia de la boda.

Tu affma. hermana
Agnes

* Capitanes del Ejército de Salvación.

Calle Venezuela 786
Buenos Ayres
28 de febrero de 1878

Querido padre:

Lamentamos saber que usted no ha estado bien, debe cuidarse, querido papá, y no tomar frío. Espero encontrarlo sano y gordo cuando yo vaya, aunque no sé cuando llegará ese día, espero que sea el año próximo, y quizás le lleve algo para mostrarle...

Mi hermano Walter consiguió su primer trabajo, espero que se porte bien y lo conserve. David dice que el de plomero es muy buen oficio, al menos en este país.

Me sorprendo cada vez que recibo una carta suya, ya que aquí no es como en Inglaterra: a los carteros no les importa extraviar la correspondencia, y sólo por casualidad se recibe la que viene dirigida a domicilios particulares. Le ruego, papá, que escriba como antes a las oficinas de The Standard, *ya que los editores son muy amigos de David y disponen de un buzón.*

¡Hemos celebrado una gran Fête!, el centenario de un héroe argentino, el Gral. San Martín. Le envío el recorte de The Standard. *El próximo domingo empieza el Carnaval y parece que será grandioso. David va a mandarle un recuerdo de La Plata.*

Buenos Ayres
14 de abril de 1878

Espero que mis sobrinas Julia y Agnes estén bien. Me parece que hace tan poco tiempo que nació Agnes, la compadezco a Eliza que otra vez está esperando un bebé, yo también espero uno para la misma época que ella. Ya veo que usted estará pronto rodeado de nietos.

David espera que yo me reponga para irnos a vivir al campo, ya que su cuñado falleció, pobre. David trajo a su hermana Ellen a vivir con nosotros, pero tuvo que regresar porque había dejado la propiedad en manos de los encargados. Creo que me gustará vivir afuera, es un lugar muy bonito (Cnel. Brandsen) y David está ansioso por ir, ya que nadie cuidará mejor que él los intereses de su única hermana, que no ha tenido hijos.

Me escribió la Sra. Michell diciéndome que quiere volver a casarse, y cree que en Buenos Ayres podría encontrar un buen partido. No sé, pero pienso que si no encuentra un novio rico en Londres, tampoco lo encontrará aquí, donde todos se quejan de estar fundidos.

Calle Sarandí
12 de agosto de 1878

Hace cuatro meses que no sé nada de usted, espero que se encuentre bien. Sabrá por Eliza que estuve en cama, muy grave, me salvé por un pelo, pero ahora gracias a "Dios" *estoy repuesta y más fuerte que cuando me casé. Recibí carta de mi hermano Tom: tardó cuatro meses vía Valparaíso.*

Nos hemos mudado más al centro, pero ni bien pase el frío nos iremos a vivir afuera. David piensa comprar una quinta, ya que abandonó por completo la idea de irse a vivir al campo. En la Compañía de Tranvías no quieren oír hablar de su renuncia, le adelantarán sueldos y le ofrecerán otras ventajas.

Pasé el mes de julio en el campo con mi cuñada Ellen. El campo estaba en un estado calamitoso por las inundaciones: centenares de ovejas muertas. El año próximo Ellen venderá la propiedad y se vendrá a vivir con nosotros. Los criadores de ovejas están muy tristes ya que en los últimos tres años han tenido más pérdidas que ganancias.

Por favor, escríbame a The Standard.

Sarandí 58
28 de noviembre de 1878

Me alegró tener noticias suyas y lamenté que los niños estuvieran con tos convulsa, esa enfermedad tan terrible. Yo no me siento nada bien, pero el médico dice que sanaré pronto. Espero que así sea porque es muy triste estar enferma.

David y yo fuimos a una fiesta de bautismo, éramos padrinos. A la niña la llamaron Inés, por mí. Es la hija de uno de los capataces de David, un italiano llamado Barlitti.

Parece que una amiga mía va a viajar esta primavera, si es así David le mandará el tan prometido libro.

¡Qué accidente horrible el del buque Princess Alice*! Vi que en el naufragio murió un tal Valentine Dunkley. ¿Será nuestro vecino el zapatero de la callecita George?*

Buenos Ayres
17 de febrero de 1879

He estado en manos del médico durante cuatro meses. Después de la operación nunca me repuse del todo y ahora debo cuidarme, no trabajar demasiado ni alzar cosas pesadas ni caminar mucho porque estoy débil. Pobre David, qué desdichado se sentirá junto a una mujer que casi siempre está enferma.

Ojalá ustedes nos hubieran mandado un poco del frío que soportaron, para variar. Aquí hace un calor espantoso y no corre aire. Al mediodía se camina sobre brasas. The Standard *dice que el mercurio en los termómetros se quedó arriba y no volvió a bajar. No puedo confirmarle que eso sea cierto pero sí que este verano es insoportable.*

El domingo empieza el Carnaval, todas las tiendas de la ciudad venden pomos de perfume y rociadores de agua (limpia o sucia). Creo que este año el Carnaval va a ser grandioso.

Miss Jones, la amiga que pensaba viajar a Londres este año no podrá irse porque el oro está muy caro. Posterga el viaje hasta el año próximo, pero entonces espero ir yo también.

Calle Sarandí 58
13 de abril de 1879

Espero con mucha impaciencia noticias suyas.

No se imagina cuánta pena nos dio enterarnos de la derrota británica a manos de los zulúes. David está muy afligido, sólo piensa en eso.

Días pasados me regaló una máquina de coser Wheeler Wilson, *y me he convertido en una verdadera* maquinista.

Después de dos años conseguí los periódicos de Chelsea que usted me había enviado, ¡estaban en las oficinas de The Standard *y no sabían que eran para mí! Me gustaría que me mandara un* Reynolds *o un* Lloyds. *Es difícil conseguirlos aquí y son carísimos. A menudo le mando un* Standard *¿los recibe?*

Buenos Ayres
2 de agosto de 1879

No se imagina cuánta pena me da que las personas de habla inglesa sean tan aficionadas a la bebida, a qué estado miserable las lleva eso aquí, en B.A. Sucede especialmente con los escoceses y por supuesto que hay excepciones, pero todo el que habla inglés merece el apodo de borracho aunque no pruebe una gota. Gracias a "Dios" David es sobrio, aunque no abstemio. Es un hombre sumamente bueno y somos muy muy *felices. Dígale a Eliza que espero familia para octubre y confío tener más suerte esta vez.*

¿Así que usted piensa que no volverá a verme? Yo creo que sí, vivo con esa esperanza, es el mayor de mis deseos.

Causó mucha impresión aquí la muerte del Príncipe Imperial. Si usted oyera cómo se critica aquí a los ingleses se sentiría avergonzado, y yo también pienso que la guerra con los zulúes ha sido vergonzosa de principio a fin.*

* Hijo de Napoleón III.

Calle Sarandí 58
28 de noviembre de 1879

Ya sabe usted por Eliza que tengo una hija. Ahora puedo decirle que estamos muy bien. Después del parto quedé con los pechos muy doloridos y tuve que dejar de amamantar a la niña, pero ahora, curada gracias a una gran perseverancia, tengo leche otra vez. David quiere mucho a la pequeña Isabel.

Hace unos días un hombre murió de fiebre amarilla, cosa que ha causado mucho pánico. Muchísima gente se fue de la ciudad, y otra se está yendo. Han prohibido el lavado de ropa en las casas, ni siquiera un pañuelo, bajo pena de $ 500 de multa. Hay que lavar todo en el río, y podrá usted imaginarse qué caro es llevar la ropa tan lejos para lavarla.

Muchas gracias por el Reynolds.

Buenos Ayres
21 de febrero de 1880

Hay mucha inquietud aquí, espero que no llegue a estallar una Revolución. Habrá elecciones en marzo, pero si se desata una guerra civil arruinará al país, que se estaba recuperando.

Después de la última Revolución muchas familias elegantes rindieron sus casas a los Nacionales, que tienen 26 cañones listos para entrarlos en la ciudad.

Buenos Ayres
21 de marzo de 1880

Al fin tuve noticias de mi pobre hermano Tom, está navegando otra vez pero naufragó y perdió todo lo que tenía, ojalá usted lo haya visto, me escribió que pensaba ir a casa y caer por sorpresa. Si es así, espero que después se embarque para B. A.

No sabe cuánto me aflige pensar en mi pobre hermano Charlie, espero que no le haya pasado nada, pienso en él día y noche, si usted tiene noticias, por favor escríbame enseguida. Espero que mis otros hermanos estén bien a pesar del crudo invierno que soportan. Aquí morimos de calor y jamás vi tantos mosquitos.

La nena está maravillosamente bien, nos da una gran felicidad. Una señora nativa le regaló un anillo y un par de aritos de oro puro y perlas, los más pequeños que he visto en mi vida.

El país está mucho más tranquilo ahora, se recupera después de la última Revolución, pero si llegara a estallar otra se arruinaría por completo.

¿La señora Whaley sigue viviendo con usted?

Aquí se organizó una colecta para los irlandeses pobres. Se recaudaron más de $ 500.000 sólo en Buenos Ayres, ya se enviaron 3.000 libras esterlinas. Qué terrible es saber que hay tanta miseria en la tierra de uno.

Buenos Ayres
14 de junio de 1880

Supongo que usted ya sabrá que en Buenos Ayres ha estallado otra Revolución. No se imagina cómo ha cambiado todo en pocos días. Hermosas calles florecientes están ahora destruidas por barricadas, trincheras y zanjas. No sé cómo va a terminar esto: anoche hubo escaramuzas a pocas cuadras de aquí y entre los muertos está el general Lagos (uno de los mejores oficiales del Gobernador Tejedor).

El destacamento recluta hombres día y noche, y los alistan de cualquier nacionalidad que sean mientras no tengan protección otorgada por los cónsules. Es una guerra civil, hermanos contra hermanos y padres contra hijos, sea cual fuere el bando para el que son reclutados deben luchar por él.

A menos de 100 yardas de la puerta de calle hay una barricada y un pozo muy profundo lleno de agua. Si ocurriera lo peor, podríamos escapar a otra calle por la puerta del fondo.

Quieren rendirnos por hambre, pero la mayor parte de la gente, nosotros entre ellos, nos hemos abastecido de provisiones. En todas las iglesias se reza por la paz, pero por ahora no hay esperanzas. Por supuesto, el país está arruinado.

Espero que esto termine sin que nos roben o maltraten. Hay tres buques de guerra británicos en el río, y creo que también hay uno alemán, uno italiano y uno francés, de manera que contaremos con alguna protección.

No dudo de que esto se calmará pronto, y el año próximo iré a visitarlo y llevarle a su nietita. Sé que estará orgulloso de ella.

Calle Sarandí 58
Buenos Ayres
14 de julio de 1880

Me sorprende que Tom no haya aparecido, ya que en su carta me dijo que trataría de viajar en un barco de carga en enero, pero quizás no tuvo suerte y no consiguió embarcarse. No me dio dirección, de modo que no puedo escribirle, espero que aparezca pronto. Lamento que tampoco sepa usted nada de mi hermano Charlie. Espero que Arthur tenga razón, que quizás esté en algún lugar de Yorkshire, pero no puedo evitar preocuparme.

Qué cantidad de nietos tiene usted ahora, pronto le mandaré una foto de mi nena, es muy hermosa aunque David dice que está demasiado gorda.

Ellen, la hermana de David, está pasando el invierno en casa. Desde que estalló la guerra no sabemos qué pasó con su propiedad. El Ferrocarril del Sud estuvo parado, pero David dice que hoy ha empezado a funcionar, de modo que pronto sabremos qué sucedió en el campo.

Como ya le conté, no he visto poco en materia de

guerra. Batallas muy duras se libraron cerca de aquí. Y ahora la carestía es terrible: lo que se vendía a $ 6 antes de la guerra, ahora cuesta $ 60.

Para qué decirle lo que hemos pasado, pero gracias a "Dios" ya acabó. Con ésta le mando varios periódicos.

Calle Sarandí 58
s/f

Dentro de diez días la beba cumplirá un año, espero que usted la conozca antes de que cumpla dos. ¡Quién sabe lo que puede ocurrir antes! ¿Recibe los periódicos que le mando?

Hemos soportado un temporal jamás visto: asoló las chacras donde todo se ha perdido. La carne está carísima y ahora se vende por kilo.

Buenos Ayres,
12 de octubre de 1880.

Hace ya muchos meses que no recibo noticias de ustedes. En las oficinas de The Standard *nos han dicho que toda la correspondencia se perdió a causa de la guerra. Es una lástima, pero como esto le ha pasado a tanta gente no tengo derecho a rezongar. Por favor, en adelante envíe sus cartas aquí, a casa, y no a* The Standard.

¿Recibió la foto de Ellen, la hermana de David?

Está buscando nuevamente, de modo que si conoce a alguno que necesite esposa, mándelo para acá.

Hoy hay gran fiesta porque tenemos un nuevo Presidente. Asumió al mediodía y poco después lo vimos pasar en la carroza oficial. Todo el mundo está contento otra vez: qué pronto se olvida a las víctimas de una guerra.

Ahora la moda femenina consiste en usar vestidos negros con ribetes rojos en las faldas, y una cinta también roja en el pelo. El vestido negro significa guerra, y el color rojo es en honor de Roca, el nuevo Presidente. Roca *quiere decir* rojo.

La niña es lindísima y ha empezado a caminar, de modo que se cae a cada rato. David dice que le doy demasiado de comer, pero no es verdad.

¿Supo algo de Charlie y de Tom?

Calle Sarandí 58
Año Nuevo de 1881

Lamento que su carta estuviera extraviada durante veinte días en las oficinas de The Standard, *pero agradezco haberla encontrado al fin, ya que estuve muy preocupada por la falta de noticias desde junio.*

Les deseo un feliz Año Nuevo, aunque sea un poco tarde. Espero verlos antes de que termine el año. David no ha dicho todavía si me dejará viajar a casa, pero confío en que accederá.

Lamento que usted no sepa nada del pobre Charlie,

siempre pienso en él y en Tom, espero que pronto aparezca.

Las pérdidas de ganado vacuno y lanar han sido espantosas. A nosotros no nos afectó este temporal porque ya habíamos perdido las ovejas a causa de la sarna, pero desaparecieron 20 caballos que eran de Ellen y no han podido encontrarlos.

No me ha comentado el retrato que le mandé de la nena, Isabel. ¿Qué le pareció? Es muy bella y ya dice algunas palabras y eso me llena de orgullo. Cuando David vuelve a casa por la tarde pide sus pantuflas y ella sale corriendo a buscarlas y las trae una por vez, riendo y gritando. David se pone en ridículo por ella: la despierta por la mañana si está durmiendo. Es tan cariñosa que si alguien le habla ella le ofrece la mejilla para que la besen. Pero usted ya estará pensando que yo también hago el ridículo igual que David, de modo que no diré nada más.

Aquí reina gran entusiasmo entre los residentes británicos (es decir, entre los upper ten*) porque ayer llegaron el Príncipe de Gales y sus hijos Albert y George. El Ministro Plenipotenciario (Sir Horace Rumbold) los esperó en el puerto y después de ir a su residencia en Belgrano fueron a saludar al Presidente Roca.*

Hoy se debía jugar un partido en Palermo, entre el club de criquet de Buenos Ayres y los oficiales de la cañonera H. M. Elk, pero como está lluvioso supongo que lo suspenderán, el Príncipe había prometido asistir.

El martes habrá un gran baile en la Ópera organizado por los británicos en honor de los visitantes. Menos mal que son muy jóvenes todavía, de lo contrario podrían enamorarse de las lindas chicas de aquí, hay muchachas bellísimas. También visitarán el campo y las pampas.

Parece que el Carnaval este año va a tener el nivel de los de la antigua Roma. Qué pronto se olvida una guerra. Por favor, escríbame a Sarandí 58.

Buenos Ayres
18 de febrero de 1881

Me apené mucho al enterarme que usted sufrió un accidente. Haría lo imposible por ir a verlo, y aunque David dice que no está en condiciones de permitirse ese gasto en estos momentos, no pierdo las esperanzas.

Me parece mal que Joe esté ocioso durante tanto tiempo. Yo le contesté hace dos semanas, respondiendo a su curiosidad sobre Buenos Ayres como lugar para vivir. Le dije que para que un hombre progrese aquí debe ser trabajador y sobrio. *La bebida es la ruina de una gran cantidad de gente de habla inglesa. Pero un hombre puede progresar si se esfuerza y es constante. Quizás usted debería aconsejarlo. A pesar de que me gustaría tener cerca a cualquiera de mis hermanos, por nada del mundo los engañaría. Si de veras quiere venir, ayúdelo a decidirse y yo también lo alentaré.*

David lamentó mucho su accidente y le adjunta un cheque por $ 10 de regalo, quizás los necesite. Ojalá conociera usted a David, estaría orgulloso de su yerno, es tan buena persona. Si usted necesitara ayuda alguna vez, David sería el primero en acudir. La nena está estupenda, pero hay que prestarle mucha atención porque a cada rato corre a la calle y al agua.

Hoy es mi cumpleaños, cosa que me recuerda que me estoy poniendo vieja.

Calle Río Bamba 385
23 de mayo de 1881

Jamás imaginé que tantas buenas casas de Londres de pronto se derrumbaran, creí que estaban bien construidas y como para durar cien años más. Espero que eso no suceda con su casa, pero igual me preocupa. ¿Cuándo vence el contrato? Me alegro de que usted se haya repuesto y vaya nuevamente a trabajar.

Supongo que se enteró de la espantosa catástrofe que sucedió en el Sur, en Sandy Point*, *la explosión en el buque* Dotterel. *Un amigo de David estaba en la playa y vio el naufragio: cuánta pobre gente murió en un segundo. Quizás esta sea una respuesta al misterio del* Atlanta, *porque si el* Dotterel *hubiera estado en altamar, jamás habríamos sabido nada de él.*

* Punta Arenas.

Días atrás sentimos un terrible sacudón. Primero pensé que era un terremoto, pero al instante oí una explosión. Salí a la calle y vi que había volado una casa, no se veía más que humo negro. Había explotado el depósito de los fuegos artificiales, donde también guardaban barriles de pólvora. Por supuesto murieron varias personas y las casas vecinas quedaron destruidas. Eran los fuegos destinados a la fiesta del 25 de Mayo, aniversario de la Independencia.

Creo que pronto volveremos a mudarnos, porque como verá en el periódico, habrá una nueva Capital, que será una plaza rodeada de edificios públicos. Da la casualidad que nosotros vivimos precisamente en ese sitio, es decir en Río Bamba entre Paraguay y Córdova. Podrá verlo en el plano del Standard, *aunque el gobierno no ha adquirido todavía el solar. David dice que nos mudaremos en cuanto encontremos un lugar apropiado. Yo lamento irme de aquí porque la casa es bonita y cómoda, pero espero que algún día podamos tener una propia, aunque David dice que las ovejas son mejor negocio. El año pasado fue bueno para el ganado, pero los cuatro o cinco años previos fueron desastrosos: mucha gente perdió todo lo que tenía.*

En caso de que debamos mudarnos pronto, le ruego me escriba al domicilio del padrino de la pequeña Isabel: c/o Don Tomás Sheill, Calle Piedad 126, Buenos Ayres.

Calle Río Bamba 385
15 de agosto de 1881

La niña está muy bien, es hermosa, grande y sana, habla mucho y dice que quiere a su abuelo. Hace poco la llevamos al Parque Palermo a ver las fieras, y desde entonces no hace más que imitar a los monos. Recibí unos periódicos enviados por mi hermano Harry a Sarandí 58, pero después no recibí nada más He empezado a desconfiar del cartero porque me parece raro que jamás reciba una carta dirigida a esta dirección.

Hace ya cuatro meses que recibí las últimas noticias suyas. A veces pienso que todos ustedes me han olvidado. Por mi parte, mi viejo cariño es siempre el mismo, sobre todo el que siento por mi padre.

Buenos Ayres se está recuperando otra vez: el oro está casi tan bajo como seis años atrás, pero la carne ¡ay! está carísima en el país de la carne. Los carniceros dicen que los ahogan los impuestos. No sé cómo se las arreglan los pobres para comprar carne. Claro que para los nativos lo mismo da: rara vez pueden comprar nada.

Como verá, seguimos viviendo en la calle Río Bamba, y es probable que aquí sigamos porque no hemos vuelto a tener noticias sobre el asunto de la Capital. De todos modos, le ruego me escriba a la casa del señor Sheill, que amablemente nos ha prometido recibirlas.

David me pide que usted le pida a Harry que le mande algún Reynolds. *Espero que mi hermano Walter esté trabajando en algo. Sigo sin noticias de Tom, es posible que sus cartas se hayan perdido. Y supongo que usted tampoco ha vuelto a saber nada de mi pobre hermano Charlie.*

Río Bamba 385
28 de setiembre de 1881

David está enfermo, apenas se levanta debe volver a la cama, tiene una tos muy fuerte y está delgadísimo. El Doctor dice que puede mejorar siempre que se cuide mucho. Ellen está en el campo desde hace dos meses y David no me deja que le avise, si ella supiera que está tan enfermo se vendría en el primer tren.

En cuanto al cometa que usted me mencionó, lo vimos aquí antes que en Inglaterra: pudimos observarlo, muy brillante, durante varias noches.

Ha llovido bastante y los criadores de ovejas están en la gloria, pero los agricultores temen que el agua haya sido excesiva y que se les pierda la cosecha de trigo. Deben luchar también contra otros enemigos, como la langosta, que lo destruye todo.

El año próximo tendremos una Exposición Internacional, se hacen grandes preparativos y al parecer vendrá Don Pedro, el Emperador del Brasil. Drysdale ha pedido una parte grande para exhibir sus productos.

Como podrá comprobar, no hemos dejado la casa de la calle Río Bamba. Los hombres del Gobierno aún no se han puesto de acuerdo en utilizar este sitio para la nueva Capital: son tan volubles.

Lamento que usted no haya sabido nada de Tom ni de Charlie.

Río Bamba 385
19 de octubre de 1881

Querida cuñada Eliza:

Después de tanto tiempo vuelvo a escribirte con la esperanza de que tú, Harry y los niños estén bien. Lamenté mucho la pérdida de tu mamá, pero que se haga la voluntad de "Dios" en todas las cosas. ¿Cómo se las va a arreglar el padre con los pequeños?

Hoy mi Isabel cumple dos años, nos da una gran felicidad tenerla. No te sorprenderá saber que hay otro bebé en camino. Yo estaría muy contenta con una sola criatura, pero qué hemos de hacerle.

Ellen, la hermana de David, se fue al campo, pero volverá el mes próximo a causa de este acontecimiento. La extrañamos mucho, es una excelente compañía. David está mejor aunque todavía muy débil, ya empezó a trabajar, y a veces se pone gruñón como un oso a causa de sus dolores de cabeza, pero yo no le digo nada.

Carta enlutada en que Agnes se refiere a dos de sus hermanos ya establecidos en Buenos Aires.

s/f

Me apenó profundamente la muerte de mi pobre hermano Tom. Tenía tantas esperanzas de volver a verlo, pero así es la vida, llena de desilusiones.

Supongo que está usted enterado de la corrida hacia los Bancos de aquí para retirar dinero, varios de ellos cerraron. El Banco de Londres y el Río de la Plata se mantuvo firme en los días de pánico y siguió pagando a los que se presentaban. Desgraciadamente las cosas andan mal aquí y no hay señales de mejoría. En realidad, el país nunca ha estado peor.

Mi hermano Charlie trabaja en la Estación de Tranvías y le va bien, vive con nosotros y es una buena compañía. Walter se las arregla como puede, dados los tiempos que corren.

El bebé, Enrique, es hermoso, realmente una preciosa criatura, como los Hoare, y malhumorado como ellos (¿son malhumorados los Hoare? No recuerdo).

Muchas gracias por los periódicos. Yo leo a veces The Standard *pero no me he suscripto, y recibo siempre* The Southern Cross, *un periódico católico que David aprecia.*

Le mando un regalito de cuatro libras, me habría

gustado que fueran más y así será cuando vuelvan los buenos tiempos. Sé que usted está muy bien, gracias a "Dios". Cuánto me gustaría volver a ver a todos ustedes, pero me temo que hay pocas esperanzas de que eso ocurra.

Río Bamba 385
3 de abril de 1882

Querida hermana Eliza:

Mi hijito está estupendamente bien. Le conté a papá que era un bebé muy fastidioso, pero desde que cumplió tres meses cambió de humor y ahora es buenísimo, un chico grande y gordo, altísimo para su edad y sumamente despabilado, y ya me imagino cómo te reirás de mí, que me siento no poco *importante de tenerlo, y hasta David parece dos pulgadas más alto.*

Me dices que me estoy poniendo vieja porque no sabes que a los 28 dejé de cumplir años, ya que no está de moda tener más de 28, pero la verdad es que el tiempo parece pasar demasiado de prisa. Hace ya diez años que me fui de casa y cuántas cosas nos han sucedido. Ahora somos dos matronas serias, rodeadas de toda una pequeña cría. Cuánto tendremos para contarnos cuando nos veamos, porque jamás pierdo la esperanza de ir a verlos pronto.

Estoy ahorrando con ese fin, pero te lo cuento en secreto: sólo entre tú y yo. Alice Buyant (mi antigua compañera criada) es enfermera en el Hospital Británico y gana bien, cerca de 70 libras por año, además de la asistencia médica y el uniforme. Pero a mí no me gustaría ese trabajo. Imagínate que una muchacha linda y joven como ella sigue soltera, ya que los hombres de aquí son bastante especiales: les gusta la juventud, la belleza... y el dinero. Alice tiene estas dos últimas dotes y parece tan joven como hace diez años, y sin embargo...

Río Bamba 385
28 de mayo de 1882

Todavía no fuimos al campo, pero iremos la semana próxima. Me complace contarle que Enrique es un niño precioso. Es una lástima que no haya concursos de bebés porque ganaría el primer premio. Sacó dos dientes a los cinco meses, y la verdad es que todos lo contemplan con admiración. La pequeña Julia también es bonita, sana y buena. David la quiere mucho y ella a él.

Los Reynolds *son muy interesantes y cuando los leo me siento otra vez en mi hogar. Al parecer llegan sin problemas, pero el correo hacia el interior del país es un verdadero desastre, las cartas rara vez llegan a destino. David le escribió tres cartas a su hermana, al campo, y ella jamás las recibió. Al fin tuvo que mandarle un telegrama.*

Todavía no visité la Exposición, esperamos que

venga Ellen. Verá por los periódicos que es muy interesante, cuesta sólo $ 10 la entrada y abundan buenas cosas para comer y beber, de modo que a la gente le rinde el precio de la entrada. La semana pasada celebramos el día de la Independencia. Los fuegos artificiales fueron magníficos pero no hubo cerveza esta vez.

Verá por el periódico que la luz eléctrica resultó un fracaso.

Seguimos en la misma casa y sin duda aquí seguiremos por un tiempo más. Me gustaría que David comprara un terreno y edificara una casa, pero él prefiere criar ovejas, a pesar de que hasta ahora hemos obtenido muy poco beneficio.

Calle Europa 695
26 de febrero de 1883

Hace tanto que no tengo noticias suyas, no entiendo por qué no escribe, su última carta era de junio de 1882, y la última mía se la mandé en julio de ese año.

El pequeño Enrique corre por todas partes desde hace dos meses, es un muchachito bien plantado, erguido como una vara (ya lo verá). La menor se ha repuesto del sarampión.

David nunca estuvo mejor, pero atareadísimo, tiene 90 hombres bajo sus órdenes. Recibió un aumento de sueldo: de $ 1000 pasó a $ 3000.

En junio nos mudamos y aquí en la calle Europa sólo hay departamentos. Al principio extrañaba mucho mi casa, pero ahora que me estoy acostumbrando, David dice que pronto volveremos a mudarnos. Tiene intenciones de comprar un terreno y edificar, pero ahora tanto el terreno como los materiales de construcción están carísimos. Tal vez el año próximo suceda todo lo contrario, porque así son las cosas en esta América del Sur.

Espero ir a visitarlo en julio con mis dos hijos mayores. Por supuesto, David no podrá ir. Si viajo, le enviaré un telegrama en cuanto pise Inglaterra, para no tomarlos por sorpresa. No me escriba por ahora, espere mis noticias.

33 Union Street
Liverpool
Viernes 12... 1883

Llegamos a Liverpool ayer por la mañana y nos llevaron a un hotel –Hotel de la Templanza Sim– *y cuando allí oyeron que los niños tosían me dijeron que no tenían sitio, pero por suerte nos recomendaron otro donde estamos ahora.*

Lamento decirle que nos esperaba otro inconveniente: el buque no saldrá hasta el próximo martes. Saqué los pasajes ayer al precio convenido: 22 libras con 10 chelines. Hoy fui a la Oficina Marítima para ver qué conseguía pero sólo obtuve que nos pagaran

1 libra con 6 chelines en efectivo por cada uno. Aquí tenemos que pagar 7 chelines con 6 peniques por día, de modo que como verá tendré que desembolsar de mi propio bolsillo hasta que nos embarquemos.

El equipaje está en la estación del Ferrocarril, y Walter irá esta tarde a averiguar cuánto cuesta por día el depósito, ya que la señora Revell dijo que serían unos 20 peniques diarios y me aconsejó que trajera aquí el equipaje. Ya ve, siempre tengo que sentirme frustrada por algo.

Enrique se levantó esta mañana gritando: ¡Abuelo! Por favor, mándeme unas líneas, quiero saber cómo se encuentra.

Calle Ayacucho
Noviembre de 1883

Querido padre:

Llegamos el domingo de Montevideo donde paramos dos días para descargar. En general el viaje fue grandioso. Disfrutamos de una grande view *del Pico de Tenerife, al caer el sol. Las marsopas jugaban junto al buque y también los peces voladores, que después probamos y nos gustaron, aunque son un poco secos. Hubo un concierto a bordo, a beneficio del Hogar de Marineros, algo extraordinario.*

Agnes y toda la familia hemos llegado bien, le mandan cariños.

Su obediente hijo
Walter

Calle Ayacucho
18 de febrero de 1884

A Walter le va bien y al parecer le gusta mucho este país. Está aprendiendo el idioma y ya puede hacer algunas compras. David le consiguió trabajo en casa de un amigo de él, un tal Leslie.

Supongo que Walter le contó qué buen viaje tuvimos, a pesar de la tormenta que nos obligó a quedarnos en cama tres días. Los chicos dejaron la tos en el mar y engordaron, nadie pensaría que estuvieron enfermos. Hablan siempre del abuelo. La menor es linda y buena pero muy pequeña. Cabía en mi zapato cuando nació, y aunque el médico no nos dio esperanza de que viviera, está creciendo bien.

No le mandé aún el dinero que le quedé debiendo porque David está haciendo construir la casa y le costará 80 libras más de lo que esperaba. La mano de obra y los materiales están carísimos actualmente.

Calle Liniers
28 de julio de 1884

Querido padre:

He recibido ya dos aumentos de sueldo, progreso mucho. Todavía no hablo español pero puedo decir algunas palabras. Recibí los bizcochos y adjunto un billete de 5 libras para usted.

Le mando el plano de la nueva casa: 1/Mi dormitorio. 2/Dormitorio del señor W., la señora y los niños. 3/Sala de estar. 4/Comedor. 5/Cocina. 6/ Sally Jones. 7/Pozo. 8/Puerta. 9/Jardín.

Nuestra casa no tiene número, de modo que no dirijan la correspondencia aquí.

Su affmo. hijo
Walter

Calle Liniers
28 de julio de 1884

Lamento decirle que no recibí el Ilustrated. *Mr. Sheill dice que no llegó, pero como en su casa merodean tantos ingleses, sospecho que alguno se lo llevó. La próxima vez que me escriba, por favor diríjase a: Don David Walsh, Estación Rivadavia,* Tramway Anglo Argentino, *Buenos Ayres.*

Calle Liniers,
2 de noviembre de 1884

Querido hermano:

No he podido conseguir que Walter te escribiera. Ahora vive en el taller, pero viene a pasar los domingos con nosotros. Los chicos lo esperan ansiosos porque se divierten tanto con él. Casi siempre le guardan algún regalo: una nuez, un trocito de cuerda o algo por el estilo. Isabel dice que piensa escribirle a su prima, pero yo prefiero que antes mejore su ortografía.

Ojalá pudieras venir a visitarnos. Esta ciudad está progresando mucho, y a pesar de que llegan miles de inmigrantes, hay trabajo para todos y más. David está muy atareado y dice que el mes próximo irá a Montevideo para tomar baños de mar. Espero que no haya cólera, las naves que llegan de lugares infectados deben permanecer en cuarentena o regresar, y eso puede ocurrir en Montevideo.

Calle Liniers
24 de enero de 1886

Hemos disfrutado mucho en el campo. Los Kent, parientes de David, se irán a vivir a 100 leguas más al Sur, a un lugar llamado Curmalán, las Sierras de Buenos Ayres, van en tren, en coche Pullman. Walter ha estado dos veces en el campo y le gusta mucho. Se ha hecho socio del Club de Solteros, donde le dicen "Don Valtoro".*

* Cura Malal.

Calle Liniers 16
Buenos Ayres
22 de mayo de 1887

Mis niños están bien y son muy hermosos. Isabel y Enrique están muy altos para su edad, Julia es pequeña y de ojos muy azules, pero Elenita es la flor de todos ellos, una verdadera belleza.

Walter progresa mucho y deposita su dinero en el Banco, si sigue así irá a visitarlos a ustedes el año próximo. El 24 irá a una fiesta, dice que acompañado por dos bomboncitos. *Siempre está de buen talante y lo aprecian en el trabajo, su jefe lo elogia mucho. ¿Así que mi hermano Charlie ha vuelto a casa? Espero sinceramente que salga adelante.*

Es impresionante la cantidad de ingleses que acaban de llegar a esta ciudad. Hay tanto trabajo que no pueden conseguir ayudantes. Se va a construir un gran puerto, y los vapores llegan repletos de Europa. Lástima que hay epidemia de difteria, hace dos semanas perdí a una sobrinita de dos años.

Calle Liniers 80
Buenos Ayres
22 de agosto de 1887

Walter cree que seguirá progresando porque hay mucho trabajo aquí. David también está ocupadí-

simo. Tendrá que hacer renovar las vías y eso le representará un buen aumento de sueldo. La Compañía ha adquirido otra línea, la Compañía de Tranvías de la Boca, que fue comprada el año pasado por una empresa privada local y se vendió este año en Londres a la "Tramway Anglo Argentino" con un beneficio neto de 70.000 libras esterlinas.

Hoy nos visita Walter, dice que tiene mucha ropa y una bonita cantidad en el Banco. Están llegando muchos plomeros, su jefe el señor Leslie no puede conseguir plomeros en Buenos Ayres y tiene que importarlos de Glasgow.

Mi cuñada Ellen está muy bien, es una persona tan bondadosa. No sé qué haría sin ella, se ocupa enteramente de los chicos. Usted sabe que a mí no me gustan demasiado los niños.

Ellen se irá a Curmalán *a principios de octubre y se lleva a Enrique por un mes o dos. Isabel progresa en la escuela y es muy buena para los números. Elenita es una verdadera belleza, pronto cumplirá dos años. La pobrecita Julia es una criatura frágil, no sé qué pensar de ella.*

¡Cuánto alboroto han armado con el Jubileo de la Reina! Esa miserable vieja pecadora que se embolsó todo el dinero suscripto a su nombre. .

Liniers 80
7 de junio de 1888

Ya que Walter viaja mañana, le envío esta carta con él. Mi hermano Charlie se ha ido a Rosario y parece que le va bien, vino a vernos para Pascua y los chicos se divirtieron en grande con él.

Mi quinto hijo, nacido el 2 de abril, se llama David, ya Walter le contará las novedades. Siempre le envío a usted el Standard, *¿lo recibe? David y yo le mandamos una letra de cambio por 10 libras, sé que el dinero le va a resultar más útil que otra cosa.*

Enrique ya está grande y va a la escuela, hace mucho que dejó de ir al Ejército de Salvación. Espero que usted nos comunique la llegada de Walter, ya que a él no le gusta escribir. Le ruego que le cuide el dinero del pasaje de regreso, porque dice que quiere volver.

Buenos Ayres
30 de septiembre de 1888

Querido padre:

Llegamos muy bien, el jueves pasado, después de una agradable travesía. Al segundo día entré a trabajar donde estaba antes, en casa del señor Leslie, que ahora tiene una empresa y está en Inglaterra. Todavía no le conseguí trabajo a Jack Bunning, pero espero conseguírselo, David dice que hay mucha demanda de albañiles y yeseros. Se han empezado a construir cloacas y cañerías nuevas, de modo que no habrá desocupación en la ciudad. Charlie está trabajando en la Compañía de Tranvías, en la sección carpintería o algo así.

Esta vez no estuvimos en cuarentena en Madeira, por lo tanto pasamos un día divertido. La mayoría de los pasajeros bajaron a tierra pero yo me conformé con tres o cuatro botellas de vino y una cesta de frutas y cuando los demás volvieron a bordo organizamos una buena juerga. También pasamos un día formidable en Montevideo, aunque tampoco bajamos a tierra.

Su affmo. hijo
Walter

Calle Liniers 80
s/f

Walter decidió irse a trabajar al campo (muy al Sur) a un lugar llamado Mar del Plata, que es un balneario sobre el Océano Atlántico, espero que dure allí unos meses, por lo menos todo el verano. Charlie se cansó de Rosario y del trabajo en la carpintería y David lo hizo contratar aquí en la Compañía de Tranvías, en la sala de máquinas, y al parecer esto le gusta más. Le ruego que usted le escriba, está triste porque no recibe cartas suyas, quizás usted le mandó alguna con Walter pero él se olvidó de dársela.

Me pregunta usted por Jack Bunning, pues bien: David le consiguió trabajo en Obras Sanitarias, pero ese tipo es un gallo de veleta. Dice que el empleo es maravilloso porque no tiene nada que hacer salvo pasearse y observar a un grupo de napolitanos. Como se siente incómodo por no saber español, viene a veces a tomar lecciones con Isabel.

Yo estoy muy ocupada, el pequeño David no se siente bien porque está cortando los dientes. Además hay albañiles en casa, vamos a construir más habitaciones. Enrique le escribió una cartita el otro día, ¿qué le pareció? Dice que la próxima va a ser magnífica.

Calle Liniers 80
14 de julio de 1889

El señor Fitzgerald se embarcará el mes próximo rumbo a Irlanda, su país natal, y también irá a Londres, ha prometido visitarlos a ustedes.

Hoy los franceses celebran la toma de la Bastilla, la ciudad está muy alegre, llena de banderas, y los messieurs gritan ¡Viva Boulanger!

Charlie está hoy con nosotros, parece que progresa en la Estación de Tranvías. El señor Fitzgerald es su jefe, se lo cuento para que usted no aluda a la vida pasada *de Charlie. Yo no se lo he comentado a nadie, ni siquiera a David, porque "es un mal pájaro el que arruina su propio nido".*

Creo que está trabajando bien, pero no puedo decir lo mismo de Walter, ha cambiado mucho desde que volvió de Londres. Yo le echo la culpa a ese tal Jack Bunning, estoy segura de que es una mala compañía. Walter podría ganar $ 100 por mes, pero se ha dado a la bebida y a las malas juntas. Se tomó un mes de asueto y no volvió a trabajar hasta que se le acabó el último dólar. Es una pena porque Walter podría progresar mucho aquí.

Calle Liniers 80
s/f

Le mando varios periódicos y Enrique adjunta uno con fotos del campo. Aquí hay sólo tres diarios ingleses: el Standard, *el* Southern Cross *y el* Herald. *Estoy suscripta a los dos primeros pero no al* Herald *porque es conservador y no nos interesa. También recibimos el* Diario Español.

A Charlie le va muy bien. Al parecer disfruta de la vida y no se pierde velorio ni funeral ni fiesta de bautismo. Vive en grande "de la tumba a la fiesta". Todos lo invitan: españoles, franceses, italianos.

El otro día le propusieron ser padrino de una niñita negra (madre negra y padre italiano) pero él no aceptó. No me extraña, ya que apadrinar a un niño significa para esa gente prácticamente man-

tenerlo. Espero que venga esta noche para ayudar a David con sus planillas. David tiene ahora más de 200 hombres bajo sus órdenes. Piensa viajar la próxima primavera.

Finalmente no le mandé nada con el señor Fitzgerald porque no me aseguró que tuviera tiempo de ir a visitarlo.

Walter está mejor, trabajando en el campo, dice que hace más de un mes que no ve a Bunning, y eso sin duda le hace bien. Bunning está trabajando otra vez porque, como los gatos, siempre cae parado y consigue lo mejor. He oído decir que se pone muy violento cuando está ebrio, cosa que sucede a menudo. Jamás menciona el dinero que David le prestó y evita encontrarse con él.

Calle Zeballos 1821
12 de septiembre de 1889

Querido papá:

El dinero se ha desvalorizado mucho esta última semana y ayer hubo una corrida en la Bolsa, con 40 o 50 personas en la cárcel. He estado esperando durante tres meses para mandarle dinero pero a la tasa de cambio actual los 100 dólares que tenía se reducirán a 40 después que se pague todo, de manera que debo esperar. Últimamente hemos tenido un 10% de aumento de salario y yo recibo de mis acciones $ 7,50 por mes. Los sueldos están subiendo *en todo el país, pero no en la misma proporción que el oro. Supongo que todo terminará en una catástrofe económica, pero no perderé gran cosa porque gasto el dinero en cuanto lo cobro.*

En cuanto a mí, estoy muy bien de salud, aceptando un resfrío de vez en cuando. No he vuelto a sentir nada de mi vieja enfermedad desde que vine: no podía haber elegido mejor lugar para mi salud.

Están llegando muchos ingleses, pero la mayoría están lejos de resultar un crédito para nuestro país, del tipo de Jack Bunning. ¡Qué miserable sinvergüenza! Haragán y sucio como pocos. Jamás trabaja durante un día entero y siempre está borracho, pero no creo que sea feliz. Le da vergüenza ir a buscar sus cartas y manda a una muchacha (no sé si es la antigua esposa o la nueva).

Recibo tantas invitaciones que estoy empezando a creer que soy alguien. *Me veo obligado a agradecer y rechazar muchísimas, pero todos los domingos tengo algún compromiso.*

Estoy pensando en hacerme contratar para los velorios, porque ya ninguno parece completo sin mí. La semana pasada fui a dos.

Su affmo. hijo
Charlie

Calle Liniers 80
27 de octubre de 1889

David está muy mal de salud, casi siempre en cama últimamente. Por suerte Charlie lo ayuda con sus planillas. David piensa hacer un viaje este año, pero como cambia tanto de parecer, no estoy segura. Lamentaré no acompañarlo, pero ya tengo muchos hijos y no me gustaría dejar a ninguno.

Pobre Fitzgerald, supimos que tuvo otras desgracias al llegar allá. Ha sido muy desdichado con su familia de nueve hijos, sólo le quedan tres, dos murieron en el término de dos meses y otros dos lindos bebés murieron de difteria. Ha estado veintiún años en este país, pienso que se merecía un viaje a casa.

La hoja de hiedra que usted menciona vino del Cementerio local. Estaba tupida en 1871 (un año antes de que yo llegara) cuando la fiebre amarilla causó estragos y se llevó a casi todos los que se quedaron en la ciudad. Cuando llegué aquí, casi todas las personas que encontraba estaban de duelo.

Charlie está bien, con buena ropa y bonitos muebles. Walter, en cambio, se ha dado mucho a las compañías bullangueras, espero que se case pronto y siente cabeza. Nos presentó a su novia, es linda y parece una chica seria.

Walter se encontró con esos ingleses que usted menciona y los acompañó a buscar alojamiento. Me dijo que uno se quería volver porque no le gustó la comida y encontró que la ginebra estaba muy aguada.

Hay muchas huelgas ahora y todo está carísimo. Un soberano vale $ 10 y cuando el oro está a la par es sólo a $ 5.

Qué tipo asqueroso resultó ese Jack Bunning, anda por ahí con una mujer cuyo marido está en la cárcel. Jamás pensé que fuera un desertor de esposa.

Calle Liniers 80
12 de enero de 1890

Le agradezco mucho el Reynolds *y las preciosas fotos, que haré enmarcar.*

Me dijo el señor Fitzgerald que pasó una tarde encantadora con ustedes. Fuimos todos a casa de Fitzgerald, también Charlie, y nos divertimos mucho pero yo no me sentía bien, tenía fiebre y después me enfermé y todavía no me he repuesto.

No creo que viva mucho tiempo más, a pesar de que el médico me asegura que mejoraré.

David piensa viajar este año, saldría en abril y llegaría en mayo. Estará unos días en Londres y me gustaría que usted lo alojara. Quizás pueda acomodarlo en algún cuartito, será por poco tiempo pues dice que también irá a Norte América y a Irlanda. Me gustaría que se quedara con usted porque no tiene amigos en Londres. Por favor contésteme enseguida y dígame si es posible. David no ha estado bien de salud, pero es por su culpa: demasiadas bebidas fuertes. Le digo esto muy confidencialmente. *Walter se ha ido a Lomas a ver a su Katie, piensa casarse dentro de tres meses.*

Recibí el número de enero de la revista J. Ladies Journal, *pero no el de Navidad, le agradeceré que se lo dé a David. Nuestro cartero es un sinvergüenza.*

Mi Enrique a menudo escribe cartas pero no las envía, el pequeño David ya está grande y experto en travesuras.

Calle Liniers 80
s/f

Estoy mejor aunque muy débil todavía. Estaba muy mal cuando llegó su carta, pasé 16 días en cama, tuve un aborto. El médico dijo que no me quedaba una gota de sangre en el cuerpo. Por suerte David había vuelto de Montevideo cuando me enfermé.

Walter se casó el 27 de marzo, y tuvo muchos problemas para casarse. Su esposa Kate hace sólo 14 meses que está en el país, parece muy trabajadora pero es mucho mayor que él. Le mando una Prensa *con la noticia de la boda, es el* casamiento civil, *la ceremonia religiosa se realizó después. El casamiento civil es una ley de este país, el religioso es optativo.*

A veces recibo un Reynolds, *a veces le mando un* Standard *(edición de bolsillo) donde podrá ver cómo ha subido el oro. Muchas empresas están en bancarrota y se supone que el oro subirá mucho más, a menos que renuncie el Presidente, que es un gran ladrón.*

Todo esto me apena, y David está muy deprimido porque debe postergar el viaje, la reunión de Compañías de Tranvías no se hará sino en julio, cuando tendrán que estar presentes todos los jefes.

Charlie vino el domingo pasado con Walter y Kate. Me alegro de que Kate haya reconciliado a mis hermanos, ya que estaban distanciados desde la época en que ambos vivían en Rosario.

Isabel, mi hija mayor, progresa mucho en sus estudios de música, aunque todavía no hemos podido comprarle un piano.

Calle Liniers 80
3 de agosto de 1890

Querido abuelo:

Mi hermano David tiene dos años y un cuarto, es inteligente y habla español.

Mi madre me llevó a ver las calles donde se peleó la batalla, había casas acribilladas de balas, había sangre por las calles y se llevaban a los muertos para quemarlos.

Siempre vienen a visitarnos el tío Walter y la tía Kate, que es una señora muy simpática. Yo sigo yendo a la escuela de Miss King y ya llegué a la división compuesta.

Mis hermanas y mi tía Ellen están muy bien. Tío Charlie hizo un bonito costurero para mamá.

Su affmo. nieto
Enrique

Calle Liniers
2 de diciembre de 1891

Después de la muerte de mi pobre esposo David los chicos estuvieron muy enfermos, pero ahora por suerte han mejorado. Enrique pasa las vacaciones en casa, y las clases no recomienzan hasta el 15 de febrero. ¡Imagínese, tres meses de vacaciones!

Charlie está bien, siempre en la Compañía de Tranvías. Usted supone que él se puso de mi parte cuando me estafaron, pero no fue así. No le importó nada y sólo comentó que era una lástima que me robaran. Recuerdo un proverbio español: No confíes ni en tu madre.

Ojalá usted no estuviera tan lejos y yo pudiera ir a visitarlo. Sé que viajar me haría bien, porque ya nunca seré otra cosa que una mujer con el corazón destrozado mientras me quede aquí. Si no fuera por el desastroso precio del oro vendería los muebles, alquilaría la casa y me llevaría los chicos a Inglaterra para educarlos allá, pero mientras dure la crisis será imposible.

Se oyen rumores de que hay fiebre amarilla en la ciudad, espero que no sea cierto.

Calle Liniers
2 de diciembre de 1891

Querido abuelo:

No voy a la escuela porque estamos en vacaciones: mamá dice que son demasiado largas y que ojalá pronto empezaran las clases otra vez. Por ahora sólo aprendo español, pero todos los días leo libros en inglés para no olvidarlo. Mamá quiere mandarme a la escuela en Inglaterra cuando cumpla doce años, entonces podré verlo a usted.

El tío Walter se quedó sin trabajo durante mucho tiempo pero ahora volvió con su antiguo patrón, el señor Leslie.

Mi hermano David está muy bien y todas las noches le lleva las pantuflas al tío Charlie.

Estuve muy enfermo de reumatismo pero ahora estoy mejor, gracias a los cuidados de mi madre y del médico.

Cumplí diez años y recibí muchos regalos en dinero, a saber: 6 dólares con 60 centavos, e hicimos una fiesta. En cinco años más espero ganar dinero para ayudar a mi pobre madre que trabaja tanto para mí.

Dígale a mis primas que las voy a sacar a pasear a todas. Me gustan mucho las chicas.

Su affmo. nieto
Enrique

Calle Liniers
s/f

Espero que mi sobrina Julia siga trabajando en Harrod's y que le guste. Si puedo hacer algo por mis sobrinas, por favor dígamelo.

Walter, Kate y la niña están bien. Charlie es muy buena compañía, mantiene a los chicos en orden. No sé si le conté que ahora los mando a la escuela del Estado, Miss King me resultaba muy cara. David cumplió ocho años, es inteligente y cariñoso. Isabel quiere ser maestra y sigue estudiando el piano. No le gustan las tareas domésticas.

No se imagina cómo extraño al pobre David, no creo que yo vuelva a ser feliz, y el testamento que hizo acabó de afligirme, porque no era tan rico como para hacer caridad. Lo que tenía no era demasiado para dejárselo todo a su mujer y sus hijos. Antes de morir me dijo que pensaba legármelo, pero después todo resultó una vil conspiración de los Fitzgerald.

Sin embargo, según la legislación del país él no podía legar más del 50%. A la esposa le corresponde el 50%, pero las costas judiciales fueron muy elevadas.

Vino un escribano para redactar el testamento legalmente, llamó a dos extraños para que firmaran como testigos, pero no llamó a Walter, que estaba en casa. Debí darme cuenta de que algo se tramaba, pero yo estaba tan trastornada por tantos problemas que no comprendí el alcance del perjuicio hasta después de su muerte, cuando descubrí que una gran suma de dinero e importantes documentos habían ido a parar a manos de los Fitzgerald.

El médico se enojó conmigo porque no impugné el testamento, ya que él habría certificado la incapacidad de David, pero temí meterme en un litigio interminable.

Gracias por los periódicos. Ya no recibo el Standard, *pero les enviaré el* Southern Cross *para que vean en qué estado se encuentra este país. Ya casi no escribo cartas. Charlie es un solterón empedernido y espero que siga así porque me ayuda mucho. Tal como están las cosas no debo quejarme, puedo vivir en mi casa y con los intereses de mi dinero.*

El 17 de abril hizo 19 años que estoy aquí. Puedo decir que pasé la mitad de mi vida en esta tierra.

Verá por el periódico el estado ruinoso del Banco Nacional. Tengo allí 2.200 pesos que no me rinden ni un centavo, pero me dicen que allí están seguros.

Hay centenares de desocupados, la comida y la ropa están carísimas debido al alto precio del oro, no se imagina cómo ha arruinado al país la especulación.

El Ejército de Salvación hace muchas buenas obras. Ha abierto albergues nocturnos y ofrece comida a muy bajo precio, y tiene mucha más clientela de la que puede socorrer.

Calle Liniers
23 de octubre de 1892

Aunque no consigo librarme del reumatismo, ahora puedo moverme bastante, gracias a "Dios". Charlie estuvo con influenza, pero ahora está mejor.

Walter y familia ya no viven aquí, tuve que pedirles que se fueran porque Kate estaba insoportable, más gritona que nunca. Se hizo famosa en el barrio por sus borracheras, y el primer día que salí después de mi larga enfermedad, me citaron de la Comisaría porque Kate había tirado agua sucia a la calle estando ebria. Me cobraron una multa de $ 10 y el Comisario me dijo que por ser yo la dueña de casa no debía permitir esos escándalos.

Como Enrique molestaba un poco en casa, tuve que ponerlo pupilo en un colegio de sacerdotes católicos. Es bastante caro pero trataré de mantenerlo allí. Dice que le gusta mucho. No se sorprendan si un día va a Londres y los convierte a todos ustedes a la iglesia de Roma.

El 12 tuvimos cambio de gobierno. Dicen que el nuevo Presidente, el señor Sáenz Peña, es un hombre bueno y honrado, pero el pastel sólo se conoce al probarlo, de modo que ya veremos. Debió estallar otra revolución, pero no sucedió. El precio del oro sigue muy alto.

No he sido afortunada en mis asuntos, y además creo que estoy atravesando una mala racha. A menudo me dan ganas de volver y mandar a mis hijos a la escuela en Inglaterra y ver a mi familia. Este país ya no tiene ningún encanto para mí desde que el pobre David se fue.

Calle Liniers 80
23 de octubre de 1892

Enrique sigue en el Colegio San Carlos, parece que progresa. Espero que pronto pueda trabajar. Isabel sigue estudiando, tiene 14 años.

¿Recibió usted los Arrows *que le mandé? El mes pasado apareció tarde porque se llevaron a los impresores a pelear en la última revolución.*

Haré lo imposible por viajar a casa el año próximo, pero tenía mucho dinero en ese Banco que quebró y lo puse en manos de un corredor de Bolsa que me recomendaron, y el pillo se fugó con todo. Desgraciadamente la suma incluía también un dinero de Charlie, pero confío en poder pagárselo pronto.

Le sorprenderá saber que Walter y su esposa están otra vez aquí. Ella siempre me pedía volver y al fin cedí. Lo lamento, sé que son un mal ejemplo para los chicos, pero de una manera u otra siempre estoy haciendo lo que no debo.

Charlie está a punto de casarse, lo siento porque pensé que se quedaría conmigo hasta que mis hijos pudieran trabajar. Tiene un buen puesto en la Compañía de Tranvías, y es sobrio, pero ya él le escribirá en detalle.

La revolución pasó y no fue grave, pero los alimentos están carísimos.

Calle Liniers 80
20 de septiembre de 1896

El médico me obligó a guardar cama durante varios días. Tengo una infección en el hígado y debo hacer dieta. A pesar de todo espero tirar unos años más, por los chicos.

Sé que tendría que escribirle más seguido, pero no sé por qué me cuesta tanto, supongo que es por mi mala salud.

Lamento que no haya recibido el libro que le mandé. Se llamaba St Andrews Gazette *y tenía lindas vistas de Buenos Aires. No me explico cómo pudo perderse si yo lo había pegado tan bien. Por suerte no era un libro de mucho valor.*

Enrique está empleado en el Ferrocarril, hoy se fue a La Plata. Tiene pasaje de 1ª clase y puede viajar a donde quiera los domingos y feriados.

Sigo teniendo los mismos pensionistas, buenos como siempre. Últimamente no ha habido otra cosa que huelgas, costaba mucho conseguir pan, los panaderos lo cobraban lo que les daba la gana.

Le envío un Southern Cross, *no sé si le gusta. Muchas gracias por los* Lloyds, *me encantan porque traen un poco de todo.*

Calle Liniers 80
28 de noviembre de 1896

A Enrique lo han ascendido: ahora trabaja en la oficina del Gerente General. El 19 cumplió 15 años.

Isabel está muy atareada con sus exámenes, quiere recibirse de maestra este año. Walter vino a visitarme, ahora trabaja en la Compañía de Tranvías, y creo que estará mucho mejor al ganar un sueldo fijo.

Hogar de convalecientes "Victoria"
Llavallol
10 de noviembre de 1897

Querido hijo Enrique:

Estoy muy bien aquí, si quieres venir a visitarme puedes tomar el tren a Llavallol o a Santa Catalina, creo que están en la línea del Oeste. Me dicen que sólo hay que caminar unos veinte minutos desde una u otra de las estaciones. Por favor avisa a la familia que dejé el Hospital.

Calle Liniers 80
s/f

Esta Navidad ha sido muy calurosa, y ahora acaba de terminar el Carnaval. Los chicos lo disfrutaron mucho este año, vino mucha gente disfrazada a dar serenatas, lo que me hace pensar que mis hijas están creciendo.

Enrique es todo un hombre, cómo me gustaría que usted lo viera. Sigue trabajando en el Ferrocarril Oeste.

Isabel estuvo enferma. Vino el médico a hacerme una operación y al parecer eso la impresionó tanto que se puso toda amarilla, temí que fuera ictericia, pero por suerte ya está mejor.

Temo no reponerme pese a que el médico dice que la mía no es una enfermedad peligrosa. A veces tengo que soportar operaciones muy dolorosas para evitar que se torne más grave. Espero el momento en que pueda descansar un poco, este es mi séptimo año de amarga viudez y he sufrido mucho últimamente. Pero ya le hablé demasiado de mí.

Calle Liniers 80
5 de febrero de 1898

Sé que le alegrará saber que estoy en casa después de 9 meses de ausencia. El médico se negaba pero le rogué que me dejara volver y estar con mis hijos. Pienso que todavía me quedan seis meses de convalecencia. Me dio permiso con la condición de que no trabaje y guarde reposo.

El sábado vi a Walter y a Charlie con sus familias. Tanto Kate como yo le hemos pedido a Walter que le escriba a usted pero fue en vano, él dice que no le escribe a nadie. Y como Kate no sabe escribir, le manda una foto.

Yo pasé el Año Nuevo muy bien en el Hospital. Las enfermeras lo habían adornado con hiedra y flores y para Nochebuena escuchamos música religiosa.

Le agradezco mucho el cheque que me mandó, y espero que haya recibido el mío. Nuestras cartas deben de haberse cruzado en medio del Océano.

Calle Liniers 80
17 de abril de 1898

Querido hermano Harry:

Hace tiempo que quiero escribirte, pero estuve tan enferma que no pude hacerlo. Por favor dile a papá que siempre recibo los Lloyds *que me manda, Walter los lee después.*

Charlie no anda nada bien, debió dejar de trabajar, está muy delgado. Tiene un buen empleo, donde le permiten descansar cuando lo necesita. Su esposa Maggie y los bebés están bien.

Ayer se cumplió un año de mi primera operación y aquí estoy, viva, pero cuánto sufrimiento he pasado. A veces deseo que llegue el final (qué perversa soy), porque sé que no puedo curarme y lo que más me aflige es dejar a mis hijos desamparados.

Ahora quiero pedirte un gran favor: que te hagas cargo de mi pequeño David y lo mandes a la escuela, a un Internado. Me gustaría que lo cuidaras y que aprendiera a trabajar contigo. Es un buen chico, si no lo fuera no me atrevería a pedirte esto. Podría mandarlo con 100 libras para mantenerlo hasta que alcancen, y después te seguiría enviando más.

26 de abril

Desde que empecé esta carta ha pasado mucho tiempo y nunca pude terminarla. Espero vivir hasta que reciba tu respuesta.

Enrique está ganando un buen sueldo e Isabel también y yo tengo un poco de dinero, si no estuviera enferma me las arreglaría bien.

Temo que ya no pueda escribir a mis otros hermanos, dales mis cariños. Cómo me habría gustado volver a verlos. Pienso que si hubiera ido a Londres a operarme me habría curado, pero no supuse que estaba tan grave. De todos modos, ya es tarde para lamentos.

Me preocupan los chicos. Una señora muy fuerte se ocupa ahora de todo el trabajo de la casa, excepto el planchado. Es una nativa de piel oscura.

Ayer fui a dar un paseo en tranvía descubierto y me hizo bien, el día estaba templado.

Debo terminar ahora esta carta, disculpa los errores pero me cuesta un gran esfuerzo escribir.

Tu affma. hermana
Agnes

Liniers 80
12 de septiembre de 1898

Querido tío Harry:

Le sorprenderá ver mi letra en esta carta. Parece que la muerte nos visita con demasiada frecuencia. Después de nuestra querida madre perdimos al pobre tío Charlie, que tras un largo sufrimiento dejó anoche este mundo, exactamente 24 horas después que su hijita Mary Elsie.

Espero que usted le comunique de a poco estas noticias al abuelo.

Mis hermanas y David están bien, y yo prometo volver a escribirle pronto.

Su affmo. sobrino
Enrique

Liniers 80
17 de septiembre de 1898

Querido tío Harry:

Tal como se lo prometí, he juntado tiempo y ánimo para escribirle.

El martes pasado fuimos al entierro del tío Charlie, y resultó muy impresionante. No puede usted imaginarse cuánto lo querían todos. Los obreros de la Compañía de Tranvías le rindieron el último homenaje a su finado Jefe. Cuatro hombres llevaban cada carroza cargada de flores, formando un imponente cortejo de más de un centenar de personas.

Hicieron una colecta y reunieron 110 pesos que me entregaron para que yo dispusiera libremente, entonces compré una corona muy grande y el resto se lo di a Maggie, su viuda.

Pobre tía, cuando acabó el funeral le dio un ataque y pensé que era del corazón, pero sólo fue una crisis nerviosa y gracias a Dios ya se ha repuesto.

Pronto hará cuatro años que trabajo en el Ferrocarril Oeste.

Aquí no se habla de otra cosa que de una inminente guerra con Chile, y aunque sin duda habrá algún alboroto, espero que no llegue a nada serio.

Su affmo. sobrino
Enrique

Liniers 80
27 de marzo de 1899

Querido tío Harry:

Lamenté mucho la muerte de nuestro querido abuelo. Fue una noticia inesperada ya que sabíamos que estaba bien y seguía trabajando.

Son golpes muy duros para nosotros contar cuatro muertes seguidas en la familia, primero mamá, luego el tío Charlie y su hijita y ahora el abuelo, en tan poco tiempo.

Nos vamos arreglando como podemos, y el tío Walter está muy afligido.

Reciba usted las condolencias de Isabel, Elena, Julia, David y su affmo. sobrino

Enrique

NOTAS

[1] Marcel Proust.
[2] Paul Eluard.
[3] W. H. Auden.
[4] Jorge Luis Borges.
[5] Jorge Manrique.
[6] Marcel Proust.
[7] Ricardo Molinari.
[8] Leopoldo Lugones.
[9] Pablo Neruda.
[10] Gabriela Mistral.
[11] Pablo Neruda.
[12] Pablo Neruda.
[13] Lewis Carroll.
[14] Enrique Molina.
[15] Pablo Neruda.
[16] Rosario Castellanos.
[17] Yorgo Seferis.
[18] Virginia Woolf.
[19] Miguel de Cervantes.
[20] Fernando Pessoa.
[21] Delmira Agustini.
[22] Luis Cernuda.
[23] Marcel Proust.
[24] Miguel Hernández.
[25] Dylan Thomas.
[26] Miguel Hernández.
[27] Cervantes.
[28] G. A. Bécquer.
[29] Fernando Pessoa.
[30] Edna St. Vincent Millay.
[31] Dylan Thomas.
[32] Georges Brassens.
[33] Ricardo Güiraldes.
[34] Mercé Rodoreda.
[35] Raúl González Tuñón.
[36] Raúl González Tuñón.
[37] Francisco de Quevedo.
[38] Dylan Thomas.
[39] Francisco de Quevedo.
[40] Leopoldo Lugones.
[41] Cesare Pavese.
[42] William Blake.
[43] Juan Ramón Jiménez.
[44] Pablo Neruda.
[45] Juan Ramón Jiménez.
[46] Antonio Machado.
[47] Alfonsina Storni.
[48] Serafín y Joaquín Álvarez Quintero.
[49] Gaspar Núñez de Arce.
[50] Leopoldo Lugones.
[51] Miguel Hernández.
[52] Miguel Hernández.
[53] Alfonsina Storni.
[54] León Benarós.
[55] Susan Sontag.

[56] Edith Sitwell.
[57] Alejandra Pizarnik.
[58] Wallace Stevens.
[59] Pablo Neruda.
[60] José Zorrilla.
[61] Yorgo Seferis.
[62] Francisco de Quevedo.
[63] Miguel de Cervantes.
[64] Miguel de Cervantes.
[65] W. Shakespeare.
[66] J. A. Rimbaud.
[67] François Villon.
[68] Miguel de Cervantes.
[69] Miguel de Cervantes.
[70] Emily Dickinson.
[71] Gerardo Diego.
[72] Miguel de Cervantes.
[73] Pío Baroja.
[74] Octavio Paz.
[75] Alfonsina Storni.
[76] Fernando Pessoa.
[77] Rafael Obligado.
[78] Gerard de Nerval.
[79] Leopoldo Lugones.
[80] Leopoldo Lugones.
[81] Gabriel García Márquez.
[82] Olga Orozco.
[83] Ann Sexton.
[84] Emily Dickinson.
[85] Alfonsina Storni.
[86] Gabriel García Márquez.
[87] Eugenio Montale.
[88] Georg Trakl.
[89] Emily Dickinson.
[90] Diderot.
[91] William Blake.
[92] W. Shakespeare.
[93] Eugenio Montale.
[94] Walter Benjamin.

Índice

Composición láser: Daniel J. Galst

Esta edición de 2000 ejemplares
se terminó de imprimir en
Industria Gráfica del Libro S.A.,
Warnes 2383, Buenos Aires,
en el mes de diciembre de 1992.

